03/15

TODO O NADA

Lisa Renee Jones

Todo o nada

Traducción de Susana Costa

TITANIA

Argentina • Chile • Colombia • España
Estados Unidos • México • Perú • Uruguay • Venezuela

Título original: *Revealing Us*
Editor original: Gallery Books A Division of Simon & Schuster, Inc., New York
Traducción: Susana Costa

1.ª edición Enero 2015

ISBN: 978-84-92916-79-5
E-ISBN: 978-84-9944-765-0
Depósito legal: B-15.599-2014

Fotocomposición: Montserrat Gómez Lao
Impreso por Romanyà Valls, S.A. – Verdaguer, 1 – 08786 Capellades (Barcelona)

Impreso en España – *Printed in Spain*

A Diego,
Supe que era amor cuando nos conocimos
en aquella librería.

Agradecimientos

Quiero dar las gracias a mis «Ángeles Subterráneos», que se han emocionado tanto con estos libros como para cantar sus alabanzas a los cuatro vientos. Os agradezco muchísimo vuestro amor a esta serie y lo mucho que la habéis apoyado. Un agradecimiento especial a Brandy, Laura, Rae, Zita y Mandy. Sois maravillosas. Muchas gracias también a Alyssa y a Amelia por haberme ayudado a cumplir los enloquecedores plazos.

Gracias a todo el equipo de Simon & Schuster que ha colaborado en esta saga, en particular a mi editora, Micki Nuding.

Gracias a Louise Fury por su apoyo, dedicación y duro trabajo.

Y gracias a Diego por encontrar en el guardamuebles el diario que inspiró la serie e insistir después en que escribiera una novela erótica en la que aparecieran un guardamuebles y un diario (¡y en la que se produjera un asesinato!)

Es medianoche y estoy sentada en el porche de un hotel de Maui. El rumor de las olas que se estrellan contra la orilla actúa como un sedante, aportando un poco de paz al desbarajuste que llevo dentro. Cuesta creer que ahora sea viajera y experta de arte en lugar de la clásica camarera que a duras penas llega a fin de mes. Yo. Rebecca Mason. Viajera. Me parece tan increíble como todo lo que me ha pasado a lo largo de este último año.

Mi nuevo amante está a pocos metros de mí, desnudo y apuesto bajo las sábanas de la cama del hotel, satisfecho tras una noche con cena, copas y sexo apasionado. Sexo. No tengo más remedio que llamarlo así. No puedo hablar de amor, por más que para él sea precisamente eso. Ojalá yo pudiera decir lo mismo. Daría lo que fuera, ya lo creo que sí.

¿Por qué no estoy en la cama, pegada a ese cuerpo fibroso, disfrutando de su sensualidad masculina? Debería, pero el móvil que tengo en el regazo me lo impide. «Él» me ha dejado un mensaje pidiendo que lo llame. «Él», el mismo hombre al que no puedo olvidar, al que deseo con toda mi alma: su tacto, sus besos, el siniestro azote del flagelo contra mi piel, que me proporciona placer y dolor a un tiempo.

Estoy luchando contra el impulso de marcar su número, mientras me voy diciendo que no debo hacerlo. Mi nuevo amante merece algo mejor… igual que yo merezco algo mejor de lo que mi amo me ha ofrecido nunca. Llamarlo sería una falta de respeto hacia esa persona que acaba de entrar en mi vida y hacia mí misma. Si su voz no hubiera sonado tan desesperada por hablar conmigo… lo cual es una locura. El hombre al que yo conocí nunca mostraba desesperación.

Estas últimas semanas han sido un viaje maravilloso de pasión y exploración, en el dormitorio, sí, pero también a lo largo y ancho del mundo. Debería estar gozando de todo eso y del hombre que me lo ha facilitado. Es guapo, rico y sexy en todos los sentidos posibles, aunque no es su dinero lo que me atrae. Es la pasión que pone a la hora de ganar dinero, de vivir su vida, de hacerme el amor. Demuestra una infinita confianza en sí mismo, no se disculpa por nada, se siente a gusto en su propia piel y, sin embargo…, no es el hombre al que un día llamé «amo» y jamás podría considerarlo como tal. No entiendo por qué no estoy enamorada de él. No entiendo por qué, aunque me lo pidiera (y no lo haría) jamás me plantearía siquiera la idea de someterme a él.

Si soy sincera conmigo misma, creo que el motivo por el que no me puedo rendir a este posible amor es muy sencillo. «Él» sigue siendo el amo de mi corazón y de mi alma, incluso de mi mente.

Pese a todo, no me quiere. Ni siquiera cree en el amor. Me lo ha dicho demasiadas veces como para que lo ignore.

Me despedí de él en su día y no lo llamaré. Sé que, si lo hiciera, sería mi perdición. Volvería a atraparme en su hechizo. Volvería a estar… perdida.

1

«No hay nada que hablar. Nada de medias tintas. O todo o nada, Sara. Esta es mi oferta y eres tú quien debe decidir si estás dispuesta a aceptarla. He hecho una reserva a tu nombre en American Airlines. Yo estaré en el avión. Espero que tú también.»

Chris pronunció su ultimátum y su fecha límite, y me dejó sentada en la cama de mi desaparecida mejor amiga con la mirada clavada en aquel umbral vacío que él había llenado hacía unos instantes. Las emociones que se arremolinan en mi interior me sumen en la confusión. Me estuvo buscando y me encontró aquí. Después de la devastadora pelea que protagonizamos ayer por la noche, sigue queriendo que lo acompañe a París. Quiere «recuperar lo nuestro». ¿Y cómo espera que lo deje todo y me marche con él así, de la noche a la mañana? No puedo irme sin más, pero… Él se va. La mera idea de perderlo me quita el aliento y, en mi fuero interno, sé que si lo dejo marchar lo perderé. Tenemos que hablar. Tenemos que aclarar lo sucedido ayer por la noche antes de viajar a París.

Palpo la cama hasta encontrar el móvil y busco el nombre de Chris para llamarlo. El corazón me martillea el pecho mientras aguardo respuesta.

Ring. Ring. Ring. Ring.

Su voz, profunda y con ese toque ronco tan sexy, suena al otro lado de la línea. Es el mensaje de su contestador. Me peino con los dedos la melena castaña mientras la impotencia se apodera de mí. «No. No. No.» Esto no está pasando. No puede estar pasando. Es demasiado, después de que Ava intentara matarme ayer por la noche. ¿Por qué Chris no entiende que no me puede pedir tanto ahora mismo? Tengo ganas de gritarle al teléfono.

Vuelvo a marcar, oigo la insufrible señal de llamada una y otra vez, y escucho de nuevo el mensaje de su contestador. ¡Maldita sea! Intentaré pillarlo en casa antes de que parta hacia el aeropuerto.

Me levanto y me apresuro hacia la puerta. Me tiembla la mano cuando cierro con llave. Rezo para que Ella regrese sana y salva de su viaje a Europa. No puedo evitar comparar su silencio con el de Rebecca. Me estremezco cuando enfilo por el oscuro pasillo que discurre ante la entrada del apartamento de Ella. Ojalá estuviera aquí Chris para rodearme con sus brazos. Ojalá pudiera olvidar el horror de saber que Ava asesinó a Rebecca y que intentó matarme a mí.

Una vez en el aparcamiento, echo un vistazo al edificio de apartamentos y se me retuercen las entrañas. «Ella está bien», me voy prometiendo a mí misma mientras desbloqueo mi Ford Focus plateado y me siento al volante. Y soy muy consciente de que tengo dos razones para viajar a París: Chris y Ella. Las dos son buenas.

El viaje al apartamento que comparto con Chris dura apenas quince minutos, pero a mí me parece una eternidad. Cuando por fin apago el motor delante del lujoso rascacielos, soy un manojo de nervios. Le tiendo las llaves al vigilante, un chico nuevo que no conozco.

—Déjelo a mano, por favor.

Ese mínimo gesto ya delata mis intenciones de ir al aeropuerto.

Puede que lo haga, admito para mis adentros, pero eso no implica que vaya a subir al avión. Aún no. Así, no. Convenceré a Chris de que retrase el viaje.

Apenas piso el vestíbulo, echo a correr hacia el ascensor. Y en cuanto se cierran las puertas, un nerviosismo absurdo ante la idea de verlo se apodera de mí. Qué locura. Pero si se trata de Chris. No tengo motivos para estar nerviosa. Lo quiero. Lo quiero como jamás he amado a ningún ser humano. Todo eso no quita para que el ascenso hasta el piso veinte se me haga interminable y lamente no haberle preguntado al vigilante si Chris estaba en casa.

—Por favor, que esté en casa —susurro cuando me acerco a mi destino—. Por favor, que esté en casa.

Suena la campanilla del ascensor y la puerta se abre por fin. Me quedo un momento mirando embobada la entrada a nuestro apartamento. Nuestro apartamento. ¿Seguirá siendo nuestro si no lo acompaño a París o pasará a ser sólo suyo? La semana pasada se enfadó conmigo, me gritó cuando intenté consolarlo por la muerte de Dylan, el niño que el cáncer le arrebató, en lugar de dejar que le ayudara a superar el dolor. Me hizo sentir como una intrusa en el hogar que comparto con él. Juró que no volvería a pasar, que se aseguraría de que jamás tuviera que experimentar ese mismo sentimiento en el futuro; pero el futuro es ahora y ya me siento así.

Perdida sin él.

—Chris —lo llamo en cuanto piso el recibidor, pero únicamente me responde el silencio.

Avanzo dos pasos y me siento más vacía por dentro que nunca en mi vida. No está. Se ha ido.

Despacio, me vuelvo a mirar el salón a doble nivel, las grandes cristaleras que se extienden del suelo al techo, donde el alba empieza a teñir la ciudad. Los recuerdos inundan mi mente, infinidad de imágenes que nos muestran a Chris y a mí en esta habitación, en este mismo apartamento. Noto su aroma, casi puedo saborearlo. Siento su presencia. Necesito sentirla.

Enciendo una luz de ambiente y algo en la ventana capta mi atención. Una nota impresa. Un dolor se aloja en mi pecho cuando recuerdo que Chris y yo follamos una vez en ese mismo lugar exacto, donde experimenté ardor, pasión y, vale, también miedo a caer. Y caí rendida. A sus pies.

Bajo los cuatro peldaños y, dejando atrás los muebles, arranco la nota de la ventana.

Sara,

El vuelo sale a las nueve. Tienes que estar allí con una hora de antelación para pasar los controles de seguridad. El horario de facturación es muy estricto en los viajes internacionales. El vuelo es largo. Ponte ropa cómoda. Jacob te esperará abajo a las siete. De ese modo contaréis con un amplio margen de tiempo para llegar al aeropuerto aunque haya tráfico. Si es que al final decides venir.

Chris

Nada de «te quiero». Ni «por favor, ven».

Tampoco lo esperaba. Chris es así, y si bien no estoy al tanto de todos sus secretos, lo conozco. Sé que me está poniendo a prueba. Quiere que la decisión sea mía, no desea que sus palabras me influyan. Por eso no está aquí.

De repente, lo veo todo claro: comprendo a qué viene todo esto. Intuyo lo que está pensando. Lo conozco. Mi propio pensamiento me consuela. En los aspectos que importan, lo conozco.

Me doy media vuelta y miro el reloj que hay junto a la puerta de la cocina, a mi izquierda. Trago saliva con esfuerzo. Son casi las seis. Tengo una hora para decidir si abandono el país con Chris y hacer el equipaje.

Me dejo caer al suelo, apoyada en la misma ventana contra la que me apoyé aquella noche, cuando me trajo a esta casa por primera vez. Estoy agotada y me siento tan desnuda y vulnerable como entonces.

Una hora. Tengo una hora para poner rumbo al aeropuerto si acaso decido ir. Llevo los vaqueros sucios de tierra por culpa de esa demente que me arrastró por el suelo cuando intentó matarme, mi cabello parece una cortina larga y oscura, tan agobiante como mis pensamientos. Necesito una ducha. Necesito dormir.

Tengo que tomar una decisión ya.

Vestida con un chándal de terciopelo negro y pertrechada con una maleta en bandolera, miro la puerta cuya señal anuncia «DFW/Dallas» y «París». Creo que me va a estallar el corazón.

Estoy aquí. Voy cargada con una maleta. Tengo una tarjeta de embarque. Inspiro con dificultad y pienso que debo de estar hiperventilando, algo que sólo me ha pasado dos veces en toda mi vida. Una vez, cuando me dijeron que mi madre había muerto de un ataque al corazón y, otra, en el guardamuebles de Rebecca, cuando se fue la luz. No sé por qué me está pasando ahora. Me estoy poniendo histérica, maldita sea.

Me llaman por megafonía. Tengo que embarcar.

No sé muy bien cómo lo hago, pero consigo dar un paso adelante y levantar la mano para indicarle a la azafata que estoy aquí. Le tiendo el billete sin verla siquiera y me falla la voz cuando respondo a preguntas que olvido a los dos segundos. Tengo que respirar con normalidad o acabaré por desmayarme; sin duda estoy hiperventilando. Pero qué mema soy. ¿Es que nunca voy a dejar de ser tan insegura?

Me flaquean las piernas cuando me echo al hombro la maleta Louis Vuitton que Chris me regaló justo antes del viaje que hicimos a Napa para conocer a sus padrinos.

Ahora estoy en el pasillo de embarque. Al doblar el recodo me da un brinco el corazón. Chris me espera en la puerta del avión con esa pinta tan masculina y tan suya que ofrece cuando se enfunda sus vaqueros, su camiseta azul marino y sus botas de motero. Con la barba de dos días y la melenita desgreñada, encarna la típica imagen de un tío duro. Y todo se desvanece salvo él, todo vuelve a ponerse en su lugar.

Echo a correr hacia Chris, que me recibe a medio camino para rodearme con sus brazos cálidos y fuertes. Su adictivo aroma, intenso y terroso, invade mis sentidos. Estoy viva, respiro con normalidad, todas mis dudas se disipan. Le pertenezco.

Lo abrazo a mi vez, pegada cuanto puedo a su fuerte cuerpo. Acerca su boca a la mía y ese sabor tan suyo, especiado y masculino, me abruma en el mejor sentido posible.

Estoy en casa. Estoy en casa porque estoy con él. Y lo beso como si fuera la última vez, como si estuviera muerta de sed y sólo él pudiera aplacarme. Y creo que es así. Él siempre ha sido la respuesta a la pregunta de qué le faltaba a mi vida, incluso antes de conocerlo.

Despega los labios de los míos y quiero volver a atraerlo, saborearlo un rato más. Otra vez me cuesta respirar, pero este ahogo de ahora se debe a la emoción y a la necesidad. A la pasión.

Me aparta la sedosa melena de la cara, que ahora huele a champú, y me mira con sus graves ojos verdes.

—Dime que estás aquí porque así lo deseas y no porque te sientas obligada.

—No te marcharás sin mí —le prometo, y espero que entienda lo que implican mis palabras.

No he dicho que no vaya a marcharse, sino que no lo hará sin mí.

Se hace una luz en sus ojos que cala en las profundidades de su inquisitiva mirada.

—No quería obligarte —dice con su voz grave y atormentada. Este hombre vive en un estado de angustia permanente que estoy decidida a disipar. Titubea—. Es que necesitaba…

—Ya sé lo que necesitabas —susurro, estrechándole el mentón con dos dedos. Ahora entiendo lo que debería haber entendido desde el principio—. Necesitabas saber que te quiero tanto como para hacer esto. Necesitabas saberlo antes de que descubra lo que sea que me espera en París.

—Señor Merit, vamos a despegar —nos avisa una azafata desde la puerta.

Ninguno de los dos la mira. Nos miramos el uno al otro y veo las emociones que rozan su semblante, los sentimientos que sólo demuestra ante mí. Y eso me enorgullece. A mí me deja ver lo que nunca le ha mostrado a nadie.

—Última oportunidad para que te eches atrás —me susurra, y noto un matiz de inseguridad en su voz, un ramalazo de lo que me parece miedo en sus ojos.

¿Miedo a que me eche atrás?

Sí, eso creo, pero hay algo más. También tiene miedo a que siga adelante, miedo a lo que aún me queda por descubrir. Y no puedo evitar asustarme también, en vista de que conozco facetas bastante oscuras de Chris. ¿Qué nos espera en París? ¿Por qué está tan convencido de que me va a horrorizar?

—Señor Merit…

—Ya —replica con brusquedad, sin despegar los ojos de mí—. Es la hora, Sara…

—Sea lo que sea —le digo—, puedo afrontarlo. Podemos afrontarlo.

Lo recuerdo defendiendo mi honor delante de mi padre y de mi ex. Chris me da lo que yo quiero por el mero hecho de abrirme las puertas cerradas de su vida, de sus emociones, y no lo lamentará. Lucharé por él, por nosotros.

Entrelazo mis dedos con los suyos.

—Vámonos a París.

En el avión, mis esperanzas de disfrutar de un poco de intimidad se esfuman en cuanto nos detenemos en la primera fila y descubro que una anciana ataviada con una escandalosa camisa lila ocupa el asiento de pasillo contiguo al nuestro. Me obsequia con una sonrisa tan descaradamente amistosa como su camisa tropical, una sonrisa que le devuelvo con cierta dignidad, teniendo en cuenta la carga emocional que llevo a cuestas, por no hablar de mi miedo a volar.

Chris me cede el paso y yo me acomodo junto a la ventanilla mientras él guarda mi maleta en el compartimento superior. Este hombre que se ha convertido en toda mi vida me tiene deslumbrada. Sigo con la mirada los apuestos rasgos de su cara, la anchura de sus hombros, la tensión de sus músculos bajo la ceñida camiseta. Y sólo con pensar en el delicioso poder que emana cuando no lleva nada encima salvo el vívido dragón tatuado en rojos, amarillos y azules que ahora le asoma por debajo de la manga derecha, entro en combustión. Adoro ese tatuaje y el vínculo que representa con un pasado que estoy a punto de descubrir. Le adoro.

Después de cerrar el compartimento, Chris le murmura algo que no alcanzo a oír a nuestra vecina de asiento, que le responde con una sonrisa. Yo sonrío a mi vez al contemplar la escena, hasta que advierto una nota de desolación en los ojos de Chris y me acuerdo del dolor que esconde tras todo ese encanto. Mi decisión de acompañarlo a París es acertada, no me cabe la menor duda. De algún modo, sea como sea, pondré fin a ese tormento.

Cuando Chris se acomoda en su asiento, echo una ojeada a la tirita que lleva en la frente y luego al vendaje que le cubre el brazo. Sabía que ayer por la noche se había hecho un corte en la cabeza, pero no me di cuenta de que se hubiese lastimado el brazo también.

Se me encoge el corazón al pensar que podría haber muerto cuando estrelló la moto contra la hierba para salvarme la vida.

—¿Cómo estás? —le pregunto, posándole la mano en el vendaje con sumo cuidado.

—Lo de la cabeza no ha sido nada al final. La herida del brazo me pilló por sorpresa, pero unos cuantos puntos y todo arreglado. —Su mano cubre la mía, grande y cálida. Maravillosa—. Y la respuesta a tu pregunta es: estoy perfectamente. Tú estás aquí.

—Chris. —El nombre surge como una sedosa descarga de emoción contenida. Hay tantos sobreentendidos entre nosotros, tanta tensión nacida de la pelea que mantuvimos antes de que me marchara a casa de Mark y de que él me siguiera…—. Yo… —Una carcajada procedente de la fila trasera me interrumpe, recordándome que carecemos de intimidad—. Tenemos que…

Se inclina hacia mí para besarme, una suave caricia de labios contra labios.

—Hablar. Ya lo sé. Y lo haremos. Cuando lleguemos a casa, lo arreglaremos.

—¿A casa?

—Cariño, ya te lo he dicho. —Me toma la mano y entrelaza los dedos con los míos—. Todo lo mío es tuyo. Tenemos una casa en París.

Claro que tiene una casa en París. No me había parado a pensarlo hasta ahora. Mi mirada se posa en nuestras manos enlazadas y me pregunto: ¿tendré la sensación de que esa casa también es mi hogar?

Chris me empuja la barbilla con un dedo para que lo mire a los ojos.

—Todo se solucionará cuando lleguemos —repite.

Analizo su semblante, buscando en él la seguridad que necesito para confiar en su promesa, la confianza que un hombre que lo tiene todo bajo control me infundiría, pero no encuentro lo que busco. Las sombras de sus ojos revelan dudas. No está seguro de que vayamos a arreglar las cosas. Y como él no está seguro, yo tampoco.

Sin embargo, hará lo posible, y yo también. Tendré que conformarme con sus palabras por ahora, pero ambos sabemos que eso no bastará en el futuro. Ya no.

Viernes, 13 de julio de 2012

Lo he llamado.

No debería haberlo hecho, pero lo he llamado, y el mero hecho de oírle decir «Rebeca» con esa voz suya tan profunda y aterciopelada ha sido prácticamente mi perdición. En teoría, mañana parto hacia Australia, pero no estoy segura de poder hacerlo. No sé si es justo para mi nuevo amante; no en vista de que sigo enamorada de mi amo.

Y esta noche ha sido distinta. «Él» me ha hablado como algo más que un amo. Esta noche se ha portado como un hombre capaz de reconocerme como mujer y no sólo como sumisa. Su voz sonaba vulnerable. He distinguido pura necesidad e incluso súplica. ¿Me atreveré a creer que está dispuesto a descubrir la existencia del amor?

Ahora mismo estoy nadando en el mar de sus promesas. Dice que todo cambiará si vuelvo a casa. Se ha referido a San Francisco y a su casa como mi hogar. Quiere que me vaya a vivir con él, que me deshaga del apartamento y del plan B que representa. No habrá contrato. Sólo él y yo, juntos.

Quiero que estemos juntos. Necesito que estemos juntos. Y entonces, ¿a qué viene este mal presentimiento que tengo, la misma sensación que me rondaba cuando sufría aquellas horribles pesadillas sobre mi madre? ¿Qué peligro puede entrañar que acuda a él, aparte de la angustia? Y un poco de angustia no es nada comparada con la posibilidad de descubrir si estar juntos de verdad implica lo que siempre he intuido…

2

Me despierto desorientada, con la bruma del sueño aún flotando en mi mente, y veo a Chris tendido delante de mí, con los ojos cerrados, dormido. Una voz extraña se cuela entre la niebla y recuerdo que estoy en la primera clase del vuelo internacional que he tomado en Dallas hace varias horas. Una azafata habla en francés por los altavoces, pero sólo entiendo la palabra «París».

Me concentro en Chris, en su boca sensual, ahora tan relajada, en su pelo revuelto, tan adorable. Sonrió al pensar cómo reaccionaría si supiera que me refiero a él con el término «adorable», y acerco los dedos a su mejilla para repasar con suma suavidad el contorno de su fuerte mandíbula. Es apuesto, pero no al modo clásico, como Mark, sino duro y varonil, absolutamente masculino. Tampoco estoy segura de que Mark me siga pareciendo guapo. Ya no sé qué pensar de Mark.

Las pestañas de Chris aletean y esos ojos suyos, verdes y brillantes, buscan los míos.

—Eh, cariño.

Me toma la mano con la que ahora resigo sus labios y me besa la palma. El contacto me provoca un cosquilleo en el brazo que se extiende hacia el pecho y se aloja debajo de mi vientre.

—Eh —le digo—. Creo que estamos a punto de aterrizar en París. —La azafata habla en inglés, confirmando mi suposición—. Antes lo ha anunciado en francés y, como bien sabes, yo no hablo una palabra de francés.

—Ya lo arreglaremos —promete mientras colocamos los respaldos en posición vertical.

Resoplo con delicadeza.

—No te hagas ilusiones. La región de mi cerebro encargada de la gramática de lenguas extranjeras está averiada.

Me atuso el pelo, convencida de que estoy hecha un desastre. Si no fuera porque Chris me ha visto vomitando y aún me quiere, me sentiría insegura. Aunque me parece que estoy demasiado cansada como para sentirme insegura.

—Te sorprenderá lo deprisa que lo pillas sólo de oírlo por todas partes —me asegura—. ¿Quieres que te enseñe cuatro cosas mientras aterrizamos? Es la parte del vuelo que más te asusta. Así te distraerás.

Niego con un movimiento de la cabeza.

—Estoy tan hecha polvo que no tengo fuerzas ni para temer que nos estrellemos. Imagínate para aprender francés.

—*Je t'aime.*

—Yo también te quiero —respondo.

He visto suficiente televisión para entender lo que ha dicho, pero mis conocimientos de francés no pasan de ahí.

Sus labios se curvan con ese gesto tan sexy que adopta al sonreír.

—*Montrez-moi quand nous serons rentrés.*

El modo en que las palabras se enroscan en su lengua me provoca una descarga de pura admiración femenina que recorre mi columna. Declaro oficialmente que he encontrado una excusa para que me guste el idioma francés.

—No tengo ni idea de lo que acabas de decir, pero pronunciado por ti suena sexy de la muerte.

Chris se inclina hacia mí para olisquearme el cuello.

—Así pues, lo repetiré —musita—. *Montrez-moi quand nous serons rentrés.* Demuéstrame lo mucho que me quieres cuando lleguemos a casa.

Y así, sin más, se me pasa el cansancio de sopetón y estoy deseando conocer mi nuevo hogar. ¿Qué podría ir mal aquí, en París? Hay arte, cultura e historia para dar y tomar. Nos aguardan nuevas aventuras. Tenemos toda una vida por delante. Y estoy con Chris.

Cuando descendemos del avión, me animo a mí misma a emocionarme ante la idea de haber llegado a París, la ciudad de la luz y del amor, pero no lo consigo. Vuelvo a estar para el arrastre e incluso Chris reconoce que necesita descansar. Ahora en serio, estoy deseando llegar a casa para acostarme en una cama de verdad con Chris.

Dejando atrás el pasillo de desembarque, accedemos al aeropuerto, que se parece a cualquier otro. Señales en inglés y francés nos indican el camino. En Estados Unidos los carteles estarían en inglés y español, así que me siento como en casa y eso me reconforta. A lo mejor resulta que soy capaz de defenderme aunque no hable francés.

Nos internamos en un pasillo móvil que nos transporta por un sinuoso túnel subterráneo. A un lado, veo una engorrosa escalera mecánica que sube y baja por distintos niveles. No me puedo creer que alguien la use. ¿Por qué sube y luego baja? Me parece ilógico y desconcertante, y mi sensación de bienestar desciende en picado.

De repente, nuestras maletas aparecen en la cinta transportadora que discurre junto a nuestros pies. Chris me atrae hacia sí, absorbiendo mi cuerpo con el suyo. No lo miro. No quiero que se dé cuenta de lo mosqueada que estoy. Además, es tierno y maravilloso, así que le devuelvo el abrazo, aspiro ese aroma que tanto me gusta y me recuerdo a mí misma que él es la razón de que haya venido hasta aquí. Eso es lo que importa.

—Eh —dice con dulzura.

Se echa hacia atrás y me levanta la barbilla con el dedo, para que no pueda escapar a su inspección.

Al mirarlo a los ojos, descubro preocupación en su expresión. Nunca deja de sorprenderme y de complacerme que un hombre capaz de hallar placer en el dolor dé muestras de tanta ternura y sensibilidad.

Me pongo de puntillas y le rozo los labios con los míos.

—Sólo estoy cansada.

Aparto la boca para repasar con los dedos la sensual curva de sus labios.

Atrapa mi mano y la retiene ahí.

—Sabes que no me trago ese cuento, ¿verdad?

Sonrío de mala gana.

—Estoy deseando estar a solas contigo.

Y es verdad, ya lo creo que sí.

Me pasa la mano por debajo del pelo con ademán protector, posesivo, y tengo la sensación de que intenta retenerme, como si yo pudiera cambiar de idea y marcharme en cualquier momento.

—Ya somos dos, nena —murmura.

Le prometería que no me iré a ninguna parte, pero no estoy segura de que, hoy por hoy, las palabras importen. Los actos, en cambio, sí. El hecho de que yo esté aquí. De que esté dispuesta a capear el temporal que por lo visto se avecina sin abandonar el barco.

Al otro lado del túnel nos aguardan restaurantes y tiendas en la zona de la izquierda y una enorme cola para los controles de seguridad que se retuerce hasta el infinito.

—Cuánto me alegro de no tener que ponerme en esa cola —respiro aliviada.

—En realidad, sí —responde Chris compungido—. Tenemos que enseñar el pasaporte antes de acceder al vestíbulo.

Me detengo en seco y me vuelvo a mirarlo.

—No. Por favor, dime que no tenemos que hacer esa cola, con lo cansada que estoy.

Se cambia las maletas de hombro.

—Seguro que no nos lleva tanto rato como parece.

—Dijo el recepcionista a pesar de la atestada consulta del médico —replico con un suspiro—. Antes tengo que ir al baño.

Se inclina hacia mí para plantarme un beso en la frente.

—Me parece un buen plan. Yo también iré.

Nos separamos en los servicios, cuyo cartel reza «toilette». La palabra «toilette» me parece de pésimo gusto, y mientras entro en los concurridos aseos me pregunto si los franceses pensarán lo mismo de «servicio». Hay una fila de un mínimo de cinco mujeres por delante de mí, pero sólo dos lavamanos y otras tantas cabinas. Tengo para rato.

Una mujer me mira de arriba abajo al pasar, deteniéndose en mi cara, y me pregunto si parezco más americana de lo que pensaba. Tampoco sé qué aspecto tienen las americanas. Yo podría pasar por francesa. Creo. Mi móvil emite una señal. Cuando lo saco del bolso, encuentro un mensaje de mi compañía, que viene a decirme que usar el teléfono me costará una pequeña fortuna si no ajusto el plan. Uno de los muchos problemas que tendré que solucionar, sospecho.

Alzo la vista cuando la cola avanza. Otra mujer me mira fijamente y empiezo a preguntarme si no habré provocado algún desaguisado cuando me he lavado los dientes y me he pintado los labios en el avión. ¿Me habré pintarrajeado la cara con rojo de labios? Busco un espejo, pero no lo hay. ¿Qué? ¿No hay espejos? Ninguna americana toleraría algo así. Las mujeres no pueden ser tan diferentes entre sí, por más que hayan nacido en países distintos, ¿verdad?

—¿Hay un espejo en alguna parte? —pregunto a la concurrencia del servicio, pero todas me miran impertérritas—. ¿Inglés?

Más miradas impávidas, aunque dos niegan con la cabeza. Genial.

Suspiro resignada, convencida de que estoy hecha un desastre, y lamento no haber conservado el neceser del maquillaje y el espejo en el bolso, en vez de guardarlos en la maleta que Chris se ha llevado consigo. Echo un vistazo a la hora que marca el móvil e intento buscar el horario internacional, sin conseguirlo. Aquí está a punto de amanecer y creo que hay seis u ocho horas de diferencia con San Francisco. ¿O son nueve? Da igual, si no me voy a dormir pronto, jamás me adaptaré al cambio de horario.

Cuando por fin salgo del servicio, voy con tantas prisas que choco contra un cuerpo musculoso. Ahogando una exclamación, alzo la vista al mismo tiempo que unas fuertes manos me sostienen para que no pierda el equilibrio.

—Perdone —me disculpo, y pestañeo sorprendida al ver delante de mí a un tipo alto de treinta y pico años con el pelo oscuro y revuelto, bien parecido—. No quería…

Titubeo. ¿Hablará siquiera inglés?

Él responde algo en francés y dice:

—*Pardon*.

Luego se marcha.

Un desagradable escalofrío me recorre la espalda. La inexplicable necesidad de seguirlo se apodera de mí. Cuando giro sobre mí misma me doy de bruces con Chris.

Frunce el ceño.

—¿Te pasa algo?

Sí. No. Sí.

—He chocado con un hombre y…

Chris maldice y me arranca el bolso. Bajando la vista, descubro que la cremallera está abierta. Estoy segura de que la he cerrado.

—Oh, no —me lamento. Abro el bolso para repasar el contenido y descubro que la cartera ha desaparecido—. No. No, no, no, no. Esto no está pasando. Se ha llevado mi cartera, Chris.

—¿Y el pasaporte? —pregunta con serenidad, depositando las maletas en el suelo, entre los dos.

Agrando los ojos antes de ponerme a buscarlo. Cuando niego con la cabeza estoy a punto de vomitar.

—No está. ¿Qué significa eso?

—No pasa nada, nena. He olvidado darte el carné de identidad. Aún lo tengo. Con esto bastará para entrar en Francia, aunque nos pondrán alguna pega. Y puedes usarlo en el consulado para que te hagan un duplicado.

Inspiro a fondo y soplo el aire poco a poco. Su manera de hablar de «nosotros» me tranquiliza. No estoy sola. Me va a acompañar en cada paso del camino, no sólo aquí y ahora. Lo sé, y quiero creer que eso no va a cambiar. Es una de las muchas cosas de él, de nosotros, que me han traído a este aeropuerto.

—Gracias a Dios que tienes mi carné.

Chris coge las maletas y me acaricia la mejilla.

—Debería haberte avisado de que por aquí abundan los carteristas.

—Carteristas —repito—. ¿Aquí en el aeropuerto o en todas partes?

—En todas las zonas turísticas.

Se echa las maletas al hombro.

«Bienvenida a la ciudad del amor» pienso, aunque debo reconocer que a mí el amor nunca me lo ha puesto fácil.

—Tengo que cancelar las tarjetas de crédito pero no puedo usar el móvil.

—Utiliza el mío cuando hayamos pasado el control de seguridad.

Asiento antes de cerrar la cremallera del bolso. Luego me lo cruzo en bandolera protegiéndolo con la mano.

Las circunstancias me superan. Menos mal que Chris es una roca o me dejaría llevar por el pánico. No digo que quiera largarme a casa con el rabo entre las piernas, aunque estrictamente hablando ni siquiera he cruzado aún la frontera. Tampoco podría volver a Estados Unidos aunque quisiera; un extraño me ha robado la libertad. Y también me preocupa que mis datos personales estén en manos de un desconocido.

Menos mal que no tiene mi dirección en París; ni siquiera yo la tengo.

Entonces miro a Chris y noto esa descarga que me produce siempre nuestra conexión. Rectifico. Sí que conozco mi dirección. Está junto a Chris.

3

Después de que la policía de aduanas nos fría a preguntas durante una hora entera, Chris y yo cargamos las maletas en un carro del aeropuerto y nos disponemos a abandonarlo. Nos detenemos ante las puertas giratorias, debajo de un cartel que reza «taxi».

—Iré a buscar un coche privado y un chófer —anuncia Chris—. Tú quédate con las maletas.

Hago un mohín.

—Sí. Amo.

Enarca una ceja.

—¿Por qué será que sólo consigo que me llames así en plan sarcástico?

—Porque, si mal no recuerdo —le digo—, no quieres que te llame «amo».

—¿Me estás diciendo que me llamarías así si te lo pidiera?

—Claro que no.

Chris lanza una carcajada, un erótico murmullo que actúa como un bálsamo en mis terminaciones nerviosas.

—Y hablando de otra cosa —comenta mientras me atrae hacia sí con una luz en los ojos que no asoma tan a menudo como me gustaría—, la zona a la que nos dirigimos es el Times Square de París. Te encantará. —Se inclina para besarme—. Vuelvo enseguida.

Cuando se aleja, me quedo donde estoy, mirando sus eróticos andares y haciéndome a la idea de que me encuentro en París. Soy consciente de que, por más que le asusten las consecuencias de mi presencia aquí, también le ilusiona enseñarme la ciudad. Y a mí me hace ilusión explorarla con él.

Aguardo impaciente su regreso, deseosa de compartir con Chris mi nueva emoción y decepcionada cuando empieza a ser evidente que tardará unos minutos. Con un suspiro, saco el móvil del bolso para solicitar un plan internacional. Casi he terminado cuando Chris vuelve a entrar acompañado de un hombre que debe de ser el chófer. Se me para el corazón sólo de ver sus movimientos, todo músculo y potencia. Dudo que jamás deje de experimentar esa sensación cuando lo veo llegar, y sonrío.

—¿Lista? —me pregunta mientras yo me despido del empleado de la compañía telefónica.

El chófer empuja el carrito del equipaje y nosotros lo seguimos al exterior. Yo corto la comunicación por fin mientras aguardo a Chris, que está ayudando al chófer a meter el equipaje en el portamaletas, junto a la portezuela del coche.

Se reúne conmigo y me sujeta la puerta para que pueda entrar. Lo abrazo un momento antes de levantar la barbilla para mirarlo a los ojos.

—Quiero que sepas que entiendo por qué necesitabas hacer esto del modo que lo hiciste, pero que habría venido en cualquier caso. Me alegro de estar aquí contigo.

Lo beso, apenas un roce de labios, y me sorprendo cuando Chris, normalmente tan reservado, me desliza la mano por detrás del cabello e inclina la boca sobre la mía. La caricia de su lengua me arranca un gemido.

—Yo también me alegro de que estés aquí —me asegura tras despegar los labios y apartarme de sí como si temiera no ser capaz de hacerlo de prolongarse el contacto. Como si quisiera tomarme allí mismo. Sólo él es capaz de despertar en esta maestra de escuela tan decente en otro tiempo el deseo de que lo haga.

Me humedezco los labios y su ardiente mirada se clava en mi boca, un gesto de nada que me hace estremecer de la cabeza a los pies, caliente por dentro y por fuera. Alguien grita algo en francés. Chris se gira raudo hacia el origen de la voz y yo hago lo mismo un instante después.

El conductor nos llama la atención por encima del techo del auto-

Asintiendo, miro por la ventanilla con la mirada perdida. Pasaron meses antes de que tuviéramos noticias de Rebecca, y al final resultó que estaba muerta. El único final que merece Ella junto a su nuevo marido es el típico «vivieron felices y comieron perdices».

La idea me impacta y abro la boca al darme cuenta de que había obviado algo. La boda. ¡Ella se casó! Habrá algún documento en el juzgado. ¿Lo habrá tenido en cuenta Blake?

Toco el brazo de Chris para captar su atención antes de que cuelgue.

—Comprueba tus mensajes —me dice sin darme tiempo a formular la pregunta—. Mira a ver si has pasado alguno por alto.

Lo dice en tono desenfadado, pero noto que está preocupado y eso me preocupa también.

Frunciendo el ceño, saco el teléfono, incapaz de descifrar su expresión en las cambiantes sombras de la penumbra del coche. Al revisar mis llamadas en el historial, me fijo en un número desconocido de San Francisco.

—Pues sí. El teléfono no ha pitado. Por eso no lo he visto.

Me dispongo a oír el mensaje, pero titubeo. Quiero seguir escuchando a Chris para deducir a qué viene esto.

—Ahora mismo lo hace —le dice Chris a Blake—. Y sí, te mantendré informado. —Corta la comunicación—. Parece que el detective encargado de investigar la desaparición de Rebecca quiere volver a interrogarte.

No tengo ni idea de qué esperaba oír, pero desde luego no era eso. Sacudo la cabeza para mostrar mi desacuerdo y me dispongo a guardar el teléfono.

—Ahora mismo no puedo pensar en eso. Lo llamaré mañana, cuando haya descansado.

—Por lo que parece, es urgente. El policía ha pasado por nuestra casa y ha hablado con Jacob. Jacob ha intentado llamarnos, pero teníamos el teléfono fuera de servicio. Blake y él llevan horas intentando localizarnos.

Me humedezco los labios, que se me han secado de repente.

—¿Y qué puede ser tan urgente? Hablaron conmigo hace menos de veinticuatro horas.

—Es un procedimiento normal. Querrán arrestar a Ava lo antes posible. Y no le van a imputar solamente la muerte de Rebecca. La acusarán también de tu intento de asesinato.

Yo ya lo sabía, claro que sí, pero no me había parado a pensar en lo que entrañaba. Todo esto me parece una montaña ahora mismo, me sobrepasa.

Por suerte, el coche se detiene ante una enorme puerta de acero, una grata distracción del tema de Ava.

Chris baja la ventanilla para teclear un código de seguridad. Cuando vuelve a subirla, retoma la conversación donde la habíamos dejado.

—Tendrás que testificar en el juicio contra Ava, y la policía necesita reunir pruebas suficientes para condenarla.

—Ya —replico—. Sí. Claro. Y yo también quiero que la condenen. Los llamaré. —Echo un vistazo al horario internacional con la esperanza de poder aplazar la tarea—. Son casi las once de la noche en Estados Unidos, ¿verdad?

—Ocho horas menos que aquí, sí. Es tarde, pero, por lo visto, el detective hace turno de noche.

Suspiro derrotada.

—Lo llamaré en cuanto entremos, te lo prometo.

Cuando el coche vuelve a arrancar, miro por la ventanilla. El resplandor de un nuevo día ilumina una fila de edificios blancos estilo Haussmann.

—Tenemos una residencia privada —me explica Chris cuando avistamos un umbral arqueado con cinco peldaños ascendentes—. Hay varias viviendas en el edificio, pero no están conectadas entre sí y no hay portero. Nos pertenecen del piso dieciocho al veinte, junto con un garaje privado y un gimnasio adyacente.

«Nos pertenecen.» Me encanta que hable en plural. La naturalidad con que se refiere a «nosotros».

—Avenida Foche, doce, doce —leo en el centro de la placa negra que destaca en la pared de piedra, al lado de la puerta, justo antes de entrar en el garaje privado.

—Nuestra dirección —asiente él con voz queda.

Una luz automática ilumina el garaje, proyectando sobre nosotros un resplandor pálido. Miro a Chris para evaluar su expresión y encuentro en su semblante el mensaje que intenta transmitirme. Es consciente de cuánto necesito saber que tengo un hogar y una vida estables. Y tiene presente que aún arrastro las secuelas de nuestra ruptura, que aún estoy resentida porque no hace ni cuatro días me excluyó de su vida.

—Nuestra dirección —repito para que sepa que estoy tan ansiosa como él por empezar de cero.

Las comisuras de sus labios se curvan despacio cuando la satisfacción se extiende por sus facciones. Luego se inclina hacia delante para hablar con el chófer.

Me está diciendo de todas las formas imaginables que no me habría traído a París si no estuviera decidido a salvar lo nuestro, cueste lo que cueste. «Y siempre hay un precio a pagar», me parece oír decir a Rebecca en mi mente. ¿Cuál será ese precio en el caso de Chris?

—¿Estás lista, cariño?

La pregunta me sobresalta. Estaba tan sumida en mis pensamientos que no me he dado cuenta de que ya había salido del coche y me estaba tendiendo la mano.

Recogiendo el bolso, acepto la ayuda que Chris me presta para bajar del vehículo. Cuando me pongo de pie, me atrae hacia sí aplastándome la mano contra la espalda con ademán posesivo.

—Nada de medias tintas —me recuerda, y adivino por su voz baja y ronca que comparte mis mismas sensaciones. Estamos abriendo una puerta que no podremos cerrar.

Poso la mano en la fuerte extensión de su pecho y adivino, por el rápido latido de su corazón, que este momento lo perturba tanto como a mí.

—Nada de medias tintas.

Nuestras miradas se encuentran y el ardor que me ha transmitido su mano muda en un fuego abrasador que nos incendia por anticipado. Por fin vamos a estar solos.

—*Pardon, monsieur, madam.*

El conductor rompe el hechizo. Acaba de cruzar la puerta interior del garaje tras dejar nuestras maletas en el descansillo del ascensor.

—*Oui, monsieur* —dice Chris con su fascinante acento—. *Je vous remercie de votre aide.*

Gracias por su ayuda, supongo que ha dicho, y cuando les veo estrecharse la mano me convenzo de que tengo razón. A lo mejor la lengua francesa no es tan difícil como pensaba. Después de dormir un rato, puede que aprenda unas palabras.

Con una frase de despedida, el chófer regresa al coche. Cuando el sedán da marcha atrás, alcanzo a ver la otra zona del garaje, que alberga tres Mustang clásicos, dos Harley y un Porsche 911.

Niego con un movimiento de la cabeza.

—Distinta ciudad, idénticas obsesiones.

—Tú eres mi obsesión —replica él con voz ronca, hundiendo los labios en mi cuello—. Adictiva en todos los aspectos, lo cual merece una recompensa. Escoge una Harley.

Me río de buena gana.

—No es la recompensa que yo escogería, pero vale. —Señalo la que parece más cara—. Me quedo con esa.

Las puertas del garaje se cierran solas y, entrelazando sus dedos con los míos, Chris echa a andar hacia atrás, arrastrándome tras de sí con un brillo malicioso en los ojos.

—Pero yo conduzco, nena.

Pongo los ojos en blanco.

—Tú siempre al mando, ¿eh?

—Te gusta que yo esté al mando.

—No te digo que no —replico al momento.

A estas alturas de la relación, he dejado de censurar los pensamientos que me inspira Chris.

Me atrae hacia el pequeño vestíbulo del otro lado del garaje y pulsa el botón del ascensor antes de abrazarme.

—¿Quieres que te demuestre lo mucho que te gusta que yo esté al mando?

—A ver si puedes —lo provoco, y me derrito sólo con pensar de cuántas maneras posibles podría demostrármelo.

Las puertas del ascensor se abren.

—¿Vamos arriba y lo comprobamos?

Me echo a reír.

—Lo estoy deseando.

Entra en el ascensor de espaldas y tira de mí para que lo siga, pero yo me detengo en seco clavando los pies en el suelo.

—Tengo que llamar al detective antes de subir.

Chris frunce el ceño.

—¿Aquí?

—No quiero que el pasado empañe lo que pueda pasar una vez que hayamos entrado en el ascensor.

La comprensión y la ternura inundan su semblante. Sale del ascensor al momento.

—Llamaremos desde aquí.

Busco el móvil en el bolso y Chris se apoya contra la pared, abrazándome por detrás. Me sostiene por la cintura y yo me relajo. Su contacto me ayuda a afrontar la estúpida intranquilidad que sin saber bien por qué me produce esta llamada.

Toco un icono y escucho el lacónico pero urgente mensaje del detective Grant. Pincho la rellamada.

—Señorita McMillan —me saluda.

Es obvio que tiene identificador de llamadas, y su manera de pronunciar mi nombre me recuerda tanto a Mark que no puedo reprimir un escalofrío.

—Agente Grant —respondo con sequedad.

—Por lo que parece, ha abandonado el país.

—Estoy en París, sí —digo con sorprendente frialdad, teniendo en cuenta que estoy hecha un manojo de nervios—. ¿Acaso no debía marcharme? Nadie me dijo que no pudiera salir de Estados Unidos.

—¿Y a qué viene tanta prisa por escapar?

Me pongo a la defensiva.

—¿Escapar? —le espeto, y noto que los dedos de Chris se tensan en mi cintura—. No sé a qué viene eso, pero me parece que, después de estar a punto de morir a manos de una demente, tengo derecho a cambiar de aires.

—A cambiar cuanto antes, por lo que parece.

El recelo empieza a mudar en una rabia pura y dura que endurece mis palabras.

—¿Qué pretende insinuar?

—Se ha quedado con el trabajo de Rebecca.

—Alguien tenía que sustituirla.

—No todo el mundo tenía acceso a sus objetos personales y a sus pensamientos más íntimos. —Titubea, adrede—. Al final, usted se quedó con su trabajo y con su jefe. Con toda su vida, en realidad.

El corazón se me dispara y Chris me atrae hacia sí, diciéndome en silencio que está aquí, que está conmigo. Él es lo único que me impide venirme abajo.

—Ayer estuvieron a punto de matarme —repito.

—Eso no tiene nada que ver con la muerte de Rebecca.

—Ava confesó que la había matado. E intentó matarme a mí. Algo tendrá que ver, digo yo.

—Ahora dice que confesó para proteger a Mark.

—¿Para proteger a Mark? —Sólo puedo abrir la boca de par en par y volverme a mirar a Chris hundiéndole los dedos en el brazo—. ¿Ava dice que Mark mató a Rebecca?

La expresión de Chris es indescifrable, pero noto en la mano la tensión de sus músculos cuando me aferra con más fuerza. Clava los ojos en los míos y los deja ahí, y yo percibo su presencia más allá del contacto. Es mi pilar, mi fuerza.

—Ava dice que usted mató a Rebecca y luego chantajeó a Mark para que no la delatara —me informa el agente.

La oscuridad que llevo horas tratando de contener se convierte en una agujero negro y todo empieza a dar vueltas a mi alrededor. Un segundo después, se me doblan las rodillas y sólo alcanzo a ver el suelo.

4

Pestañeo unas cuantas veces antes de descubrir que estoy reclinada contra el sólido pecho de Chris, que me sostiene por la cintura con un brazo mientras habla por mi móvil. Mi ancla. Pienso que Chris es eso y mucho, muchísimo más al tiempo que me doy cuenta de que me he desmayado y acabo de recuperar la consciencia. Nunca me había desmayado antes, y me perturba enormemente advertir que he perdido toda noción del tiempo y la realidad.

—¿Le dijo que no podía abandonar el país? —está preguntando Chris con voz serena. Se hace un silencio—. Entonces no ha hecho nada ilegal. —Vuelve a escuchar—. Ya, bueno, que conste que yo doy fe de que es inocente y que si usted, tal como dice, «sólo está haciendo su trabajo» podría haber esperado a que se hubiera repuesto de la impresión del ataque de ayer, por más que quiera descartar todas las posibilidades. A partir de ahora, será mejor que hable con su abogado, Stephen Newman. Él se pondrá en contacto con usted.

Chris corta la llamada.

Trago saliva, intentando recuperar la voz mientras el pánico vuelve a adueñarse de mi pecho.

—Chris, él… Yo…

—No tienes que preocuparte por nada —me asegura, sosteniéndome la cara entre las manos—. Yo me ocupo de esto. Y de ti.

Sus ojos rebosan ternura y confianza. Espero que sepa algo que yo no sé.

—Pero si prácticamente me ha acusado de matar a Rebecca…

—Ava y su abogado tenían que argumentar una defensa y lo han hecho a tus expensas. La policía no la cree, pero para acusarla tienen que llevar a cabo todas las formalidades. Nuestro abogado se encargará de esto. Y yo me encargaré de ti.

Hace un tiempo, la idea de depender de Chris me habría aterrorizado. Y recordando cómo me expulsó de su vida tras la muerte de Dylan, aún me cuesta confiar en él; pero también es verdad que nunca me he sentido tan bien como ahora entre los brazos de este hombre.

Bajo la vista hacia mis manos apoyadas contra su pecho y las veo temblar, pero no tengo la sensación de estar temblando. Es como si mi cuerpo se hubiera desconectado de mi mente.

—Me parece… Me parece que no me encuentro muy bien ahora mismo.

—Ya te lo he dicho. Yo me ocupo de ti, nena.

Pulsa el botón del ascensor y me coge en brazos. Yo me dejo llevar, aliviada. Él se ocupa de mí. Puedo contar con él. Ahora mismo, prefiero pensarlo así. Necesito creerlo.

Reclino la cabeza contra su hombro y cierro los ojos. Puede que parezca una bobada, pero no quiero ver el interior de la casa estando tan trastornada. Quiero esperar a explorarla más tarde, para que las cosas malas no estropeen las buenas.

Cuando me obligo a mí misma a abrir los ojos al cabo de un rato, Chris me está sentando en el mármol de un cuarto de baño. Me besa, apenas un roce de labios.

—¿Te encuentras bien?

Poso las manos sobre las suyas, ahí donde me ciñen la cara.

—Únicamente porque tú estás aquí.

—Digo eso mismo a diario desde que te conocí, Sara. Lo sabes, ¿verdad? Cuando perdí la cabeza tras el funeral de Dylan, fuiste tú la que me ayudó a superarlo. Saber que te tenía… sólo eso me ayudó a ver la luz al final del túnel.

Exhalo un suspiro que lleva su nombre.

—Chris —susurro. Le rodeo el cuello con los brazos y entierro la cara en su hombro. Un dolor insoportable se apodera de mí cuando recuerdo a Chris en el club de Mark, gritando para que el flagelo del látigo le arrancara el dolor provocado por la pérdida de Dylan—. Te quiero. —No puedo evitar que me tiemble la voz, y no lo intento. Me echo hacia atrás y lo miró a los ojos, totalmente entregada, para que juzgue mis palabras igual que se juzgó a sí mismo aquella noche—. Te quiero muchísimo, Chris.

—Yo también te quiero, Sara. Más de lo que te he demostrado, pero te aseguro que eso va a cambiar. —Me retira unos mechones de los ojos—. Date un baño caliente mientras yo hago unas llamadas. Luego descansaremos.

—Sí, me parece bien —consiento, y él se queda un momento donde está. No sé lo que está pensando, pero creo que quiere decir algo o espera que yo lo haga. Hay tanto, tantas cosas por decir que no sé por dónde empezar ni si es el momento adecuado. Se da media vuelta y el hechizo se rompe. Se acerca a la bañera, la viva imagen de la elegancia y el erotismo, y se inclina para abrir el grifo. Son esos gestos tan tiernos los que me llevan a considerar a Chris mi gran amor. Es el tipo que encontré atado y gritando para que lo flagelaran con más fuerza, pero también el hombre amable y protector que tengo delante, y el contraste entre ambos me incendia y me reconforta al mismo tiempo.

Me aferro al borde del mármol y echo un vistazo al baño, que tiene el tamaño de un dormitorio pequeño. Las baldosas blancas son iguales a las de nuestro baño de San Francisco, pero la decoración de este incluye matices grises y detalles plateados. Es lujoso, tan suntuoso como el aroma que me acaricia la nariz: almizclado y masculino, con un toque especiado.

Chris me tiende un frasco.

—Mi champú. No te puedo ofrecer nada más para que te des un baño de espuma. Ya te compraré lo que necesites.

—Me encanta oler a ti —le aseguro, recordando aquella vez que me puse su perfume y dije lo mismo.

Camina despacio hacia mí, todo languidez y sensualidad con sus vaqueros desteñidos y su camiseta azul de AC/DC, y posa las manos en mis rodillas. «Eres mía», dice su contacto, y yo recibo su marca encantada. Sí. Ya lo creo que soy suya.

—Me gusta que huelas a mí —responde con una voz tan suave como una caricia de terciopelo.

Me dijo eso mismo en otra ocasión, y yo reacciono igual que entonces. Me olvido de mí misma y me fundo en este instante, el cuerpo vivo, la piel encendida. Ha borrado los sinsabores y me ha dejado profundamente absorta en él y en todo cuanto es. En todo aquello que somos juntos.

Me pasa el nudillo por la mejilla y advierto un cambio en su estado de ánimo. Casi puedo sentir el lado oscuro y vicioso de Chris, listo para entrar en acción. Mi vientre se estremece cuando lo noto, como si algo primario y femenino hubiera despertado en mi interior reclamando que lo satisfagan. Hace un tiempo me negaba a aceptar hasta qué punto comprendía esa parte de Chris y lo mucho que me parezco a él en el fondo, pero esos días quedaron atrás. Soy quien soy, aunque todavía no comprenda del todo a esa persona. No obstante, la idea de que algún día seré capaz de hacerlo, y de que Chris no se conformará con menos, me prende por dentro.

Ahora Chris se retira de mi alcance y mi fuego se transforma en hielo. Cierra los puños y los músculos de sus brazos se tensan como bandas de acero. Levanto los ojos buscando los suyos, pero sólo me devuelve una mirada dura y una mandíbula crispada. Aunque no dice nada, la tormenta que se cierne en sus ojos habla por sí sola.

Chris carga el mundo entero sobre su espalda, yo incluida. Pese a todos los esfuerzos que hizo por salvar a Dylan, el cáncer se lo arrebató. Nosotros dos estuvimos a punto de perdernos el uno al otro. Y ahora Rebecca se ha ido, aunque él le advirtió que se mantuviera alejada del club.

Se me encoge el estómago ante la posibilidad de que se culpe de su pérdida, de que piense que pudo hacer más. Sé que se siente responsable de la muerte de su padre y puede que también de la de su madre.

Chris me necesita. A la mierda la policía, Ava y todo aquel que conspire para hundirme. Me dispongo a bajar del mármol, pero él retrocede otro paso.

—Voy a echar un vistazo a la casa para asegurarme de que todo está en orden —dice.

Se da media vuelta y sale del cuarto de baño, dejando la puerta abierta.

Lo veo alejarse, ardiendo en deseos de seguirlo, pero reprimo el impulso. ¿Y por qué, si se puede saber? Antes no lo habría hecho.

Me mordisqueo el labio inferior. Conozco el motivo. Una parte de las tinieblas que he intentado ahuyentar durante el viaje procede de todo aquello que nos queda por hacer y por decir. Apenas hemos empezado a reencontrarnos después de que la muerte de Dylan, un niño tan dulce y tan joven, despertara los demonios de Chris y estuviera a punto de destruirnos. Sin embargo, aquí estoy yo, dispuesta a luchar por Chris, por nosotros.

Tomo una decisión. Bajo del mármol y me acerco a la bañera para cerrar el grifo. Entro decidida en el enorme dormitorio, atisbando retazos de cuero marrón y un balcón. Salgo a un enorme pasillo cubierto de brillante tarima negra que se bifurca en distintas direcciones.

Me fijo en dos tramos de modernas escaleras de acero y madera, uno ascendente, el otro descendente. Considero más lógico que la cocina y la zona de estar se encuentren en la planta inferior, así que tomo esa dirección.

La escalera gira y se retuerce, incluso se conecta con otro tramo ascendente. Yo sigo bajando. Casi he llegado al fondo cuando oigo que Chris está hablando con alguien en un tono bajo, ronco, disgustado. Nerviosa, sigo el sonido. Desciendo los últimos peldaños prácticamente de un salto y entro en el imponente salón circular, decorado con moderno mobiliario de piel y elegantes mesas a juego con las escaleras y los suelos.

Ahora no oigo a Chris y tampoco lo veo por ninguna parte. Echo un vistazo a las escaleras que suben hacia lo que debe de ser la cocina. Estoy caminando hacia ellas cuando una corriente de aire me roza la piel y me fijo en la rendija de la puerta del balcón, que antes he pasado por alto. Chris debe de haber salido mientras yo bajaba.

Me planto ante la puerta en dos zancadas y me asomo. Chris está allí, de espaldas a mí.

—Lo único que digo es que quiero que Sara esté tranquila, joder. No se merece toda esta mierda. Y si hacen falta más dinero y recursos para encontrar a Rebecca y enterrarla como Dios manda, encárgate de ello.

Sin aliento, comprendo que ha llegado el momento de poner toda la carne en el asador para plantar cara a sus demonios. No pienso darles ventaja. La inseguridad y el miedo que me han dominado a lo largo de estas últimas horas me abandonan de golpe.

Chris está haciendo teatro, fingiendo que está bien cuando no es así. Me necesita. Me necesitaba cuando murió Dylan, y no me va a expulsar de su vida otra vez.

Abro la puerta e interrumpo su conversación sin complejos. El aire de la madrugada es fresco sin llegar a ser frío, pero a mí me arde el pecho. Chris se da media vuelta cuando me oye entrar y la tenue luz de la terraza ilumina la sorpresa de su rostro. Veo la Torre Eiffel al fondo. No, no es verdad. Al fondo siempre veo su dolor.

—Tengo que dejarte, Stephen —se despide Chris—. Llámame cuando tengas noticias.

Corta la comunicación y se guarda el móvil en un bolsillo de los vaqueros.

—Pensaba que te estabas dando un baño.

Recorro la distancia que nos separa y lo rodeo con los brazos para estrecharlo con fuerza. Él me abraza a su vez, acariciándome el cabello.

—¿Qué haces aquí, Sara? ¿Qué pasa, nena? El abogado dice...

—Ahora mismo me da igual —digo, echando la cabeza hacia atrás para mirarlo—. Me importan un pimiento el detective, Ava y todo el mundo excepto tú. Por favor, dime que no te culpas por la muerte de Rebecca. Fue Ava. No tú. Ni Mark.

La sorpresa asoma a su rostro, sólo un momento. Enseguida echa la persiana para que no pueda descifrar su reacción, pero la súbita tensión de sus músculos me informa de que he dado en el clavo.

Digo que no con un movimiento de la cabeza. Puedo percibir el sentimiento de culpa que se niega a admitir.

—No es verdad. Piensas que si hubieras sido más insistente, Rebecca se habría mantenido alejada del club, pero lo cierto es que hiciste cuanto pudiste, Chris. Hiciste más que lo que habría hecho cualquier otro en tu lugar.

Me sostiene la mirada con los ojos entornados. Vamos a la deriva en un mar de silencio, su reacción es imposible de descifrar y yo no sé qué hacer a continuación. Chris siempre está a caballo entre las tinieblas y la luz, entre el dolor y el placer, y no tengo ni la menor idea de cómo navegar por las revueltas aguas de su lado más oscuro.

Pese a todo, estoy dispuesta a aprender. Quiero que me necesite a mí y no a un maldito látigo que lo hace trizas. Por desgracia, todavía no es así. ¿Debo presionarlo para que acepte sus sentimientos, impedirle que se encierre en su caparazón, corriendo así el peligro de que estalle más tarde? ¿O lo dejo en paz de momento?

Me envuelve la cara con las dos manos y analiza mis ojos. Tengo la sensación de que busca la respuesta a un interrogante que ni siquiera sabe formular, y yo jamás he sentido tantos deseos de ser la respuesta a una pregunta como cuando es Chris quien la plantea.

—Lo que no sé —confiesa por fin— es cómo volveré a conciliar el sueño después de haber estado a punto de perderte.

Nadie exceptuando a mi madre me ha querido tanto como para preocuparse por mí hasta tal punto, pero la inquietud de Chris siempre es peliaguda. Soy lo bastante lista como para advertir las señales de alarma, y lo que veo no me gusta un pelo. Durante el vuelo, mientras yo me dedicaba a preguntarme qué nos aguardaba en París, Chris se estaba replanteando si compartirlo conmigo a la luz de la tragedia de Rebecca.

—Nosotros no somos ellos —le aseguro—. No somos Rebecca y Mark. No me iré a ninguna parte, así que será mejor que me dejes entrar. Y no hablo de tu casa, lo sabes muy bien.

Apenas he acabado de pronunciar las palabras cuando su boca desciende sobre mis labios, su lengua acaricia la mía despertando mis sentidos e inundándome de su sabor. Tengo hambre de él. Quiero su pasión, quiero su dolor. Lo quiero todo.

Le estiro la camiseta y hurgo bajo la tela para absorber el tacto de ese cuerpo desnudo y prieto. Por fin. Llevo horas, toda una vida, esperando a tenerlo tan cerca como ahora y gimo en parte de alivio y en parte de placer.

Chris despega los labios y me hunde los dedos en el cabello para impedir que me acerque. Su apuesto semblante revela una lucha interna.

—Te has desmayado, Sara. No quiero perjudicarte.

—No he venido a París con el buen samaritano, Chris, así que no te pongas en ese plan. Y no descansaré hasta que hagamos lo que sea que hemos venido a hacer.

Intento acercarme a él para volver a besarlo.

Sus dedos se curvan en mi cabellera y un erótico escalofrío se arremolina en mi espalda. Ay, sí. Adiós, buen samaritano. Hola, Chris.

—Con las cosas que tengo en la cabeza ahora mismo, no creo que pueda ser muy delicado —me advierte—. ¿Por qué crees que me he marchado del cuarto de baño?

—No seas delicado. —No me gusta lo que veo en su rostro, cómo se debate entre el deseo que le inspiro y lo que cree que estoy preparada para afrontar, y no voy a dejar que decida por mí—. Ya sé que necesitas algo más. Yo necesito más, Chris.

En un suspiro, me empuja contra la enorme columna blanca que separa las puertas de hierro y me ciñe la cintura con ambas manos.

—Antes pensaba que no lo entendías, pero sí que lo entiendes. Lo entiendes demasiado bien. Y yo tengo la culpa, Sara. Tú no te mereces esto.

El sentimiento de culpa que le inspira la muerte de Rebecca podría dañar nuestra relación, igual que su miedo a ser quien es y a la persona que teme inducirme a ser.

—Ya te lo he dicho. Yo no soy Rebecca, así que no vayas por ahí, Chris. Leí sus diarios. Ella renunció a sí misma para estar con Mark.

»Tú no me has convertido en la persona que soy ahora. Lo único que has hecho ha sido ayudarme a no seguir huyendo de mí misma, y me alegro. No hagas que me sienta como si tuviera que volver a empezar de cero.

Oigo pasar los segundos mientras Chris estudia mi rostro. Por fin, me pregunta.

—¿Y quién eres, Sara?

Levanto la barbilla.

—Si a estas alturas aún no lo sabes, te sugiero que lo averigües antes de que sea demasiado tarde para echarnos atrás.

Un pestañeo y Chris me ha colocado de espaldas a él, contra la barandilla, a la que me agarro para no perder el equilibrio. Posándome una mano entre los omóplatos, acopla su cadera a la mía ajustando su erección a mi trasero.

—¿Recuerdas lo que te prometí en aquel hotel de Los Ángeles?

—Sí, que dejarías de protegerme de ti. Y no lo has hecho —lo acuso, segura de que es el momento propicio, de que su estado de ánimo es el adecuado para presionarlo.

—Cariño, hoy me he contenido porque quería darte tiempo para que te recuperases después de todo lo que has pasado, pero no te engañes. No estarías aquí si estuviera del todo decidido a protegerte de mí. —Despliega la mano sobre mi barriga con ademán posesivo—. ¿Qué más te dije?

Entorno los párpados y entro en combustión cuando me veo a mí misma tendida en la cama de aquel hotel de Los Ángeles, atrapada en la intimidad de su cuerpo.

—Que si me quedaba contigo, sería tuya.

—De la cabeza a los pies —asiente con voz ronca—. Eso significa que te conoceré al milímetro. En cuerpo y alma. Y ya va siendo hora de que sepas lo que significa eso.

—Enséñamelo —lo desafío, ardiendo en deseos de pertenecerle, cuando ningún otro hombre me ha poseído hasta ese punto. Cuando jamás he soñado con pedirle a ningún hombre nada parecido. Pero él es Chris, la única respuesta a todas mis preguntas.

—¿Que te enseñe qué?

—Qué se siente al ser tuya —me atrevo a replicar, y un calorcillo se extiende por mi vientre al pensar en las eróticas posibilidades que implica mi petición—. Porque aún no lo sé. Y quiero saberlo.

Me araña el lóbulo de la oreja con los dientes y noto la caricia de su aliento en la delicada piel.

—Lo sabrás, Sara. Lo sabrás. —Se despega de mí, dejándome fría y ansiosa—. Date media vuelta.

Trago saliva, excitada ante la promesa, aliviada de que emprendamos este viaje juntos, más allá del muro que la pérdida de Rebecca ha estado a punto de erigir. Me doy media vuelta insegura y busco su mirada, pero en vez de carbones ardientes y brasas al rojo, encuentro ternura.

Señala el umbral con la barbilla.

—Entra, cariño.

El tono afectuoso que tan a menudo emplea para dirigirse a mí me encoge el corazón, y también el mensaje que contiene. Sea cual sea el viaje que estamos a punto a emprender, seguiremos siendo los mismos cuando lleguemos al destino.

No ha perdido el control. Ni siquiera está ya al borde del precipicio. Está a punto de arrastrarme a mí al abismo. Y lo estoy deseando.

5

La temperatura es más agradable dentro de la casa que fuera, pero el frío de la habitación contrasta igualmente con el calor que me sofoca por dentro. La emoción anticipada ha despertado hasta la última de mis terminaciones nerviosas, y sin embargo camino con andares lentos, tentadores. No sé adónde quiere Chris que me dirija o qué espera que haga. Sea como sea, estoy lista para cualquier cosa.

—Para —me ordena Chris cuando llego a la altura del sofá—. Mírame.

Me doy media vuelta. Está plantado al otro lado de una gruesa alfombra color crema de dos metros de largo. Se cruza de brazos y el colorido tatuaje del dragón acusa la tensión de sus músculos.

«Representa el poder y la riqueza, dos cosas que sabía que deseaba desde muy jovencito», me dijo cuando le pregunté por el motivo. Me muero por saber qué le llevó a desear esas dos cosas. Qué quiere ahora.

—Desnúdate.

Al instante, desplazo la mirada del brazo de Chris a su semblante apuesto e indescifrable para adivinar lo que está pensando, pero no encuentro nada allí salvo malsana firmeza. La orden no me sorprende; Chris tiene la manía de que me desnude mientras él permanece vestido. Tiene que ver con el dominio y la sumisión. Su dominio. Mi sumisión. No siempre se la he ofrecido de buen grado. O quizá sí, y sencillamente no lo reconocía ante él, o incluso ante mí misma.

Me quito los zapatos de dos patadas, como si estuviera jugando al *strip poker* y hubiera elegido desprenderme de la prenda menos comprometida en primer lugar. Tal vez esté dispuesta a someterme, pero eso no significa que Chris, en el papel de dominador, no resulte intimidante. Y sexy. Sexy a morir.

Me desprendo de la chaqueta a continuación y, por más que desee esto, por más que confíe en él, me siento vulnerable y expuesta cuando la tiro a un lado. Quiero entender por qué. Al mismo tiempo, me excita desnudarme para él. Por lo que parece, sentirme vulnerable y expuesta delante de Chris me pone a cien. En algún otro momento habría intentado alargar el juego del *striptease*, pero esta no es una de esas ocasiones. Estoy deseando acabar de una vez para saber qué viene a continuación.

No miro a Chris cuando me quito rápidamente la camiseta y los pantalones de terciopelo. Sólo llevo encima un sujetador rojo y unas braguitas del mismo color, y titubeo sólo un momento antes de continuar. Me desabrocho el sujetador y lo tiro a un lado. Ahora les toca el turno a las bragas, que salen volando de una patada de mi pie descalzo. Chris ya tiene lo que quería. Estoy desnuda y él no.

Me devora con los ojos, un repaso lento y caliente, y me aturde descubrir cuán intensamente erótica puede llegar a ser la mirada de este hombre. Ya he experimentado otras veces esta misma sensación, pero no por ello resulta menos explosiva cuando me asalta. Estoy excitada a más no poder, desnuda mientras él sigue vestido, y si bien es verdad que la situación me incomodaba en el pasado, ya no. Forma parte de su necesidad de dominio, y él estaba en lo cierto. No sólo me gusta que él tenga el mando, sino que he dejado de analizar por qué obedecer sus órdenes se ha convertido en una necesidad casi física para mí. Sencillamente es así. Y me gusta.

—De rodillas en mitad de la alfombra —me ordena.

Paso de sentirme excitada y segura de mí misma a ser un manojo de nervios y un corazón desbocado. ¿De rodillas? Nunca me ha pedido, o más bien me ha ordenado, algo así.

Estaba totalmente a su merced, desnuda y de rodillas, en mitad de una suave alfombra de lana. Las semejanzas entre aquella entrada del diario de Rebecca y el momento actual me impactan, pero son las diferencias entre ambas situaciones las que me retuercen las entrañas. Rebecca describía cómo Marc la obligó a exhibirse delante de todo el club y lo mal que se sintió por ello. Aquí sólo está Chris, que jamás haría algo así, estoy segura. Ella quería lo que yo tengo.

—Sara —me azuza Chris con dulzura, de nuevo tierno y cariñoso.

Alzo los ojos para mirarlo y la inquietud de su expresión refleja lo que acabo de pensar. Chris nunca me haría daño.

—Estoy bien —digo en respuesta a su pregunta muda—. Estamos bien.

Doy un paso adelante, notando las suaves fibras entre los dedos de los pies, y me planto en mitad de la alfombra.

La expresión de Chris se torna ardiente y dominante otra vez, y se me tensan los pezones sólo de notar el incendio de su mirada. Despacio, me agacho, me arrodillo, me someto a él como nunca hasta ahora.

Estoy segura de que lo que viene a continuación será alguna escena de dominación al estilo de las que describía Rebecca en su diario.

Sin embargo, Chris se acerca y se arrodilla delante de mí. Me sostiene la cara entre ambas manos con dedos acariciadores y pestañeo sorprendida ante el afecto que revelan sus ojos.

Poso la mano sobre una de las suyas.

—Pensaba que hoy no podías darme ternura.

Esboza una sombra de sonrisa.

—Supongo que me estás corrompiendo.

El guiño me hace sonreír. Yo le dije lo mismo una vez.

—Me encanta corromperte.

—Lo mismo digo. —Despacio, desplaza la mano por mi cara hasta acariciarme el hombro desnudo—. No te muevas.

Chris se levanta y se encamina a la cortina, de la que retira un cordón de satén. Se me acelera el pulso al recordar cómo me pintó en una ocasión: desnuda y atada en mitad del suelo. Se me seca la boca. Ya sé lo que va a hacer con ese cordón.

En cuando se vuelve a mirarme, veo avidez en sus ojos. El Chris tierno se ha esfumado, remplazado por otro más oscuro y depredador, que acecha a la mujer que tiene en el punto de mira. Pierdo el aliento sólo con pensar que yo soy esa mujer.

Se agacha delante de mí y contempla mis pechos con lascivia. Imagino el contacto como un roce de terciopelo contra la piel. La fricción invisible me tensa los pezones y ansío la urgencia salvaje de su contacto.

—Une las manos delante de ti.

Cree que voy a titubear. Lo leo en sus ojos. No le doy la razón y hago lo que me pide. Su expresión es indescifrable; se limita a enrollarme el largo cordón en las muñecas y luego lo ata, dejando un largo cabo de seda colgando hasta el suelo.

Se enreda el cabo en la mano.

—Estás a mi merced, ¿lo sabes?

—¿Y debería asustarme?

—No. No deberías. Y si te asustaras, te desataría ahora mismo.

—¿No fuiste tú el que me dijo que aquel retrato en el que yo aparecía atada no hablaba de *bondage* sino de confianza?

Agranda una pizca los ojos y luego los entorna.

—También te dije que es un tipo de confianza que no tengo derecho a pedirte.

—No tienes que pedirla —le susurro—. Ya la tienes.

—Ya lo sé, Sara. La cuestión es: ¿qué haré con ella? Y ¿me odiarás cuando haya terminado?

—No. —A pesar de las ataduras, mis dedos encuentran sus manos—. No lo haré, no puedo odiarte.

—Ambos necesitamos saber si eso es verdad.

—Lo es —insisto.

Quiero que rebata mi afirmación, o que la confirme, pero se abstiene de ambas cosas. Se limita a inclinarse hacia delante y a besarme la frente, un gesto tierno que contradice mis manos atadas y sin duda lo que está a punto de pasar. Entonces se desplaza a un lado y despliega los dedos contra mi espalda.

—Inclínate hacia delante y coloca las manos delante de ti, sobre la alfombra.

Sus ojos brillan desafiantes y comprendo el silencioso mensaje que quiere transmitirme. Si no puedo soportar esto, jamás podré afrontar los oscuros secretos que se agazapan en su mente y en su pasado, esos que tiene la intención de revelarme. Y en su fuero interno, Chris piensa que lo odiaré antes de que esto haya terminado, sea lo que sea.

«Allá vamos.»

Prueba número uno de las muchas que sin duda vendrán.

Alzo la barbilla como para decirle que se equivoca si piensa que fracasaré. Luego desplazo los dedos por la alfombra y me extiendo cuanto puedo. La mano de Chris me acompaña, un peso leve que no aprieta. Simplemente está ahí, puro placer en potencia. Durante varios segundos, ninguno de los dos se mueve, y la tensión sexual chisporrotea a nuestro alrededor.

El pelo de la alfombra me hace cosquillas en los pezones y el aire fresco me acaricia el trasero. Estoy expuesta. Tragando saliva con dificultad, me pregunto cómo pudo Rebecca hacer algo ni remotamente parecido a esto en público. ¿Confiaba en Mark tanto como yo confío en Chris? ¿O sencillamente lo amaba tanto como yo a él?

Chris me acaricia la espalda y el placer que siento me arrastra lejos del lugar sombrío al que me han transportado mis pensamientos. Noto la suave fricción de su contacto a lo largo de la columna, luego en la cintura, hasta que su dedo encuentra el coxis y prosigue hacia abajo. Mi respiración se acelera cuando comprendo hacia dónde se dirige, se torna casi un jadeo. Y cuando Chris inicia el íntimo y pausado descenso por la hendidura que se abre entre los labios, mi sexo se tensa dolorido de deseo.

—¿Te gustó la azotaina que te di, Sara? —me pregunta acariciándome los labios con la palma igual que hizo la noche que me azotó.

Siento un cosquilleo ahí donde me roza con los dedos y oigo mi propia respiración, unos jadeos cortos y rápidos que no puedo controlar.

—No… No lo sé.

Detiene la mano, los dedos abiertos y tensos.

—¿Te gustó la azotaina que te di?

Habla en un tono grave, duro, rebosante de autoridad.

No sé por qué, pero la cortina de pelo que me cae sobre la cara y los brazos extendidos como un túnel a los lados no me ofrecen protección suficiente para este escrutinio del alma. Cierro los ojos con fuerza, consciente de que lo que he expuesto ante Chris es algo más que el cuerpo. Le he expuesto una parte de mí que quisiera entender, pero que no llego a aceptar del todo. Y quiero hacerlo. No, lo necesito. Necesito hacerlo.

—Sí —susurro por fin—. Sí. Me gustó.

Contengo el aliento y aguardo una respuesta que no llega. Un segundo. Dos. Ni una palabra. Empiezo a incorporarme.

Las manos de Chris me presionan entre los omóplatos para que no me mueva y el calor de su aliento me cosquillea el cuello y la oreja.

—Quédate donde estás.

Cuando se va, me recorre una ola de pánico repentino e irracional. Lo único que puedo hacer para no incorporarme es respirar a fondo y analizar lo que siento. Acabo de revelarle algo que me cuesta mucho expresar en voz alta, y lo último que esperaba, o que necesitaba, después de confesar algo así es que me deje aquí tendida, desnuda y atada.

No esperaba eso de Chris. Un gesto como este me parece más propio del amo de Rebecca. De Mark. Me siento insegura, en vilo. Y, maldita sea, odio esta terrible inseguridad que nunca deja de atormentarme, que me lleva a preguntarme qué sé, al fin y al cabo, del hombre al que amo, que no se parece en nada a Mark. No se parece. Eso lo tengo claro.

Me obligo a inspirar a fondo una vez más, me aferro a esa certeza como un mantra, y de repente Chris está conmigo, tocándome, su cuerpo desnudo tendido a mi lado. La tensión que llevo dentro se esfuma y el calor se extiende allí donde antes sentía frío. Me coloca de lado para que pueda mirarlo, su erección firme entre mis piernas, su mano posesiva sobre mis costillas. Los ojos de Chris buscan los míos y esa combinación imposible de dominación malsana e infinita ternura funde cualquier resto de inseguridad.

Me retira el cabello de la cara con una caricia.

—Sabes que no hay nada malo en que te guste que te dé unos azotes, ¿verdad? —Me arden las mejillas y bajo la vista. El súbito retorno a nuestra conversación anterior, explícitamente erótica, me ha pillado desprevenida. Coloca los dedos bajo mi mentón para que lo mire a los ojos—. Sólo somos tú y yo, nena, y yo no me parezco en nada a ninguno de los hombres que han pasado por tu vida. Conmigo, no tienes que avergonzarte ni sentirte incómoda por nada, nunca. Puedes ser tú misma, y ambos podemos ser quienesquiera que deseemos, juntos.

La alusión al modo en que mi padre y Michael intentaron moldearme y manipularme a su antojo me retuerce las tripas. Chris ha dado en el clavo. El hecho de que se haya dado cuenta cuando yo no me había permitido a mí misma aceptarlo hasta este mismo instante demuestra hasta qué punto se ha convertido en una parte de mí.

Me muero por tener las manos libres para acariciarlo, pero al mismo tiempo las quiero atadas. Deseo saber qué nos espera a continuación.

—Ya lo sé —susurro—. Lo sé, Chris, y saber que no lo dices por decir me importa más de lo que te puedes imaginar. Sé que hablas en serio. Sencillamente me va a costar algún tiempo quitármelos de la cabeza. Eso es todo.

—Vamos a acabar con todas esas inseguridades que llevas a cuestas, nena —me promete, y desliza su sexo adelante y atrás entre mis piernas, lo que me provoca deliciosas descargas eléctricas en los muslos, primero hacia abajo y luego hacia arriba otra vez—. Tú, yo y un montón de placer.

Jadeo excitada cuando me penetra e intento palparlo, pero no puedo porque tengo las manos atadas.

Cree que estoy atrapada en mi pasado y que no me atrevo con nada que no sea sexo vainilla. Piensa que mi timidez implica debilidad y quiero decirle que se equivoca. Pero ahora que lo noto dentro y que el calor recorre todo mi cuerpo, sólo alcanzo a musitar:

—¿Qué haces?

—¿Y a ti qué te parece? —pregunta hundiendo la cara en mi cuello—. Hacer el amor.

Me estruja la espalda, y la erótica rudeza del gesto me arranca gemidos mientras él me embiste con fuerza, cada vez más adentro. Llenándome por completo. Este hombre me llena por completo, en todos los sentidos.

—Pero yo pensaba que ibas a...

—Hacer el amor —concluye por mí, y su sexo sigue empujando adelante y atrás, bombeando adentro y afuera, volviéndome loca—. Sí, nena, es eso lo que estoy haciendo.

—No hablo de eso —protesto con debilidad, casi derretida de placer. Me cuesta horrores mantener los ojos abiertos siquiera, pero lucho contra las sensaciones que me inundan para explicarle que estoy dispuesta a más. Él me embiste sin piedad y yo ya estoy al límite. La desesperación se apodera de mí y, privada de las manos, no tengo más arma que farfullar mi protesta—. Chris, maldita sea. Para. Escúchame.

Me mira a los ojos, y esta vez sí encuentro carbones y brasas al rojo. Vuelve a empujar con una sonrisa lasciva en los labios.

—Te estoy escuchando. ¿No lo ves?

Yo jadeo de puro placer, decidida a convencerlo de que estoy lista para ese «algo más» que ambos ansiamos.

—Porque haya tardado un poco en admitir que me gustó la azotaina no significa que no pueda soportarlo. Por favor. Venga, dame unos azotes. De verdad que me gusta.

Me rodea la garganta con los dedos y me acerca los labios a un hilo de aliento.

—Te haré eso y muchas cosas más, Sara. Pero no ahora. No esta noche.

Su boca desciende sobre la mía, suave y sensual, pero también perversa y dominante.

Quiero resistirme, seguir discutiendo, pero su beso está cargado de profundo anhelo y pasión, un beso distinto a todos los que hemos compartido desde que entré en aquel avión hace unas horas. Se refirió a mí como su adicción. Él es mi adicción, mi pasión. Es la razón de que respire, y cuando vuelve a moverse dentro de mí, me pierdo en el ritmo de los cuerpos, en el bombeo de su sexo. Me pierdo en la certeza de saber hasta qué punto este hombre me completa.

Me hace rodar hasta tenderme de espaldas y busca el cordón que me ata las muñecas. Agrando los ojos cuando la realidad me golpea.

—No —protesto, doblando los brazos contra mi pecho—. No

quiero que me desates. Tú no… No hemos… Esto es sexo blando. Estoy harta del sexo blando.

Me atrapa las manos junto con el cordón, un gesto brusco a su manera erótica, y yo disfruto en silencio de ese conato de su lado más oscuro.

—Lo que hemos hecho se llama «evasión» —declara, y acerca la boca a un milímetro de la mía, su aliento una promesa cálida y húmeda en mis labios—. Y este soy yo saboreado cada segundo de este acto de amor. Y, por si aún no lo sabes, tú eres la razón de que sepa lo que significa.

Me quedo sin aliento, abrumada. Es increíble lo lejos que hemos llegado en tan poco tiempo.

—¿Lo soy?

—Ya deberías saberlo.

Me inundan las emociones y, sí, sigo intensa y maravillosamente conmovida por este hombre.

—Lo sé —le susurro—. Lo sé porque yo siento lo mismo por ti. —Intento abrazarlo pero no puedo—. Necesito tocarte.

Me desata las manos y juro que lo veo temblar cuando arroja el cordón a un lado. ¿De deseo? ¿De amor? Lo perturbo tanto como él me perturba a mí, todo a causa de esta conexión que nunca imaginé experimentar y que jamás quiero perder. Nuestras miradas se encuentran y las dejamos ahí, el aire se condensa a nuestro alrededor y ya no hacen falta palabras. Nos entendemos. Nos necesitamos. Chris está dentro de mí, firme y potente, pero esto es mucho más que sexo. Tiene razón. Esto es hacer el amor.

Busca mi boca y me hunde la lengua más allá de los dientes, buscando la mía en el mismo instante en que me empuja el trasero para que levante la cadera. Y con ese gesto, algo se rompe, como una rama, y nos lanzamos a un frenesí de pasión. El Chris que conozco no pierde el control…, pero ahora lo pierde, lo perdemos, y yo quiero salir de mi propia piel para meterme en la suya. Su boca está en mi boca, en mi cuello, en mi pezón, chupando y lamiendo, mientras su sexo me embiste sin pausa, despacio y luego deprisa, deprisa y luego despacio.

El tiempo se desvanece y Chris no tiene clemencia, me castiga con el duro bombeo de su miembro, con los dulces y perversos lametazos de su lengua. Me pierdo y me encuentro en este único lugar, en este único hombre, e intento desesperadamente retrasar el momento, prolongarlo, pero no puedo. Hundo los dedos en su espalda y me tenso en torno a su sexo para arrastrarlo más adentro, pero nunca bastante. Este hombre nunca está lo bastante adentro.

El clímax llega en una dulce bendición que me sacude las caderas y me roba el aliento. Cada una de mis terminaciones nerviosas late y tiembla extasiada. Chris entierra la cara en mi cuello entre espasmos, y noto el calor húmedo de su liberación. Me recorre una nueva oleada de placer que va mucho más allá de lo físico. No me puedo creer lo bien que me siento con este hombre.

—Me encanta hacer el amor contigo —musita.

Cuando levanta la cabeza para mirarme, contemplo hechizada su pelo revuelto y la lánguida somnolencia de su mirada verde e intensa.

Esbozo una sonrisa.

—¿Sí?

—Sí —asiente, y me planta un besito rápido en la boca—. No te muevas.

Se despega de mí y se levanta. Ahogo una exclamación al notar el dolor hueco que me provoca la repentina ausencia. Él lanza una carcajada maléfica al advertir mi respuesta, henchido de satisfacción.

Me incorporo sobre el codo para mirarlo y, puaj, la humedad pegajosa que noto entre los muslos confirma que me quedaré donde estoy si no quiero acabar hecha un asco. Ay, las alegrías de la realidad después del sexo. Clavo los ojos en el alucinante trasero desnudo de Chris mientras enfila hacia el umbral que hay a mi izquierda. Vale, puede que la realidad sea una pasada. Que estoy pegajosa, ¿y qué? Chris desaparece en el interior de una habitación y vuelve con una toalla en la mano. Las vistas que ofrece su cuerpo por delante corroboran mi sensación de que soy afortunada.

Coge un almohadón del sofá, vuelve a tenderse en la alfombra y me ofrece la toalla. Apenas he tenido tiempo a secarme cuando me atrae hacia su pecho para que compartamos el cojín. Nunca me he sentido tan feliz como ahora, tumbada en el suelo, desnuda, con el cuerpo enredado en el suyo. Chris es oscuro y está roto, y creo que yo estoy mucho más dañada de lo he reconocido nunca. Juntos, en cambio... juntos podemos encontrar la luz al final del túnel. Eso creo.

—Esta alfombra ya nunca me parecerá la misma —dice Chris, olisqueando mi cabellera.

—Ya somos dos —asiento entre risas, pero mi sonrisa se esfuma cuando atisbo el cordón que Chris ha usado para atarme. Estamos a punto de sentirnos totalmente a gusto el uno en compañía del otro y no quiero que nada, en particular mis silenciosas inquietudes, lo estropee.

—Por favor, prométeme que porque haya dudado un momento sobre lo de la azotaina no irás a pensar que no podré soportar lo que sea que quieres compartir conmigo. —Me obligo a ahondar en el tema, a afrontar lo que de verdad me preocupa—. Y no ha tenido nada que ver con Michael. No soy frágil, Chris. No me voy a romper por culpa de una herida emocional, si es eso lo que te preocupa.

Me gira para que me tienda boca arriba y me posa una mano en la barriga con ademán posesivo.

—Cariño, no voy a dejar que te comas el coco por culpa de ese tío. Te daré otras cosas en las que pensar. Cosas buenas. Cosas que te harán disfrutar.

»Ahora bien, dejando a Michael al margen, no pienso azotarte después de lo mal que lo has pasado estos días. No mientras exista el riesgo de que la experiencia te trastorne. A veces, las prácticas de *bondage* y dominación te ayudan a evadirte. Otras, te sumen aún más profundamente en el dolor y te obligan a afrontarlo. Eres demasiado nueva en esto como para saber cómo vas a reaccionar. No sabes lo que te gusta ni cómo respondes a cada cosa, y yo tampoco.

Me asalta el súbito recuerdo de Chris atado en el club, gritándole a una mujer que lo flagelara con más fuerza, y comprendo por qué se convirtió en un experto en ayudar a otros a escapar. No puede darle el control a otra persona sin arriesgarse a abrir una herida y provocar un sangrado emocional. No a menos que experimente dolor. A menos que lo azoten.

—Esta noche hemos hecho exactamente lo que yo quería —prosigue Chris—. Hemos trabajado la confianza, y tú me las has demostrado al tenderte desnuda en mitad de la alfombra, totalmente sometida a mí. La confianza lo es todo, Sara.

Se acurruca contra mí y yo cierro los ojos mientras saboreo la sensación de estar envuelta en sus brazos. Espero que confíe tanto en mí, y en nosotros, como yo en él.

Parpadeo cuando un rayo de luz se cuela por el balcón y aspiro el aroma cálido y almizclado de Chris, que sigue abrazado a mí. Sin embargo, en lugar de una sensación dulce y maravillosa, me asalta un mal presentimiento. Algo va mal. Puede que sea la casa nueva o el cambio de horario, y me pregunto cuánto tiempo llevo durmiendo.

—¡Chris! Eh, Chris, guapo, ¿dónde estás?

Una voz femenina resuena en la casa y se acerca a toda prisa. El sonido es como un jarro de agua fría. Me estremezco, segura de que esa voz tiene la culpa del desasosiego que me ha invadido al despertar.

—Ay, maldita sea —exclama la mujer, y comprendo que ahora está en lo alto de la escalera, mirando de hito en hito nuestros cuerpos tendidos en la alfombra—. Jo, Chris, ¿acabas de llegar y ya te has traído una amiguita?

Me encojo al comprender el sentido de sus palabras e intento sentarme, pero el brazo y la pierna de Chris me atan al suelo.

—Sea lo que sea lo que estás pensando, te equivocas. Por favor, nena, no saques conclusiones.

No tengo que sacar conclusiones; no cuando acaba de llegar una mujer que mantiene una relación tan íntima con él como para tener la llave de su casa.

6

No puedo seguir desnuda en el suelo ni un segundo más.

—Suéltame, Chris —siseo enfadada.

—No hasta que me prometas que no sacarás conclusiones precipitadas.

Se desplaza una pizca. Intento empujarlo, pero me sujeta con fuerza. Gruño entre dientes.

—Estamos desnudos delante de ella, Chris. Por Dios, estás desnudo delante de ella.

Vacila pero me suelta por fin. Yo me retuerzo para ponerme a gatas y levantarme, pero la imagen que tengo delante me hiela la sangre. En lo alto de las escaleras hay una Barbie rubia despampanante con ajustados vaqueros negros y un top de tirantes. Su pelo es largo y sedoso, tiene un cuerpo alucinante, y lleva tatuajes en ambos brazos. Sus vertiginosos zapatos de tacón gritan «fóllame» por los cuatro costados. Si me los pusiera yo caminaría como un pato, pienso, y me invade una oleada de náusea. ¿Qué hago aquí? Ella es todo lo que yo no soy y nunca seré.

—¿Qué coño haces aquí, Amber? —pregunta Chris a la vez que me planta su camiseta en las manos—. Toma, nena.

Soy incapaz de moverme. Amber. Un nombre americano, y guapa. Y Chris se pasea desnudo delante de ella. Me siento sobre los talones para arrancarle la camiseta y cubrirme con ella. Cuando intento levantarme, me tambaleo. Chris me sujeta por el brazo. Sólo veo su pie descalzo y su pantorrilla desnuda.

—Suéltame —vuelvo a susurrar, y por fin consigo mirar directamente a Amber, que pasa la mirada del uno al otro con un aire socarrón.

Me siento herida. Me siento incómoda. Me siento ninguneada y traicionada. Chris no me está diciendo la verdad sobre esta mujer.

—Sara.

Está plantado a mi lado, con la cadera pegada a la mía. Su maldita cadera desnuda.

—Suéltame. —Apenas reconozco el profundo timbre de mi propia voz—. Ahora mismo.

Aparta la mano y yo me abalanzo hacia delante. Como abalanzarme hacia delante significa dirigirme hacia donde está Amber, me arrepiento al momento de mi decisión, pero ni muerta pienso volver atrás, así que camino directamente hacia ella con la barbilla alta. Sus bonitos labios rosados esbozan una sonrisa de superioridad cuando se aparta para dejarme pasar.

Claro que sí. La estoy dejando a solas con Chris. Que está desnudo. Mi mente repite el dato como un disco rayado:

«Tiene llave. No le importa que entre cuando está desnudo. Ella ya lo ha visto desnudo otras veces.»

La información no concuerda con lo que sé acerca de Chris y de nuestra relación, pero mientras no esté a solas no podré pensar a derechas. No me gustan los conflictos. Soy más bien del tipo «adiós muy buenas y si te he visto no me acuerdo», pero la posibilidad de tener que marcharme para siempre me hace trizas.

Subo las escaleras de dos en dos y entro en el dormitorio de Chris como un vendaval. En este momento prefiero no considerarlo mío por miedo a perderlo junto con Chris. La idea insistente de que en realidad nunca ha sido mío se apodera de mí y me bloquea.

Me detengo en el umbral, me desplomo contra la pared y me quedo allí, respirando deprisa, con el sonido de mi corazón desbocado atronando en mis oídos. Espero algún tipo de estallido por mi parte, que lleguen las lágrimas y el dolor, pero no lo hacen. A juzgar por el desmayo de antes, me parece que en estos momentos no sólo me superan las emociones, sino que mi mente y mi cuerpo me están protegiendo para que no me derrumbe por completo. Tengo la sensación de estar viéndome desde fuera, pero no hay nada en mi interior salvo un inmenso vacío. No quiero ni pensar qué será lo que llene muy pronto ese hueco.

—Sara.

Me doy media vuelta de golpe para encararme con Chris. Lo miro de la cabeza a los pies, igual que habrá hecho Amber un millón de veces. Se ha puesto los vaqueros, desabrochados, va descalzo y no lleva camiseta, y su semidesnudez basta para hacerme montar en cólera.

—No he venido hasta aquí para jugar contigo y con tu novia tatuadora, Chris.

—Sólo es una amiga, Sara. Una amiga con el don de la inoportunidad.

Cierro los puños, clavándome las uñas en las palmas.

—Ya, una amiga que tiene la llave de tu casa. ¿Eso es lo que tú entiendes por confianza, después de lo que hemos hablado? ¿Tener otra amiguita, aunque me dijiste que no había nadie? O puede que, como no te pregunté si tenías amigas con derecho a roce, no considerases necesario comentármelo.

Inspiro a duras penas y expulso el aire con dificultad.

—Maldita sea, Chris. Me he abierto a ti. Te he dado todo lo que soy, aunque juré que nunca volvería a hacerlo. Te dejé que me azotaras el trasero.

Estoy casi doblada de dolor, pero me las arreglo para seguir erguida.

—Me voy a casa.

Doy media vuelta, buscando una salida.

Chris me agarra del brazo. Me giro furiosa hacia él e intento zafarme de su mano. Ni en sueños voy a dejar que me abrace y me nuble la razón. Una razón que por lo visto se trastoca en cuanto él anda cerca. ¿Cómo si no se explica que no me esperase algo así?

—Quiero irme a casa, Chris.

—Tu casa está aquí conmigo, Sara.

—Por lo que parece, Amber piensa lo mismo.

Señala la cama con la barbilla.

—Sentémonos y te lo explicaré.

El hecho de que no lo niegue me arranca otro pedazo más de corazón. Sacudo con la cabeza, rechazando la idea con vehemencia.

—No. Querré creer lo que me digas y salta a la vista que cometeré un error.

Poso la mirada en su hombro, en el tatuaje de vívidos colores que ella le hizo. La rabia se agolpa en mi estómago.

—¿Tienes idea de lo mucho que me molesta que te haya visto desnudo ahí abajo? Lo cual es una bobada, bien pensado, porque seguro que te ha visto en pelotas muchas más veces que yo.

Sus ojos centellean a modo de advertencia, pero no me amenaza.

—Ya basta —me espeta—. Ahora me vas a escuchar.

Un segundo después, me rodea con los brazos y funde su figura alta y musculosa con la mía. Está haciendo justo lo que yo me temía. Distraerme. Convencerme. Hechizarme.

Haciendo uso de su fuerza y su tamaño, me arrastra con facilidad a la cama, me obliga a sentarme y se echa sobre mí sujetándome por los costados para que no me pueda mover. Cuando sus ojos buscan los míos, ya no importa lo herida y traicionada que me sienta. No puedo escapar de esa súbita conexión que siempre chisporrotea entre los dos.

—Tú eres la única mujer de mi vida —declara Chris, y la emoción que delata su voz rota alimenta mi esperanza—. Lo sabes, Sara. Sé que lo sabes. Si has reaccionado así ha sido por culpa de los acontecimientos de las últimas veinticuatro horas, del infierno que hemos pasado juntos a lo largo de las semanas pasadas.

Puede ser.

Seguramente.

En parte… Aun así, no pienso darle esperanza. Puede que sea una actitud egoísta, pero la necesito toda para mí.

—Y sí —reconoce—, solía follar con Amber, pero hace años que ni se me pasa por la cabeza la idea de tocarla. Y aún hace más tiempo desde la última vez que me importó si lo hacía o no.

—Entonces reconoces que hubo algo entre los dos…

—Lo estás sacando de contexto. Nos conocimos en la universidad y ella me inició en el estilo de vida del BDSM.

Esa revelación tan directa me deja aturdida. Nadie le echaría a Amber los treinta y cuatro años de Chris. Mis veintiocho, más bien. Además, nunca se me había pasado por la cabeza que Chris hubiera ido a la universidad, y mucho menos que hubiera sido entonces cuando descubrió el BDSM. Comenzó a pintar antes de eso y yo daba por supuesto que había pasado directamente del instituto al arte. Me pregunto qué otras cosas infundadas habré dado por supuestas.

—Nena. —Chris me acaricia la mejilla, y su contacto me recorre entera. Salta a la vista que mi cuerpo se ha desconectado de mi mente—. Si alguna vez hubo algo entre Amber y yo que no fuera amistad, terminó hace mucho tiempo.

—Pero ella marcó tu vida y aún forma parte de ella.

—Sí, pero todo eso, lo que compartí con ella, nos ha conducido a ti y a mí hasta este momento.

Tiene razón. Tiene toda la razón. Entonces, ¿por qué duele tanto? Me tapo la cara con las manos.

—Me siento confusa.

Chris me obliga a apartarme las manos de la cara.

—Tú eres mi presente… y espero que también mi futuro.

—¿Y por qué tiene llave? ¿Por qué entra aquí como si esta fuera su casa?

—Le pedí que echara un vistazo al piso mientras estaba fuera —me explica—. La empresa de seguridad la informó de que había llegado y, como he aparecido sin avisar, Amber tenía miedo de que hubiera pasado algo. Es sólo una amiga, Sara. —Ahora me posa las manos en las piernas—. Nada más.

Me mira fijamente, intentando que lea la verdad en sus ojos, y le creo. Confío en Chris. Incluso cuando estaba en el piso de abajo, en pleno horror, confiaba en él en mi fuero interno. La situación me ha sobrepasado. Y Amber.

—Aún te desea, Chris. Lo noto.

—Ya lo sé.

Su sinceridad me deja de una pieza, aunque no debería. Mi confianza se basa precisamente en su franqueza, pero la respuesta se me atraganta de todos modos.

—¿Y eso no te parece un problema?

Se ríe de buena gana.

—Me considera un rollo en potencia que casualmente es su amigo. Y no tiene familia. Yo soy su familia. Soy más un hermano mayor que otra cosa.

La definición me hace fruncir el ceño.

—A ver si te he entendido bien. ¿Eres su hermano mayor y un rollo en potencia?

—Sí, bueno, está bastante jodida y yo sé manejar las telarañas que tiene en la cabeza. —Tira de mí para que me ponga de pie—. Venga, vamos a dejarle bien claro quién es la señora de la casa.

Me arrastra hacia la puerta.

Abro unos ojos como platos y clavo los pies en el suelo.

—Espera. No, Chris. No es necesario. Además, vamos medio desnudos.

Se vuelve para mirarme y está más guapo que nunca con todo el pelo revuelto.

—No sólo es necesario. Es preciso. Quiero que ambas tengáis muy claro que esta es tu casa y que tú eres la mujer de mi vida.

Conmovida por sus palabras, contengo el aliento.

—Ya sé que lo soy —respondo con voz queda—. Y tú lo sabes también. Tú y yo. Eso es lo único que importa.

Me rodea con los brazos.

—Desde luego, y aún lo tendrás más claro cuando bajemos ahí y te presente a Amber.

Prefiero que me la presente más tarde, cuando esté más tranquila.

—Pero si yo voy en camiseta y tú sólo llevas puestos los pantalones.

Esboza una sonrisa.

—Si eso no es una declaración de intenciones, que venga Dios y lo vea. —Señala la puerta—. La despachamos, nos duchamos y nos vamos a la cama.

La expresión de sus ojos habla por sí sola. Está decidido.

—No me hace ninguna gracia —le advierto.

Sus labios se curvan y me besa la nariz.

—No puede ser más incómodo que recibirla a cuatro patas en mitad de la alfombra.

Me encojo horrorizada y escondo la cabeza en su pecho antes de alzar la vista con timidez.

—Ha sido exactamente así, ¿verdad?

—Sí, nena. —Sonríe—. Y estabas guapísima.

En otras circunstancias, el comentario me habría ruborizado, pero ahora me duele recordar por qué me he quedado petrificada en el suelo. El contraste entre mi cabello oscuro y el rubio trigueño de Amber, entre mis brazos vírgenes y sus tatuajes, me ha dejado helada.

—Somos muy distintas.

Me acaricia la melena sosteniéndome la mirada.

—Pues mejor, Sara.

Tan lacónico como de costumbre, no desarrolla el comentario. Se limita a entrelazar los dedos con los míos y me arrastra hacia la puerta.

La ansiedad me burbujea en el cuerpo cuando bajamos por las escaleras. Se detiene al llegar al salón y ambos miramos la alfombra un momento. Mi mente regresa al instante en que me he arrodillado sobre la lana, desnuda y vulnerable, completamente abierta porque estaba con Chris. Me arde el cuello y noto un hormigueo en las mejillas.

Chris me mira de reojo y sus ojos lanzan esos destellos traviesos que empiezo a conocer bien.

—Lo dicho. Esa alfombra ya nunca me parecerá la misma.

Su humor es contagioso y le sonrío.

—Es una alfombra muy cómoda.

Sus labios esbozan una sonrisa sensual.

—Siempre y cuando tú estés en ella.

Me ruborizo, y advierto por el brillo de sus ojos que se ha dado cuenta. Se inclina hacia mí, me roza la boca con los labios y su voz se torna ronca.

—Aún nos quedan muchas habitaciones por explorar —promete antes de arrastrarme hacia la derecha.

El ambiente distendido se esfuma al momento. Tengo un nudo en el estómago pero me las arreglo como puedo para asentir complaciente. De mala gana, y sólo porque ha insistido en que es importante, dejo que Chris me guíe hasta la escalera que desemboca en la cocina. Tratando de mantener la compostura pese a no haber dormido y a llevar encima una sobrecarga emocional de mil demonios, me concentro en todo excepto en la catástrofe en potencia llamada Amber. Por ejemplo, en el encanto de esta cocina abierta que asoma al salón como si fuera un *loft*. Me muero de ganas de explorar toda la casa.

Mientras subimos, una vaharada de aroma a ese café francés que tanto le gusta a Chris me cosquillea la nariz. La tensión me encoge el estómago. Salta a la vista que Amber se siente en su casa. Ahogo los sentimientos negativos y me recuerdo a mí misma que hoy no es el día ideal para sacar conclusiones. Es un día para irse a la cama a descansar.

En cuanto llegamos arriba, Amber capta mi atención. Está sentada en la maravillosa isla de mármol, con la sedosa melena suelta sobre los esbeltos hombros. Amber constituye la pieza central de una moderna cocina en gris y negro, con electrodomésticos de acero y una larga fila de armarios de un gris envejecido sobre unas encimeras que se dirían salpicadas de pintura. Tiene un aspecto despampanante con su piel inmaculada, y me avergüenzo al instante de mi churretoso maquillaje y mi apagada melena oscura, que grita a los cuatro vientos lo mucho que necesito una ducha.

—He usado Malongo recién molido —dice, refiriéndose a una marca de café a la que Chris es tan adicto que se lleva unos cuantos paquetes cada vez que viaja a Estados Unidos. Levanta una humeante taza blanca—. Te serviré una taza.

Mira a Chris y únicamente se dirige a él. Esto no empieza bien.

—Nosotros lo haremos —responde él. Me arrastra alrededor de la isla para llevarme hasta la cafetera, y se detiene delante de la encimera—. Quiero enseñarle a Sara su nueva cocina.

—¿Su cocina? —se extraña Amber.

Chris se vuelve a mirarla y me rodea con el brazo para que no me mueva de su lado. Amber tiene las piernas cruzadas, las uñas de los pies pintadas de un rojo brillante a juego con sus sandalias.

—Exacto —confirma él—. Ahora Sara vive conmigo. Todo lo mío es suyo.

La mirada de Amber se posa al instante a mi dedo como buscando un anillo y noto un ligero ahogo en el pecho. Escondo la mano detrás de la espalda para que no pueda verla, pero la mención del matrimonio me hace sentir rebajada. Chris y yo nunca hemos hablado de ello y eso duele.

Chris me caza la mano al vuelo y la sostiene entre los dos.

—Espero tener esa suerte —replica en tono quedo y emocionado, como si Amber efectivamente hubiera formulado su pregunta tácita.

¿Chris acaba de decir que quiere casarse conmigo? ¿Delante de Amber?

7

Perpleja, me vuelvo a mirar a Chris y le poso la mano en la piel cálida y desnuda del pecho.

—¿Qué? —pregunto, convencida de que no le he entendido bien.

Jamás hemos hablado de matrimonio, pero apenas puedo respirar mientras aguardo su respuesta. ¿Chris y yo casados? Nunca me he atrevido a plantearme siquiera que algo así pudiera pasar.

La mirada que me lanza, tierna y ardiente a un tiempo, alberga mucho más que la promesa de una aventura sexual que quisiéramos que durara para siempre

—No me mires tan sorprendida, cariño.

—Pero si acabamos de… Tú nunca…

—Lo haremos. Cuando llegue el momento, lo haremos.

Durante una milésima de segundo, su expresión se altera, y entonces comprendo a qué ha venido eso. Sólo quiere que Amber y yo entendamos que va muy en serio conmigo, pero en el fondo no piensa que acceda a casarme con él.

Me pongo de puntillas, me apoyo en sus hombros y le susurro al oído.

—Nada cambiará lo mucho que te quiero.

Me echo hacia atrás para que lea en mis ojos que se lo digo de corazón, y un destello de pura angustia brilla en su expresión. Mi declaración lo ha conmovido, pero en el fondo no se la cree. Es sorprendente hasta qué punto ha evolucionado nuestra relación, cómo han cambiado las tornas. No hace mucho tiempo yo dudaba de que él llegara a necesitarme siquiera; ahora es él quien alberga esas mismas dudas.

Me dispongo a susurrar su nombre, pero me pasa los dedos por debajo de la melena y me atrae hacia su boca para lamerme los labios con un sensual movimiento de lengua. Amber se mueve de acá para allá, y el repiqueteo de los objetos invade la espiral de pasión que crece entre nosotros. Chris se despega de mí acariciándome al mismo tiempo un mechón de cabello. Un manto tejido con todo aquello que está por decir nos envuelve por un instante

—Hablaremos más tarde —promete—. ¿Te apetece ese café?

—Sí —respondo sofocada, otra vez consciente de la incómoda presencia de Amber—. Un café me sentará bien.

Me rodea los hombros con el brazo.

—Pues empezaré por enseñarte nuestra impresionante colección de tazas blancas.

Nos giramos hacia el armario, pero antes pillo a Amber observándonos. No… observándome. Y su mirada es de puro odio, muy parecida a la que Ava me lanzó hace unas semanas, cuando me vio en la charcutería con Mark. La hostilidad de su expresión me dejó helada, por cuanto siempre se había mostrado amistosa conmigo. La semejanza entre ambas escenas me sacude hasta la médula, y clavo las uñas en la espalda de Chris, donde he posado la mano.

Él me lanza una ojeada y una sonrisa baila en sus labios. Cualquier rastro de su lado oscuro se ha esfumado.

—Guarda eso para cuando estemos solos, nena.

Lo fulmino con los ojos, pensando que tendremos mucho de qué hablar cuando estemos solos. Salta a la vista que Amber me odia y, diga lo que diga Chris, estoy segura de que sigue enamorada de él.

—¿No me ibas a enseñar la colección de tazas blancas? —lo azuzo mientras presiono los dedos ahí donde antes le he clavado las uñas, pidiéndole que se comporte.

—Tienes razón —asiente—. Sería imperdonable que te la perdieras.

Amber dice algo en francés y Chris se vuelve a mirarla.

—En inglés, Amber. Sara no habla francés.

—Ah —se sorprende—. Pues sí que se lo va a pasar bien.

«Sí que se lo va a pasar bien.» Ni siquiera estoy aquí. Suspiro para mis adentros, consciente de que tengo que poner fin a esto. Aunque no me gustan los enfrentamientos, dejé mi rol de felpudo en casa de mi padre.

Acepto el café que Chris me ha servido y deposito la taza sobre la isla, enfrente de Amber, decidida a que me preste atención.

—Aprenderé. —Esta vez lo digo en serio. No me dejaré aplastar por una simple barrera idiomática—. Tú eres americana, ¿no? También tuviste que hacerlo en algún momento.

Chris se reúne conmigo en la isla, al otro lado de Amber, y deposita la crema sobre el mostrador.

—Sí, en su día era tan americana como la tarta de manzana.

Amber frunce el ceño.

—Sigo siendo americana, pero, a diferencia de ti, me he adaptado a la cultura francesa.

¿Chris adora París pero no quiere adaptarse a la cultura francesa? Deseo saber más, pero Amber sigue hablando.

—Aprender francés fue espantoso. Lo odiaba con toda mi alma, pero no hay más remedio si quieres vivir aquí. Créeme, lo averigüé enseguida.

Chris se dirige a mí.

—Llegó siendo adolescente, igual que yo, y aquí no reciben a los estudiantes americanos con los brazos abiertos, te lo aseguro.

—Los niños son muy crueles —asiente ella.

Me sorprende que me muestre una faceta vulnerable.

No estoy segura de querer considerarla un ser humano, lo cual no es muy amable por mi parte. No tengo motivos racionales para estar celosa… aparte de que es preciosa y de que comparte una larga historia con el hombre que amo. Ay, cómo odio mi lado más inseguro.

—…pero hace siglos de eso —dice Amber, acabando una frase que no he oído. De pie ante la cafetera, alta, esbelta y hermosa a más no poder, vuelve a llenarse la taza—. Necesitarás un profesor particular si quieres aprender rápidamente.

—Tiene razón —asiente Chris—. Programaremos unas clases regulares, si quieres.

—Sería genial —respondo, reparando en que me lo ha preguntado en lugar de ordenármelo, cuando hace apenas un rato él era el amo y yo la sumisa. Es este equilibrio entre respeto y dominación lo que diferencia a Chris de los hombres autoritarios que tanto han abundado en mi vida—. Siempre y cuando sea alguien con infinita paciencia, dispuesto a enseñar a una perfecta negada para los idiomas.

—Tristán sería perfecto —sugiere Amber—. Da clases de inglés. Seguro que puede enseñar francés.

—No —replica Chris mirando a Amber a los ojos—. Tristán no va a darle clases a Sara.

—Mejor él que cualquier profesor estirado de esos que te empapan a gramática. Dentro de una semana estaría hablando argot.

—No —repite Chris, y advierto un matiz grave y amenazador en su voz.

Huy. ¿Quién es ese tal Tristán y por qué quiere Chris mantenerme alejada de él?

Amber vuelve a su taburete.

—Ni siquiera puede hablar con Sophie, Chris.

—¿Quién es Sophie? —pregunto.

—La asistenta —responde ella, y me llevo una sorpresa cuando sus ojos intensamente azules se clavan en los míos, de un verde claro—. No habla inglés.

—Amber —le advierte Chris, y se vuelve a mirarme—. Ya solucionaremos el tema del idioma, cariño. Y Sophie sólo viene una vez a la semana.

Suena el timbre y Chris echa un vistazo a su reloj de pulsera.

—Supongo que no tengo derecho a preguntarme quién coño viene a estas altas horas de la noche, puesto que aquí son las tres de la tarde.
—Deja la taza en la isla y mira a Amber—. La cuestión es más bien quién sabe que estoy aquí.

Ella levanta las manos en señal de rendición.

—A mí no me mires. Yo no he tenido tiempo de decírselo a nadie.

Me pongo de pie cuando lo veo encaminarse a las escaleras.

—¿No te vas a poner una camiseta?

Echa un vistazo por encima del hombro.

—¿Me dejas la que llevas puesta?

—Lo tienes claro —replico cuando desaparece por la esquina.

Mi sonrisa se esfuma al instante cuando me doy media vuelta y me quedo a solas con Amber. Durante varios segundos, nos limitamos a mirarnos, y el silencio me crispa las pocas terminaciones nerviosas que me quedan después de este día. No me gustan las situaciones incómodas, así que le suelto:

—¿Quién es Tristán?

Esboza una sonrisa, como un gato que se dispone a cazar un canario, y sé que estoy a punto de convertirme en pluma en esos labios.

—Un tatuador con el que trabajo —me explica—. Increíblemente sexy y brillante. Tiene una lista de espera de dos meses.

Eso no explica por qué Chris se niega a que yo me relacione con él. Supongo que su actitud se debe a la relación de Tristán con Amber, y quizá de Amber con el mundillo del BDSM. Quiero mantenerme tan alejada de esa historia como sea posible, así que digo:

—Tú dibujaste el dragón de Chris. Es fantástico. Tienes mucho talento.

Sus ojos muestran sorpresa y después orgullo.

—Sí. Se lo hice hace muchas, muchas lunas, y sigue siendo uno de mis mejores trabajos. Estaba… inspirada. Fue una iniciación, para él y para mí.

—La verdad es que se nota en el tatuaje —consigo decir a pesar del nudo que tengo en la garganta.

Más que un pasado sexual, ese tono sentimental evoca una larga historia de amistad y, sí, pasión.

Ladea la cabeza y estudia mi rostro. Sus ojos brillan con una luz que no entiendo. Baja la mirada para arrastrarla por la parte de mi cuerpo que está al descubierto, una inspección caliente y sensual situada a miles de kilómetros del odio.

—¿Sabes? —ronronea alzando sus espesas pestañas—. Podría tatuarte en esa piel tan pálida y tan preciosa que tienes un dragón a juego con el de Chris. Sería… alucinante.

Un calor se expande por mi pecho y me sube por el cuello. ¿Se me está insinuando? No, qué locura. Me siento confusa e incómoda. Primero me mira como si quisiera matarme y luego quiere volver a desnudarme.

Mi primer impulso es largarme en busca a Chris, pero presiento que es exactamente eso lo que pretende. Tengo que dejarle muy claro que no permitiré que me manipule, y cuanto antes. En cambio, me quedo ahí sentada y no digo nada. Yo. La cotorra número uno.

—Tengo una lista de espera de tres meses, pero a ti te cogería enseguida —añade, y se reclina sobre el mostrador para acortar la distancia que nos separa—. Le daríamos una sorpresa a Chris.

¿Le daríamos una sorpresa a Chris? ¿Me está proponiendo...? No, seguro que no. ¿O sí? ¿Quiere que hagamos un trío? Esto no está pasando. Yo no comparto, y si pensara durante un instante que Chris sí, me subiría a un avión ahora mismo para volver a Estados Unidos. Sin embargo, ella lo conoce. Ha compartido sexo con él. Sexo duro.

Trago saliva. Pasado. Presente. Pasado. Presente. Repito las palabras mentalmente y tengo la sensación de que voy a necesitarlas muy a menudo en un futuro cercano.

—No me van los tatuajes —replico con la voz estrangulada por el malestar—. Pero gracias.

Amber se percata de mi estado; veo el destello en esos ojos tan inteligentes que tiene. Es lista y eso la hace peligrosa. Retira la silla para ponerse de pie y advierto que supera en cuatro o cinco centímetros mi metro sesenta.

—Qué pena —dice—. Te habría contado todos sus secretos mientras te tatuaba.

Paso por alto el tonillo irónico que ha usado para enfatizar las palabras «te tatuaba». Salta a la vista que está jugando conmigo, y detesto que en parte le haya dado resultado. Es Chris el que tiene que compartir sus secretos conmigo, y sin embargo... ¿Está al tanto ella de todas esas cosas que yo no sé? Quizá. Seguramente. De unas cuantas, eso está claro. Fue ella quien lo atrajo al mundo del BDSM. Bueno, él no usó la palabra «atraer» y desde luego Chris no es de los que se dejan enredar por nadie. Pasado. Presente. Puede que en aquel entonces sí fuera de esos. Amber parece capaz de atraerte a cualquier cosa. De repente me entran unas ganas locas de echarme a reír. Por favor, estamos hablando de un hombre que, en sus años de adolescencia, se metió en un buen lío por darles una paliza a unos niños franceses que lo acosaban.

Amber rodea la isla en dirección a mí. Tengo la esperanza de que se marche, pero se detiene a mi lado y me sorprende posando la mano en mi brazo desnudo y luego deslizándola hacia arriba hasta ceñir mi hombro.

Le lanzo una mirada de advertencia, pero la dejo hacer. He sido víctima de suficientes juegos de intimidación como para haber aprendido a no reaccionar.

—Aquí —dice apretándome el hombro—. Te haría un duplicado perfecto del dragón de Chris. Sería divertidísimo recrearlo. —Aparta los labios y esboza una sonrisa—. Le gusta la piel tatuada.

Acaba de tocarme una fibra sensible cuya existencia preferiría ignorar y me contengo a duras penas para no encogerme de dolor. Yo no soy la criatura peligrosa y bella que es ella y, aunque hace un rato rebosaba seguridad, ahora mismo temo que algún día Chris no tenga bastante conmigo.

Sus ojos destellan satisfechos. Sabe que ha dado en el blanco y detesto que lo sepa.

—Tengo la sensación de que muchas de las cosas que le gustan a Chris te sorprenderían —confiesa, y se recoge un largo mechón de cabello rubio detrás de la oreja—. Sabes, dentro de nada el mundillo del arte al completo estará haciendo cola para reunirse con él. Sucede en cuanto pone un pie en la ciudad. Te aburrirás. Pásate por la tienda, si quieres. El Script, cerca de los Campos Elíseos. Puedes ir andando desde aquí.

Hasta su sonrisilla burlona rezuma encanto. Tengo la sensación de que estaría guapa incluso con la gripe, mientras que a mí me basta perder unas horas de sueño para parecer algo sacado de un apocalipsis zombi. Como ahora.

—Estoy segura de que Chris y yo nos las apañaremos muy bien.

—Pásate y lo hablamos —me anima—. Tristán también estará allí. Te puede dar unas clases.

Su expresión de gato que se ha comido un canario ha vuelto y estoy segura de que no se refiere a clases de francés.

Agita dos dedos delante de mí.

—Hasta luego, *ma belle*.

Baja las escaleras y yo no me vuelvo a mirarla.

No tengo ni idea de lo que acaba de pasar. Sólo sé que Amber no se irá a ninguna parte. Ni yo tampoco, así que tendré que encontrar la manera de pararle los pies.

No sabría decir cuánto rato me quedo sentada en la isla de la cocina, analizando lo que ha dicho Amber y reticente a correr el riesgo de volver a cruzarme con ella antes de que se marche por fin. Ni siquiera la idea de que ande por ahí coqueteando con Chris me induce a levantarme. Por fin, la necesidad de darme una ducha y la curiosidad de averiguar quién ha llamado a la puerta y por qué Chris tarda tanto gana la partida.

Me encamino al salón, y Chris entra procedente de un pasillo situado al otro extremo enfundado en una camiseta blanca y hablando por teléfono en francés. Nunca me he alegrado tanto de verlo vestido.

Chris corta la comunicación.

—Nos duchamos, pedimos comida, comemos y luego nos acostamos un rato.

—Me apunto a todo, por ese orden —asiento mientras subimos las escaleras.

—El que ha llamado al timbre era el encargado de seguridad, que cuida de esta casa y de algunas más de por aquí. Se llama Rey. Ha pasado para darme un montón de mensajes. —Se frota la mandíbula—. Uno era de Katie y John, que se han enterado de lo sucedido por las noticias y me han estado llamando, pero, por lo visto, no teníamos cobertura.

Me detengo en seco ante la mención a sus padrinos.

—Oh, no. Se suponía que hoy teníamos que ir al castillo.

—Sí —me confirma. Echamos a andar otra vez—. Me siento fatal por no haberlos llamado.

—¿Y cómo se les ha ocurrido llamar aquí?

—Jacob les ha dicho dónde estábamos. —Suena su teléfono. Le echa un vistazo y vuelve a mirarme—. Hablando de Katie. —Responde a la llamada—. Hola, Katie. Sí, estoy bien. Los dos estamos bien. Tienes razón, debería haberte llamado. Es que quería sacar a Sara de allí cuanto antes. —Nos dirigimos al dormitorio y Chris me mira con una pregunta en los ojos—. ¿Quieres hablar con Sara?

Asiento y cojo el teléfono.

—Hola, Katie.

—Sara, cariño, ¿estás bien?

Me desplomo en la cama y se me encoge el corazón. No la conozco muy bien, pero su aire maternal me evoca a la madre que perdí y a la que creo no haber entendido nunca, y también el sentimiento de soledad que arrastré a partir de entonces y que llevo mucho tiempo intentando enterrar.

—Sara, cariño, ¿estás bien? —repite Katie.

Me aclaro la voz mientras veo a Chris abrir el armario que cubre casi toda la pared, cuyas superficies hacen juego con los acabados blancos.

—Sí, estoy bien —la tranquilizo—. Siento que te hayas preocupado.

—Ojalá Chris te hubiera traído aquí en lugar de llevarte a París. Debes de sentirte como un pez fuera del agua. ¿Cuánto tiempo os vais a quedar allí?

—Indefinidamente —respondo, y me sorprende lo mucho que me alegro de estar aquí y no en Estados Unidos. Katie y John forman parte del pasado y del presente de Chris, pero es aquí, en París, donde él siente que tiene que estar si quiere abrirse a mí del todo.

—Ay, cielo —se agita Katie—. Eso me temía. ¿Lo teníais pensado de antemano u os habéis marchado por culpa de los problemas que habéis encontrado?

—Lo habíamos hablado, pero no tuvimos tiempo de hacer planes.

—Entiendo que tomarais la decisión, pero vas a sufrir un fuerte choque cultural. Algunas personas lo llevan bien, pero otras lo pasan fatal. ¿Hablas francés?

—No, yo…

—Me lo temía. Vale. Eso es importante para que disfrutes de tu estancia. No te preocupes; lo arreglaremos. Tengo un amigo cuya sobrina estudia allí para profesora de idiomas. Si te esperas un rato, averiguaré si te puede dar clases. Luego te llamo. ¿Cuál es tu número directo? —Se lo doy y añade—: Todo irá de maravilla. Cuidaremos de ti.

Corta la llamada y yo me quedo sentada en la cama, estupefacta. Esa mujer apenas me conoce y ya me considera parte de su círculo familiar. No había experimentado algo así desde la muerte de mi madre. A decir verdad, nunca.

—¿Va todo bien? —me pregunta Chris desde el vestidor, donde cuelga una camisa que ha sacado de la maleta.

—Sí, muy bien. Genial, en realidad. Katie es maravillosa. Me está buscando una profesora particular y me llamará enseguida.

Se frota la mandíbula con una expresión socarrona.

—Y luego dices que yo soy un obseso del control. —Camina despacio hacia mí—. ¿A quién conoces capaz de organizarte clases de francés desde otro país?

Le dedico una sonrisilla cínica cuando se detiene delante de mí.

—Perdona, pero eres un obseso del control.

—Y tú también —me espeta. Me tiende la mano para que me incorpore y me rodea con los brazos—. Por eso valoro tanto que me lo entregues a mí.

La mezcla de fuego abrasador y cálida ternura de sus ojos me induce a agarrarle el impresionante pecho por un lado y a acurrucarme en sus brazos por el otro.

—Recuerda, el control es como un dicho de las galletitas de la suerte.

—Como un dicho de las galletitas de la suerte, ¿eh? —repite en tono jocoso—. Vale, pues por eso valoro tanto que me lo entregues a mí si añadimos «en la cama» al final de la frase.

Se ríe a carcajadas, una risa que desborda sensualidad en infinidad de sentidos. Sí, es profunda y masculina, cálida y maravillosa, pero, por encima de todo, es una risa relajada. Cómoda. Su risa es parte de lo que estamos construyendo juntos.

—¿Qué tal si nos damos una ducha? —me pregunta—. Te enseñaré tu armario. Está al fondo del cuarto de baño y necesitará desesperadamente que lo llenen de ropa, porque con esa maletita que te has traído no tiene ni para empezar.

Es cierto. Hice el equipaje a toda prisa, sin ton ni son.

—Estoy deseando ver el armario, pero Katie me va a llamar. Esa ducha tendrá que esperar.

Su teléfono suena. Chris mira la pantalla y suspira.

—Gracias a un vecino cotilla, ha corrido la voz de que he vuelto a la ciudad. Es uno de los mecenas de mi fundación, que pertenece a la junta directiva de un museo de París.

—Cógelo —lo animo—. De todas formas, tengo que encontrar mi teléfono antes de que llame Katie. —Le doy un beso y me encamino al cuarto de baño, encantada con la normalidad de la situación. Somos una pareja normal y corriente que comparte dormitorio y baño. Una pareja como tantas otras que se dispone a ducharse, comer algo e irse a dormir. Bueno... también hemos estado a punto de morir a manos de una demente que me acusa de asesinato, por no mencionar que acabo de vérmelas con una ex despampanante y manipuladora llamada Amber. Pese a todo, ahuyento esos pensamientos y me concentro en el aquí y ahora. La normalidad ha escaseado en mi vida, y creo que en la de Chris también. Necesitamos esto.

Cuando encuentro el bolso, saco el móvil. Compruebo que esté cargado y luego vacío el agua fría de la bañera. A continuación me dirijo al armario para echarle un vistazo. El sonido de la voz de Chris hablando en francés flota hasta mí, con ese acento tan sexy que se le enrosca en la lengua. Suspiro. Sólo él podía conseguir que amara ese idioma.

Enciendo la luz y descubro un vestidor completamente vacío del tamaño de un dormitorio pequeño, con filas de estantes y zapateros empotrados comparados con los cuales mi pequeña maleta es un chiste. El móvil suena. Es Katie. Me siento en un banco acolchado.

—Vale, todo está arreglado —anuncia—. Chantal irá a tu casa a las diez de la mañana y te va a caer fenomenal. Por lo visto, ya se ha graduado y empezará a trabajar después de las vacaciones, así que todo encaja a la perfección.

—A las diez de la mañana —repito—. Qué rápido.

—He pensado que te vendría bien distraerte de lo sucedido. Y no es muy agradable vivir en una ciudad cuando no te puedes comunicar con nadie. Algunos franceses hablan inglés, claro que sí, pero muy mal. Y sé que querrás relacionarte con la comunidad artística. Antes de que te des cuenta, estarás tomando parte en los numerosos actos benéficos en los que participa Chris durante las vacaciones.

—Ay, sí, estoy deseando formar parte de la comunidad artística y participar en actos benéficos.

—Pues claro que sí. Y los actos benéficos serán una manera excelente de canalizar tus energías, ya que no puedes trabajar allí.

Me da un vuelco el corazón.

—¿Por qué dices que no puedo trabajar?

—Tendrías que haberte sacado un permiso de trabajo antes de partir y, por lo que dices, no te dio tiempo. Además, es casi imposible trabajar legalmente en Francia. Hay poco trabajo y mucha competencia en el mundo del arte, así que exigen muchos requisitos. Es verdad que Chris te puede abrir muchas puertas, pero la burocracia es lenta.

¿Cómo es posible que no haya pensado en esto? Tiene toda la razón, necesito un permiso de trabajo y, por lo que dice Katie, no voy a poder conseguirlo.

Katie sigue hablando.

—Será un engorro tener que volver a Estados Unidos a los noventa días para luego dar media vuelta y regresar antes del acto navideño que Chris siempre organiza en el Louvre, pero, por la parte que me toca, me alegro de ello. Tenemos muchas ganas de veros. —Su voz se dulcifica—. Estoy preocupada por Chris, Sara, y saber que estáis juntos me tranquiliza. No estaba segura de que volviera a conectar con ninguna otra persona.

—¿Con ninguna otra persona?

—Ha sufrido muchas pérdidas en esta vida, Sara. Esas cosas dejan huella.

Lanzo un suspiro entrecortado.

—Sí, ya lo sé.

—Cuida de él, cariño. No dejes que te convenza de que es tan duro que no lo necesita.

—No pienso hacerlo. Tienes mi palabra.

El resto de la conversación transcurre entre brumas, y cuando cortamos la comunicación no estoy segura de cómo me siento. Me alegro de estar aquí, pero ojalá Chris me hubiera advertido de cuál iba a ser mi situación laboral.

—Eh, nena —me llama Chris mientras entra en el cuarto de baño—. Me temo que me han tendido una emboscada mañana por la mañana. La reunión se celebra en un café que está enfrente del Museo de Arte Moderno de París, así que puedes dar una vuelta mientras tanto y yo me reuniré contigo cuando termine. —Se detiene en el umbral del vestidor, me echa un vistazo rápido y dice—: ¿Qué pasa?

—Me dijiste que podría buscar trabajo y ganarme la vida aquí, Chris.

Me mira sin entender hasta que se le enciende una bombilla.

—Claro que puedes, nena. Lo único que hace falta es que un funcionario te firme el visado de trabajo.

—Katie dice que apenas hay empleo.

—Tienes dos opciones. Puedo recomendarte o...

—No. —Niego con un movimiento de la cabeza—. Necesito hacerlo por mí misma.

—O —prosigue— te ofreces voluntaria en el sitio que elijas y demuestras lo mucho que vales.

—Y para demostrar lo mucho que valgo, tengo que hablar francés.

—Eso ayudaría.

—¿Y cómo me voy a ganar la vida?

—Sara. Cariño. No te das cuenta de que tenemos dinero en abundancia, ¿verdad?

—No tenemos nada, Chris. Es tu dinero. Yo cuento con lo que gané por las ventas de la galería, pero no va a durar para siempre. Tengo que comprarme ropa y tengo que…

—Sara. —Apoya las manos en mis piernas—. Ya sé que te cuesta mucho hacerte a la idea de que mi dinero es tu dinero, y que consideras que eso implica depender de mí. Y soy muy consciente de que, aparte de que las personas de las que has dependido siempre te han fallado, yo mismo te excluí de mi vida tras la muerte de Dylan. Todo eso te ha llevado a concluir que yo te voy a fallar también, pero te prometo que puedes contar conmigo. Y tengo la firme intención de demostrártelo.

Una vez más, ha leído en mí lo que yo soy incapaz de ver. Mis viejos demonios han vuelto echando fuego por la boca. Me dicen que no puedo contar con nadie, porque todo el mundo me fallará antes o después. Los empujo a los más profundos recovecos de la persona que soy y no quiero seguir siendo, y me concentro en lo que de verdad importa. El presente. No el pasado.

—Confío en ti, Chris. No estaría aquí de no ser así. No te pareces a ninguna de las personas que han pasado por mi vida; pero eso no cambia el hecho de que ganar dinero me ayudaría a sentir que somos iguales.

—Somos iguales. El dinero no determina el valor de una persona.

—Pero sí el poder. Tú mismo lo dijiste.

Hace una mueca.

—Me enfurece que tu padre y ese cabrón de Michael te enseñaran a considerar el dinero como un arma en las relaciones. No lo es, y va a formar parte de nuestra vida porque tengo intención de seguir siendo rico. —Suspira y sacude la cabeza—. Mira. Tenemos muchas cosas que afrontar. El dinero no debería ser una variable de esa ecuación y el hecho de que encuentres trabajo o no, tampoco. No te hablé de la situación laboral porque estoy seguro de que habrá oportunidades.

»Puesto que somos ricos, te puedes permitir el lujo de ofrecerte voluntaria a los museos para acabar consiguiendo un trabajo a jornada completa, si así lo deseas. O puedes instalar un despacho aquí en casa y dedicarte a comprar y vender obras de arte. Harías lo mismo que hacías para Mark en la galería, pero como intermediaria. Diablos, si quisieras incluso podrías hacer negocios con Mark. Y podríamos viajar, y tú aprovecharías los viajes para buscar las obras que quisieras comprar.

Mi inquietud se torna en emoción al instante.

—¿Y no necesitaría algún tipo de permiso internacional para eso?

—Mañana se lo podemos preguntar al abogado.

—Sí, por favor. ¡Me parece una idea genial!

—Me alegro de que te guste la idea, pero recuerda que no es más que eso. Ahora tienes que explorar las distintas opciones y no puedes hacerlo si estás preocupada por el dinero. Yo hago lo que me gusta y quiero que tú hagas también lo que te gusta. Créeme, me va a costar mucho quedarme sentado mirando cómo te abres tus propias puertas, en vista de que quiero abrirlas por ti, pero lo haré.

Cada vez que pienso que no podría querer más a Chris, me sorprendo a mí misma aún más enamorada.

—Gracias. Necesito saber que puedo triunfar por mí misma.

—Ya lo sé —me dice, y su voz se suaviza—. Sara. Necesito dejar el tema del dinero zanjado, esta misma noche, en este dormitorio. Mi armario está repleto de monstruos que vas a tener que afrontar, y no podré dejarlos salir si ni siquiera eres capaz de derrotar a este.

Me inclino hacia él para tomarle la cara entre las manos.

—Puedes contarme, o enseñarme, cualquier cosa.

Su expresión se torna solemne.

—Lo sé y lo voy a hacer. Y eso es lo que más me asusta de todo.

Se encamina al baño y me deja ahí, con la mirada clavada en su espalda.

8

Chantal resulta ser una parisina paciente y encantadora de veintitrés años. Y considerando que se acerca el mediodía y que llevo aquí sentada casi dos horas con mi profesora particular sin haber dado pie con bola, merece la excelente opinión que tengo de ella.

Me arrellano en el sofá de cuero rojo de la alucinante biblioteca, que comparte planta con nuestro dormitorio, y dejo la hoja de ejercicios que Chantal me ha propuesto sobre la mesita de café. Las famosas obras de arte que decoran las paredes de Chris me parecen mucho más interesantes que la lengua francesa.

—¿Sabes que para mí son las tres o las cuatro de la mañana? El cambio de horario debe de estar afectando a mi capacidad de aprendizaje. Al menos, esa es mi excusa, y me voy a acoger a ella durante una semana como mínimo. Luego ya se me ocurrirá otra cosa.

Chantal sonríe con su expresión dulce, rebosante de esa inocencia que sólo posee alguien que aún no ha sido castigado por la vida. La clase de inocencia que emana Ella. O que emanaba. Me pregunto si habrá cambiado en estos últimos meses. Me pregunto... No, no voy a pensar nada malo. Está bien. Es feliz. Se ha casado y está celebrando la luna de miel.

—He tenido alumnos mucho peores que tú —me anima Chantal, que está sentada a mi lado en postura recatada, con una faldita negra, una blusa de seda a juego y esa melena castaño claro que tanto realza sus ojos verdes y su piel morena.

Recibo el cumplido con un bufido, consciente de que sólo intenta consolarme.

—En otras palabras, se me da mal, pero no tanto como a las personas que ni siquiera saben hablar su propia lengua.

Sonríe de oreja a oreja y dice:

—Exacto.

Su expresión traviesa me recuerda a la de Ella. Chantal me recuerda a Ella. Bueno, su personalidad. La apabullante melena roja de Ella y su pálida piel no se parecen a nada y, en su caso, son dignas de envidia. Se me encoge el estómago. Ay, cuánto la echo de menos.

Suena mi móvil y me seco las manos en los desvaídos vaqueros antes de cogerlo de la mesita de café, segura de que será Chris para anunciarme que la reunión ha llegado a su fin.

—Eh.

Lo saludo ansiosa después de comprobar en la pantalla que efectivamente se trata de Chris.

—Eh, nena.

—Huy —me lamento ante su tono apagado—. No ha ido bien.

—El museo atraviesa algunas dificultades económicas.

—Te han pedido dinero.

—Mi dinero no las resolverá. No mientras no cuenten con un director como Dios manda. Me han pedido que forme parte de la junta directiva por un tiempo, hasta que se hayan resuelto los problemas.

—¿Y has accedido?

—He accedido a hablarlo.

Me preocupo al instante.

—Por favor, no vayas a negarte por mi causa. Tengo mucho que aprender y montones de cosas que hacer.

—Preferiría que las hicieras conmigo. Por eso te invité a venir. Para que viviéramos juntos la experiencia parisina.

Titubeo un momento, acostumbrada a sentirme un lastre, a esperar a verlas venir; pero ya he saltado al vacío con Chris. Inhibirme ahora sólo serviría para instalarnos en un punto muerto.

—Estoy aquí para formar parte de tu vida, para que construyamos una juntos, Chris. No he venido de vacaciones. Hay tiempo de sobra.

—Y, sin embargo, tengo la sensación de que nunca es bastante. —Noto un matiz apático en su voz que ensombrece sus palabras y quiero preguntarle qué ha querido decir, pero él prosigue—. Da igual, no creo que acceda a formar parte de la junta. Mi equipo financiero y yo saneamos sus cuentas hace unos años y mira de qué ha servido.

Nunca he prestado mucha atención a su faceta de empresario y quizá debería haberlo hecho. Aunque Chris dice que vendió sus acciones de la empresa de cosméticos familiar porque no le interesaban las juntas de accionistas, si es rico será por algo, digo yo. Administra su dinero. No se limita a gastarlo.

—Me han emplazado a otra reunión esta tarde —añade Chris en tono fatigado. Debe de estar acusando el desfase horario tanto como yo o quizá las malas noticias lo hayan desanimado—. Nena, no quiero dejarte colgada tu primer día en París.

Empujando a un lado la pizca de decepción que me embarga, declaro con firmeza:

—Tienes que quedarte. Me dijiste que algunos de los asistentes a la reunión podían contribuir a tu fundación, ¿no?

—Sí, pero puedo reunirme con ellos en alguna otra parte y librarme de este compromiso.

—No querrás que un gran museo se vaya a pique, Chris, y yo tampoco quiero. Estoy perfectamente. Aún no he explorado la casa y hay un montón de tiendas a un paso de aquí. Chantal me puede indicar dónde comprar lo que necesito.

—Te puedo acompañar —se ofrece ella al momento.

—Genial —asiente Chris, que obviamente la ha oído—. No quiero que vayas sola por ahí. Es una gran ciudad y no puedes comunicarte.

Miro a Chantal.

—¿Seguro?

—No tengo ningún plan y me encanta ir de compras.

Parece que le apetece de verdad.

—Pues todo arreglado —le digo a Chris—. Me acompañará una parisina experta en moda. Ya tengo la tarde ocupada.

Se hace un pesado silencio al otro lado de la línea y casi puedo oír a Chris bregando consigo mismo.

—Estoy bien —insisto con dulzura—. No te sientas mal por esto.

—Es que verás —replica él por fin—. Podría gastar hasta el último céntimo de mi fortuna en luchar contra el cáncer infantil y ni aun así lo vencería. Hace falta que el mundo entero esté concienciado e implicado para lograr algún avance. El museo apoya la causa, y el donante que te decía posee muy buenos contactos en una gran corporación.

—Pues por eso tienes que quedarte, y si yo te puedo ayudar en algo, lo haré. Así que arregla ese desaguisado, que a mí me hará compañía Chantal.

—Dile que le pagaré.

—Lo he oído —interviene Chantal—. Y no. No aceptaré dinero por ir de compras.

Resoplo.

—Pues merecerás una buena prima si consigues que chapurree siquiera la lengua francesa.

—¿Tan mal ha ido? —pregunta Chris.

—Fatal —confirmo—. Puede que me venga bien una buena inmersión lingüística.

Chris baja la voz.

—Idearé un modo de compensarte por cada palabra que aprendas.

Me muerdo el labio.

—Ve con cuidado. A lo mejor me niego a que ese comité te retenga.

—Por favor —gime—. Niégate.

—Accederé, pero sólo en préstamo —le aseguro.

—Llena ese armario —me ordena Chris—. Hazme creer que me quieres por mi dinero.

Me río de buena gana.

—Y así es. ¿No lo sabías?

—Pensaba que me querías por mi cuerpo.

—En realidad, es por la Harley.

—Eso, tú sigue alimentando mis obsesiones. —Oigo a alguien hablar al fondo—. Aún puedo decir que no y volver a casa.

A casa. Nuestra casa. Me gusta.

—No. Ya estaré de vuelta cuando hayas terminado.

—Ve con cuidado y envíame un mensaje a tu regreso para que sepa que has llegado sana y salva.

Abro la boca para decirle «Sí, amo», una broma que le suelo hacer, pero me muerdo la lengua. El recuerdo de Rebecca, que se dirigía a Mark de ese modo, es demasiado reciente. Así pues, me limito a asentir.

—¿Tiene una Harley?

Chantal ha alzado la voz de la emoción. Mientras yo hablaba por teléfono, ha estado inspeccionando las filas y filas de volúmenes que atestan las estanterías, muchos de los cuales son ediciones curiosas de libros sobre arte y viajes.

—Chris adora sus Harley —asiento, y ahora soy yo la que sonríe como un gato que se ha tragado un canario—. Y yo también, siempre y cuando él vaya encima.

Suspirando, Chantal regresa al sofá y se sienta en el borde, a mi lado.

—Los moteros con Harley tienen algo especial. Creo que encarnan la típica fantasía del «chico malo que en el fondo es bueno, pero que de todos modos acabará por romperte el corazón». Como fantasía no suena muy bien, teniendo en cuenta el final, pero lo es. Vaya que sí.

Se me retuercen las entrañas cuando me asalta el maldito recuerdo de Chris apareciendo en su Harley después de nuestra ruptura. Es una imagen destructiva y me gustaría que dejara de asomar una y otra vez.

—A veces, los más peligrosos son los que menos lo aparentan —le advierto pensando en Mark, con sus trajes a medida y su cuerpo escultural—. Ya sabes, los típicos caballeros elegantes y educados.

Entorna los ojos con aire soñador.

—A mí no me importaría que al menos uno de cada me rompiera el corazón una vez en la vida. En fin, como ahora mismo no hay hombres en mi horizonte, deberíamos ir a comer y terminar con un buen macarrón de postre. Y luego nos vamos de compras.

La ingenuidad con que expresa el deseo de que le rompan el corazón me recuerda tanto a Ella que, por un momento, pestañeo sorprendida. Cuando me rehago, la comida y las compras son lo que menos me preocupa.

—¿Tú sabrías dónde solicitar un certificado de matrimonio?

—Claro. En el ayuntamiento. ¿Te vas a casar?

¿Me voy a casar con Chris?

—Yo… No. Bueno, ahora no.

—Pero ¿quizá más adelante sí?

Tengo que meditar la pregunta un momento. Chris y yo no hemos vuelto a hablar de ello, pero sólo con pensarlo se me escapa una sonrisa.

—Un quizá con bastantes probabilidades de convertirse en un sí.

Me niego a contemplar siquiera hasta qué punto me abrumaría el dolor si le diera a Chris el sí definitivo y luego volviera a encerrarse en su caparazón.

Chantal sonríe.

—Así que los guaperas con Harley no siempre te rompen el corazón, ¿eh?

—No, no siempre. —«Cuando menos, no adrede» —. Pero eso no significa que tengas que buscarte uno. No todos son como Chris.

—Ya lo sé. No lo conozco, pero mi madre dice que es un tipo especial. Se lo presentaron Katie y John y han coincidido en un par de actos benéficos. —Chantal saca su portátil del estuche—. Hablando de Chris, creo que tiene que estar presente para solicitar un expediente matrimonial.

—No es mi boda la que me interesa ahora mismo. Estoy buscando a una amiga con la que he perdido el contacto. Vino a casarse a París. Había pensado empezar a buscarla por el registro civil. ¿Qué te parece?

—Hay que llevar a cabo una ceremonia legal en el ayuntamiento antes de celebrar el acto religioso, de modo que, si se casó aquí, la boda tiene que estar registrada.

Me inunda la esperanza. Puede que esté un paso más cerca de encontrar a Ella.

No me gustan las multitudes. Me parece que esta aversión se debe a que pasé la infancia encerrada en casa a cal y canto por deseo de mi padre. Sentada con Chantal en el minúsculo café que hay enfrente del ayuntamiento, rodeada de clientes, me siento como una sardina en lata. El desasosiego ha empezado a embargarme en cuanto hemos tomado un taxi. A lo mejor sólo estoy inquieta porque voy a celebrar mi primera comida en París y Chris no está para compartirla conmigo.

Miro la carta, que está escrita en francés y por tanto me resulta tan ininteligible como las muchas conversaciones que se despliegan a mi alrededor.

—Supongo que has escogido este sitio para enseñarme a ordenar un menú en francés, ¿no?

—En realidad, te he traído por los macarrones. Los de este restaurante tienen fama de ser de los mejores de París. —Titubea y luego añade de mala gana—. Siento decírtelo, pero no abundan los restaurantes con carta bilingüe.

Oh, no. Pues claro que no. ¿Qué esperaba?

—No te preocupes —añade Chantal al momento—. A pocas calles de tu casa están los Campos Elíseos. Como es una zona tan turística, seguro que muchos restaurantes de por allí ofrecen carta en inglés. También encontrarás un McDonald's y un par de Staburcks.

Me invade el alivio sólo de saber que hay dos clásicos norteamericanos tan cerca de mi casa, aunque el desasosiego no me abandona. Noto un cosquilleo en la nuca y miro a mi alrededor por si descubro a alguien con pinta sospechosa. Me quedo de una pieza cuando veo a una camarera añadir condimentos a una hamburguesa cruda en la mesa de mi izquierda.

Me invaden las náuseas y devuelvo la atención a Chantal.

—Si pides carne cruda, me levanto y me voy.

Ella se ríe de buena gana.

—Pero sabes que el tartar de ternera es un plato muy típico en Francia, ¿no?

—No, no he viajado mucho. Y tampoco soy fan de la carne en

general, aunque me la como, siempre y cuando esté casi carboniza-
da.

—Hum, bueno. —Echa un vistazo a la carta—. ¿Y qué me dices
del *escargot*?

—No como caracoles.

Enarca una ceja.

—Lástima. Es otro de los platos favoritos de los parisinos. ¿Te
apetece pato?

—Demasiado monos para comérselos.

Me mira de hito en hito, sin mostrar señales de la impaciencia que
merezco.

—¿Pescado?

—Soy alérgica. ¿No coméis pasta?

—No es lo más habitual, pero sí. Descubrirás que abundan los platos americanos en los menús franceses, pero debo advertirte que no
suelen gustar a tus compatriotas. Nuestras versiones no se parecen en
nada a lo que estás acostumbrada a comer. —Deja el menú sobre la
mesa y entrelaza los dedos ante sí—. Tenemos que encontrar platos de
un típico menú francés que te puedan gustar. Los pasteles y los postres
son deliciosos.

—Un minuto de placer y toda la vida en tus caderas.

—Es verdad —reconoce, y se queda un momento pensativa—.
Las quiches están riquísimas. Es la masa lo que las hace tan sabrosas,
pero tampoco son bajas en calorías, que digamos.

—Bueno, la quiche es una opción. Podría probarla.

—También preparamos un sándwich de queso con jamón al horno
para chuparse los dedos. Engorda bastante, eso sí, porque lo bañamos
en mantequilla.

¿Sándwich de queso con jamón al horno? ¿Habla en serio? Chantal hace un mohín y me regaña:

—No pongas esa cara. Es la versión francesa de la hamburguesa y
sabe de maravilla. Lo preparamos con pan casero y nuestros quesos
son alucinantes. Como vosotros decís «hay que probarlo todo».

—Lo siento. —Y lo digo de corazón. Me está hablando de sus

platos favoritos. Tengo que guardar las formas, demostrar tanta diplomacia como ella—. Me encanta el queso, así que probaré el sándwich de queso con jamón. O sea, si acaso lo sirven.

—Lo sirven. Tanto la quiche como el queso con jamón al horno son platos muy comunes en nuestros restaurantes, así que puedes considerarlos tu primera opción. Te enseñaré a buscarlos en el menú.

—Me parece una buena idea.

Adopto un tono animado, aunque la perspectiva de que mi menú se vaya a reducir a eso durante los próximos días me resulta bastante deprimente.

—Vale, pues Croque Monsieur es el sándwich de queso con jamón. —Me lo enseña en el menú y yo le hago una foto con el móvil—. Y si añades «Madame» te estrellarán un huevo encima.

Abro unos ojos como platos.

—¿Un huevo encima de un sándwich de queso?

—Sí —contesta entre risas—. Esta clase de iniciación a la cocina francesa se te está atragantando, ¿eh?

—¿Tanto se nota? —pregunto, y me regaño en silencio por mis pésimos modales.

—Ya lo creo. —Cuando llega el camarero, Chantal me dice—: Ya pido yo.

Intentaría pescar alguna palabra de su conversación de no ser porque unos dedos helados vuelven a rozarme la nuca. Es la misma sensación que experimenté en el aeropuerto justo antes de que el carterista me diera la bienvenida a Francia.

Instintivamente busco el bolso y me lo planto en el regazo bien agarrado. Luchando contra el impulso de volverme a mirar por miedo a parecer maleducada o a ver al hombre que devora carne cruda a mi lado, me quedo pegada al asiento. Estoy en un país extranjero, apenas unos días después de que Ava intentara asesinarme, por nombrar únicamente un par de mis odiseas más recientes, y creo que me estoy poniendo paranoica. Sólo es eso. Nada más.

Si no fuera porque que mi necesidad de volverme a mirar se torna urgente, incluso abrumadora.

La camarera se aleja y yo estoy a punto de reventar.

—Voy al baño —anuncio, y me pongo de pie.

Echaré un vistazo a las mesas del fondo a mi regreso.

—Toilette —me corrige Chantal a viva voz.

Sin darme la vuelta, le indico por gestos que la he oído. Gracias a Dios, encuentro «la toilette» con facilidad. Como no hay nadie en la zona de los lavamanos, apoyo las manos en una pila y me miro en el espejo. Me devuelve la mirada una morenita palidísima que debe de ser la persona más cateta del planeta. Ni siquiera soy capaz de disfrutar de una comida en París.

La inquietud amenaza con desbordarme y estallar en mil direcciones que no conducen a nada. ¿Qué será de mí si no me adapto a París mientras que a Chris le encanta y quiere vivir aquí? Y si lo convenzo de que regresemos a Estados Unidos, ¿se sentirá él allí como yo me siento aquí? No. No. A él le gusta Estados Unidos. Sin embargo, quiere estar aquí.

Sacudo la cabeza. Esto es de locos. Estoy sacando las cosas de quicio. Sólo porque no me haya enamorado de París a la primera de cambio no significa que no vaya a adaptarme o que me disguste. Me agradará cuando explore la ciudad con Chris. Estoy segura. Segurísima.

Necesito oír su voz, pero como sé que eso no es posible ahora mismo, busco el móvil para enviarle un mensaje de texto. Así, cuando salga a descansar, podrá responderme.

¿Te gusta la carne cruda, alias tartar?

La detesto, me responde al momento.

Respiro aliviada, tanto por la rapidez de su respuesta como por la contestación en sí.

¿Caracoles?

No me vuelven loco.

¿Pescado?

Depende.

Yo soy alérgica, tecleo, dudando de si se lo he dicho alguna vez.

Suena mi teléfono y me siento culpable cuando veo el número de Chris.

—Perdona. No debería haberte molestado.

—No me molestas. Necesitaba un descanso. Aquí hay tanto ego que la sala de reuniones va a reventar de un momento a otro. ¿Dónde estás?

—En algún restaurante de nombre impronunciable. Tampoco puedo leer el menú, y me parece que casi es mejor así.

—No te preocupes, nena. Los americanos que vivimos en París sabemos dónde comer como en casa. Todo irá mejor cuando estés conmigo.

Tiene razón. Todo irá mejor. Mientras esté con él, todo será maravilloso. El resto del tiempo, sin embargo…

—Ya lo sé. Tienes toda la razón.

Se hace un silencio y me dice:

—No, no es verdad, ¿me equivoco?

—Que sí.

—No me lo trago.

—Es sólo que, de momento, la comida no me gusta. No tiene importancia.

—A mí tampoco me encanta la cocina francesa.

En el reflejo del espejo, advierto que estoy frunciendo el ceño.

—A veces no te entiendo. —En realidad casi nunca le entiendo, pero me lo guardo para mí—. Si no te gusta la cocina francesa, ¿por qué te empeñas en vivir aquí? La comida constituye un aspecto fundamental de la vida.

Guarda un grave silencio y luego:

—Sara…

Se interrumpe cuando una voz masculina le habla rápidamente en francés. Oigo que Chris responde a su interlocutor en un tono de fastidio y el sentimiento de culpa me anuda el estómago otra vez. Me siento superficial y egoísta por molestarle con cosas que no tienen ninguna importancia.

—Sara… —vuelve a empezar, pero no le dejo proseguir.

—Perdona. Estás en plena reunión y yo te estoy molestando.

—No me molestas.

—Sí, lo hago, y te quiero, Chris. A la porra las hamburguesas crudas. Eres tú quien me importa. Tu presencia en esa reunión es crucial para el museo y para tu fundación. Vete. A trabajar.

Duda.

—¿Estás segura?

—Del todo.

—Esta noche te llevaré a cenar a algún sitio que te guste. Luego iremos a casa y te demostraré cuánto te echo de menos.

Me llevará a casa. Ay, cómo me gustan esas palabras. Casa. Casa. Casa. Tengo un hogar, el mismo que comparto con Chris. Sonrío al teléfono.

—Suena genial. —Adopto un tono más firme—. Ahora ve y enséñales a todos lo que vale un peine. Que atiendan a razones.

—Lo haré. —Comprendo, por el alivio que revela su voz, que estaba mucho más preocupado por mi primera impresión de París de lo que quiere reconocer—. Todavía no sé a qué hora me soltarán. Te llamaré cuando lo sepa. Te quiero, nena.

Se despide rápidamente y yo me guardo el móvil, me apoyo en la pila y vuelvo a mirarme en el espejo. Esta vez veo una mujer enamorada, ansiosa por explorar un mundo desconocido con el hombre de su vida. Regreso a la mesa para comerme el sándwich de jamón y queso que, por suerte, no incluye un huevo estrellado. Cuando echo un vistazo a las dos mesas de mi espalda, descubro que están vacías, con los servicios puestos. No había nadie sentado allí. Me río para mis adentros de mis aprensiones. Nunca hubo nadie espiándome.

9

Entiendo por qué a Chris le fascina París en cuanto Chantal y yo cruzamos la entrada principal del Hôtel de Ville, el ayuntamiento, un edificio espectacular muy semejante a un castillo que se extiende a lo largo de varias manzanas. Este edificio e incluso la propia ciudad constituyen un auténtico homenaje a ese arte que tanto amamos Chris y yo.

Sobrecogida, me detengo junto al umbral tratando de asimilar la magnitud de lo que me rodea. Hay belleza para dar y tomar; desde los antiguos muebles hasta las obras maestras que decoran las paredes o los suelos de mármol. Lo que de verdad me quita el aliento, sin embargo, es la fusión entre la espectacular arquitectura y las obras de arte. Columnas blancas, arcos y molduras acogen intrincados frescos en techos y paredes.

—Resulta aún más imponente por dentro que por fuera —musito.

Mucho más espectacular de lo que puede ser ningún consistorio municipal.

—También hay un museo, pero sólo se puede visitar con cita previa.

—¿En serio? —pregunto emocionada, despegando la mirada de un mural para prestarle atención a Chantal—. ¿Y qué sabes de él?

—He oído decir que la exposición incluye algún Picasso, pero el arte no es lo mío, así que nunca lo he visitado.

Picasso. Estoy en el mismo edificio que un Picasso. Y al otro lado de la ciudad está el Louvre, que alberga la *Mona Lisa*. Puede que París acabe por gustarme.

—El registro civil está por allí —anuncia Chantal, señalando un ascensor.

Quince minutos más tarde, después de peregrinar por distintos despachos, Chantal y yo llegamos al mostrador de una gran sala que parece una sede de la dirección general de tráfico de Estados Unidos.

—¿Cómo se llama tu amiga? —me pregunta Chantal después de conversar un momento en francés con la estirada funcionaria de cincuenta y tantos años que nos atiende.

—Ella Johnson —respondo al instante, ansiosa por obtener información.

Chantal habla con la mujer, que teclea el dato en el ordenador y niega con la cabeza. Se me cae el alma a los pies.

—¿Y el novio? —sugiere Chantal.

Le digo el nombre y me abrazo a mí misma, temiendo que la respuesta de la funcionaria sea un gesto idéntico al anterior. Tras unos cuantos tecleos, es justo eso lo que me ofrece, pero luego le explica algo a Chantal.

—Dice —me informa esta— que tienes que haber residido en Francia un mínimo de cuarenta días y haber presentado una solicitud en el registro civil antes de la boda. Los extranjeros suelen presentarla a los treinta días, pero no ha encontrado ninguna solicitud con ese nombre. ¿Lleva tu amiga aquí un mínimo de treinta días?

Se me retuercen las tripas.

—Sí. Sólo tenía previsto pasar dos semanas fuera. Luego debía volver al trabajo pero no apareció.

—Ay, Dios —exclama Chantal con expresión afligida—. No me lo habías contado. No tenía ni idea. —Se gira hacia la mujer y mantienen una conversación rápida antes de que Chantal me dedique una mirada sombría—. Es imposible que se casara. Lo sabrían. A lo mejor su novio y ella estaban tan emocionados por la idea de la boda que no se les ocurrió consultar los trámites necesarios. Puede que se fueran a otro país a casarse al descubrir que aquí no podían hacerlo en un plazo de dos semanas.

Sí, si no fuera porque no consta en ninguna parte que Ella haya salido del país, pero no se lo digo.

—Gracias, Chantal. Investigaré otras posibilidades. —Lucho contra el impulso de llamar a Chris para darle la mala noticia—. Mañana por la mañana tengo que ir al consulado. He perdido el pasaporte y además quiero preguntar por mi amiga. ¿Podrías acompañarme, como parte de la clase?

—Claro. —Tiende el brazo para apretarme la mano—. No te asustes. Seguro que está bien. De hecho, apuesto a que le gustó tanto nuestra cocina que decidió quedarse a vivir aquí y han organizado una boda espectacular para cuando se hayan instalado.

Su broma me arranca una carcajada y acojo la sugerencia con entusiasmo, deseosa de creer que Ella está a salvo y es feliz.

—A lo mejor hasta le gusta el tartar —bromeo.

Ella sonríe contenta.

—Sé una cosa que te va a gustar. —Me agarra del brazo—. Vas a probar el chocolate al estilo francés y luego iremos de compras. Eso te hará sentir mejor.

El «chocolate» resulta ser una bebida de cacao caliente cubierta de nata que nos sirven en un pequeño café de los Campos Elíseos. Lo más decadente del mundo y tan espeso que ni siquiera una adicta al chocolate como yo consigue tomar nada más que una taza pequeña. Tras el descanso en el café, Chantal y yo pasamos una hora de compras por las boutiques, y yo vuelvo a tener la sensación de que me están vigilando. Empiezo a pensar que esta espeluznante impresión guarda más relación con el hecho de estar en una ciudad desconocida que con ninguna otra cosa.

Acabo de sentarme en una silla del otro lado del probador donde Chantal se prueba un sexy vestido rojo para su cita del domingo por la noche cuando suena mi móvil. Es Chris, que ha abandonado un momento la reunión

—¿Qué tal van esas compras? —me pregunta.

—Aún no ha habido suerte.

—Sara.

Lo dice en un tono entre contrariado y decepcionado.

¿Por qué le da tanta importancia?

—Estoy mirando —le aseguro.

Oigo pasar los segundos.

—Yo no soy tu padre.

Entorno los ojos, encajando el golpe de la historia que acaba de usar contra mí: la de un padre que intentaba controlarme a través del dinero. La de mi temor a convertirme en mi madre, más un objeto en propiedad que una esposa.

—Ya lo sé, Chris —respondo con un hilo de voz.

—¿Seguro, cariño? Porque no me lo acabo de creer.

—Sí.

Y es verdad. Chantal ha definido a Chris perfectamente: es especial. No hay nadie como él.

—Temes volver a acostumbrarte a disponer de dinero en abundancia y que luego yo desaparezca. Es eso, ¿verdad? Pues no va a pasar. No voy a ir a ninguna parte. Ya cometí ese error una vez. No volveré a cometerlo.

—El dinero no me importa. Me importa nuestra relación.

—Pues compra lo que necesites. Todo lo que quieras. Eso es bueno para nuestra relación.

Su voz únicamente transmite sinceridad y amor.

—Significa mucho para ti que lo haga, ¿verdad?

—Forma parte de la nueva vida que estamos construyendo, Sara. Tienes que dejar el pasado atrás. —Se hace un silencio—. Y yo también.

Tiene razón. Y el hecho de que yo esté aquí forma parte de ese proceso, tanto del suyo como del mío.

Ella se cuela en mi mente de manera inesperada. ¿Y si para adaptarse a su nueva vida tuvo que dejar su trabajo, e incluso a mí, atrás?

—Encontraré algo alucinante —le prometo—. ¿Qué tal van las cosas por ahí?

Charlamos un rato más y estamos a punto de colgar cuando Chris me dice en plan de broma:

—Gasta dinero. Es una orden.

A lo que yo respondo:

—¿O qué?

—No quieras saberlo.

«Sí, quiero.»

—Oye, me están entrando ganas de quemar esa American Exprés negra que me diste.

—A veces, Sara —me dice, y su voz es como un roce de papel de lija, insinuante y viciosa— la recompensa es mejor que el castigo.

Interrumpe la comunicación y yo me muerdo el labio entre carcajadas cuando toda una serie de posibles recompensas desfilan por mi mente.

Chantal sale del probador, la viva imagen del erotismo con su ajustado vestido rojo.

—Guau, vaya risa más diabólica que acabas de soltar. Me habría encantado oír a Chris para saber qué te ha provocado esas carcajadas.

—Mis labios están sellados. —La miro de arriba abajo—. Tú sí que estás diabólica. ¿Crees que lo tendrán en mi talla?

Su expresión se ilumina de la emoción.

—¡Por fin! Venga, quítate esos vaqueros y pásate a la seda roja antes de que cambies de idea.

Dos horas después, Chantal y yo salimos de una de las muchas tiendas que hemos visitado. Aunque sólo son las cinco y media, la oscuridad nos recibe al otro lado. Hace tanto frío que lamento que el cuero de mi cazadora negra sea tan delicado.

Pertrechada con siete bolsas de diversos pesos y tamaños, sigo a Chantal a la entrada de una tienda de lencería, sorprendida de saber que no hay Victoria's Secret en París, cuando el móvil de Chantal emite una señal. Lo busca en el bolso y lee un mensaje de texto frunciendo el ceño.

—Mi madre tiene gastroenteritis y me pregunta si puedo cuidar de mi abuela. —Alza la vista para mirarme—. Lo siento. Mi abuela sufrió un derrame cerebral el mes pasado y acaba de volver a casa después de la rehabilitación.

No me puedo creer que se esté disculpando.

—Tu abuela es un millón de veces más importante que yo.

—Pero me duele mucho dejarte colgada. ¿Quieres que te acompañe a casa?

—Eres muy amable, pero no. Estoy bien.

Y lo estoy. Reparo súbitamente en que llevo un buen rato sin sentirme observada, lo que demuestra mi teoría de que la sensación me asalta cuando me siento insegura.

—Me esperaré a que te vayas y luego seguiré de compras un rato más antes de volver a casa.

—Si de verdad no te importa… —Chantal mira hacia la calzada—. Tengo que cruzar la calle para coger un taxi.

Cruzamos la calle corriendo hacia una larga hilera de taxis y Chantal le hace una seña al primero de la fila. Después de dejar las bolsas sobre el asiento trasero, se vuelve hacia mí.

—Me he divertido mucho, Sara. Me alegro de que Katie llamara a mi madre y haber podido conocerte.

Asiento al instante. Me cae bien Chantal, y saber que tengo una amiga al día siguiente de mi llegada me reconforta.

—Yo también. —Sonrío—. Aunque comas caracoles.

Ella se ríe con un ronquido, y ese cómico sonido nos hace sonreír a ambas otra vez. Haciendo un rápido gesto de despedida, se dispone a entrar en el coche.

—Nos vemos mañana. Ay. Espera. —Con un pie dentro del taxi, se incorpora—. Llevo todo el día queriendo preguntarte esto, pero nos poníamos a hablar de otra cosa y luego se me olvidaba. ¿Alguien os está ayudando a buscar a tu amiga?

La inesperada pregunta me hace fruncir el ceño.

—Hemos contratado a un detective privado, pero no ha descubierto gran cosa.

—Ah, vale. Entonces supongo que os habréis cruzado. Es que la mujer del ayuntamiento me ha dicho que ayer pasó alguien por allí preguntando por Ella.

Se sube al taxi diciéndome adiós con la mano.

Estupefacta, me quedo un buen rato donde estoy dando vueltas y más vueltas a las palabras de Chantal mientras el taxi se aleja. Blake está en Estados Unidos. Es imposible que haya pasado por el ayuntamiento. Chris mencionó su intención de contratar a alguien aquí, en París, pero estoy segura de que todavía no lo ha hecho. ¿Se nos habrá adelantado Blake y habrá contratado a alguien por su cuenta? Ha tenido que ser eso.

Suena un claxon que me devuelve al presente de sopetón. Me cambio de mano algunas bolsas y me vuelvo a mirar las tiendas y restaurantes que se alinean a mi espalda. Forzando la vista, atisbo el cartel de la dama verde que anuncia el café al que pretendo dirigirme. Un moca blanco y un lugar donde llamar a Blake tranquilamente para preguntarle si ha contratado a alguien son justo lo que necesito. En cualquier caso, quiero que Blake me ponga al día sobre Ava.

Ava... ¿Cómo me las he arreglado para olvidar que me ha acusado de asesinar a Rebecca? Sólo puedo atribuirlo a un mecanismo de autoprotección: mi cerebro no puede procesar tantas cosas al mismo tiempo.

Casi al momento de echar a andar, noto un cosquilleo en la piel y se me eriza el vello de la nuca. Apuro el paso, pero esa maldita sensación de que alguien me está observando camina conmigo. Paso la vista por la concurrida acera, observando a la gente que se apresura de acá para allá, y no descubro ninguna amenaza evidente.

¿Y por qué iba a descubrirla? La obsesa del control que hay en mí, que está nerviosa de encontrarse en una ciudad desconocida, tiene la culpa de esto. Súmale el estrés de los últimos días, añádele mis inquietudes en relación a Ava y a Ella y ya tienes la solución. Nada más. Creo. Espero. Mis deducciones no me consuelan.

A tres portales del Starbucks, voy contando los locales que me separan de la salvación.

Uno más y me planto ante el Starbucks, y estoy a punto de entrar cuando me detengo en seco. Sin dar crédito a lo que veo, parpadeo sorprendida ante la señal que cuelga del siguiente portal: SCRIPT. El estudio de tatuaje de Amber. La puerta del estudio se desplaza y la adrenalina se dispara en mi sistema.

Por puro instinto, me cuelo rauda en el café, desesperada por pasar desapercibida. Dentro, un aire cálido me inunda junto con buenas dosis de alivio. Echo un vistazo al diminuto café con los asientos contados, igual a todos los que he pisado hasta ahora en París. Me dirijo al mostrador.

—¿Inglés? —le pregunto a un empleado alto y moreno, que me responde con un fuerte acento:

—Sí, inglés.

—Ay, gracias. —Mis niveles de estrés descienden al instante, relajo los hombros y el pulso se me apacigua. Es sorprendente que algo tan insignificante como pedir mi bebida favorita en inglés pueda ser tan reconfortante—. Moca blanco. *Light.* Sin espuma.

Echo un vistazo a la vitrina que hay junto al mostrador, encantada de reencontrar mis golosinas americanas favoritas. Después de un macarrón y una taza de chocolate, no me conviene nada más, pero parece que mi dedo tiene vida propia porque señala una enorme galleta cubierta de glaseado.

El empleado se defiende mejor por señas que en inglés y al momento me tiende la galleta en una bolsa.

Después de pagar, me retiro al fondo de la barra, donde haciendo malabarismos con las bolsas me las arreglo para mordisquear —vale, devorar de un bocado— la galleta mientras espero la bebida. Intento dilucidar por qué he querido evitar a toda costa el encuentro con Amber. No, por qué he salido corriendo ante la perspectiva.

Avergonzada ante mi propia actuación, hago una mueca. ¿A qué ha venido eso? Es verdad que Chris no quiere que frecuente a Tristán y yo no soy fan de Amber precisamente, pero ¿en serio? ¿Echar a correr? ¿Esconderme? Si Chris me ha ayudado en algo, ha sido a comprender que tiendo a evitar las situaciones que me incomodan, lo que no me beneficia. Cuando por fin me sirven el café, estoy furiosa conmigo misma por mi propia cobardía.

Echo un vistazo a las mesas de madera y no encuentro ninguna libre. Con un suspiro de resignación, decido volver a casa para llamar a Blake mientras me voy diciendo a mí misma que mi decisión de marcharme no guarda relación con el miedo a cruzarme con Amber. Pero el caso es que me detengo con una mano sobre la puerta y me preparo para la improbable contingencia de toparme con ella.

Al salir, echo a andar de inmediato en dirección al Script. Al pasar junto al escaparate profusamente decorado con diseños de tatuajes, me detengo sin saber por qué. Cualquiera diría que acabo de pisar cemento fresco.

Se que Chris no quiere que conozca a ese tal Tristán. En realidad, se mostró preocupado ante la idea de que fuera mi profesor particular. Se negó en redondo, hablando con propiedad, pero conocerlo y contratarlo son dos cosas muy distintas.

Agarro las bolsas con fuerza. Me estoy justificando por seguir aquí, lo sé, y me obligo a mí misma a reconocer que lo que me ata a este sitio es la tentación de visitar el estudio. De eso huía cuando me he refugiado en el Starbucks con el rabo entre las piernas. Quiero entrar.

Quiero saber quién es Amber y qué significó para Chris en su día. Quiero saber qué representaba este lugar para él, qué representa ahora. Y pese a todo, en el fondo de mi corazón, sé que Chris prefiere contármelo en persona. No le hará ninguna gracia enterarse de que estoy aquí.

Eso es lo único que importa. Él importa. He tomado una decisión.

No voy a entrar.

Al mirar hacia delante, me doy cuenta de que mi casa está en la otra dirección. Giro sobre mis talones para alejarme.

—Sara.

La voz de Amber me detiene en seco. Una nueva capa de cemento me paraliza los pies. Si fuera una artista, me pintaría a mí misma en el interior de una caja. En cambio, soy una tonta que se las pinta sola para buscarse problemas con cierto artista famoso, algo cascarrabias a veces, que casualmente está conmigo. No puedo huir de este encuentro sin quedar como una mema y colocarme en el punto de mira de Amber más de lo que ya lo estoy.

A regañadientes, doy media vuelta.

—Amber —consigo decir a modo de saludo, y su nombre suena tan amargo como me sabe a mí—. Hola.

No me puedo resistir a dar un repaso a su atuendo, que no se parece en nada al del otro día. Hoy se ha decorado la melena con mechas rojas, a juego con unos brillantes pantalones del mismo color que combina con unas botas negras de caña hasta la rodilla. Los tacones son tan altos que debería solicitar un permiso de armas, y estoy convencida, como que me llamo Sara, que se lo pensarían dos veces antes de concedérselo.

Curva los labios para esbozar una sonrisa condescendiente que sin duda significa «Te pillé», y deduzco que piensa que la estaba espiando, pero estoy equivocada.

—Has cambiado de idea, ¿eh?

Claro, me ha visto a través del escaparate. ¿Cómo no?

—En realidad, intentaba recordar por dónde se va a casa. —Le enseño la taza de café y me justifico a la desesperada—. Mi adicción va a alcanzar extremos peligrosos, si me da por tomarme un café cada vez que me desoriento.

—Ya. Bueno, ya que estás aquí, ¿por qué no te traes adentro tu droga americana y echas un vistazo al estudio?

¿Por qué no? Ahora mismo te lo digo. Chris, Chris y Chris. Repítelo diez veces.

Sin embargo, Amber me está mirando, y en sus ojos brilla un desafío que sólo puede guardar relación con el objeto, o más bien el sujeto, de esa respuesta que se repite una y otra vez. Chris.

—Un momento —accedo, y echo a andar hacia ella sin dejar de defender el territorio tácito que nos enfrenta—. Chris me espera para cenar.

Desvía la mirada un momento, y noto la sacudida de la explosión de emociones que proyecta hacia mí. Dolor. Resentimiento. Celos. Aturdida por la magnitud de lo que percibo, me quedo parada un momento y lucho literalmente contra el impulso de consolarla, recordándome a mí misma que esas mismas emociones empujaron a Ava a unos actos crueles y oscuros.

Vuelve la cabeza de golpe y su gélida mirada azul sostiene la mía.

—A lo mejor me paso por allí.

Un escalofrío me recorre la columna vertebral al recordar el destello de odio que vi ayer mismo en la cocina.

—Claro, cuando quieras.

Recordar lo que Ava hizo por celos suaviza mi tono infinitamente más de lo que lo lograrán jamás los doce centímetros de tacón de Amber.

Entro en el Script y veo un espacio abierto de tipo industrial. Hay marcos por todas partes con diseños de tatuajes y lámparas plateadas en forma de plato al revés que penden sobre dos mesas blancas de bordes redondeados colocadas en paralelo. Detrás atisbo una puerta abierta que va a dar a lo que parece ser una salita con abundantes mesas y butacas de piel.

Esquivando los obstáculos, echo a andar hacia la silla que descansa junto a una de las mesas cuando la aparición de un hombre en el umbral del fondo me detiene en seco. El recién llegado, que va enfundado en unos pantalones de cuero negro y camiseta, tiene unos rasgos masculinos y perfectos enmarcados por una media melena negra como el carbón. Sin embargo, no es su aspecto lo que casi me tira al suelo de la impresión, sino el hecho de que emana la misma clase de poder que Mark. Todo ello me lleva a concluir dos cosas. Es Tristán y es un amo.

Se apoya contra la pared, delante de la mesa junto a la que estoy plantada, y cruza unos brazos profusamente tatuados por encima de su ancho pecho. Lo miro fijamente, preparada para percibir el mismo chisporroteo que me provoca Chris cuando me mira, pero no es así. Uf. No me ponen los tatuajes. Me pone Chris. La idea me hace sonreír para mis adentros. Sí. Definitivamente, a mí me pone Chris.

—Hola, Sara —dice con un fuerte acento, la voz grave y bien modulada, y sus ojos inteligentes me evalúan con demasiado interés como para que me sienta cómoda.

Deposito las bolsas en el suelo y me apropio de la silla que descansa junto a la mesa, jugando por instinto al juego de poder que Mark tan bien me ha enseñado.

—Hola, Tristán.

Una sonrisa baila en sus labios.

—Sabes quién soy.

—Y tú sabes quién soy yo.

—Amber te describió muy bien —me asegura en un tono una pizca demasiado insinuante.

Teniendo en cuenta que Amber me ha visto desnuda, prefiero no saber qué significa eso.

Amber se sienta a la mesa, delante de mí.

—Obvié los detalles más íntimos —aclara como si me hubiera leído el pensamiento, y hace rodar la silla hacia atrás para vernos a ambos al mismo tiempo.

Mi móvil escoge ese momento para sonar. Lo saco del bolso y, en lugar de alegrarme como me pasa siempre que veo el nombre de Chris en la pantalla, se me encoge el corazón. Cierro los ojos y respondo a la llamada.

—Eh —lo saludo.

Mi voz suena tan insegura como me siento.

—Eh, nena. Acabo de entrar en los Campos Elíseos. ¿Dónde estás? Te recogeré e iremos a comer algo.

Inspiro profundamente, y el aliento se me astilla en los pulmones como esquirlas de cristal. No le va a hacer ninguna gracia, pero tengo que decirle la verdad. Llevo toda la vida oyendo mentiras. No le mentiré a Chris. No le haré eso a nuestra relación.

—He pasado por el Starbuks y…

—Estás en el Script, ¿no?

Lo dice en tono tenso, duro, y yo apenas encuentro mi voz.

—Sí —musito.

—¿Está Chantal contigo?

—No. Su madre se ha puesto enferma y ha tenido que marcharse.

Tras un horrible silencio, anuncia:

—Voy para allá.

10

—Chris no se ha alegrado de saber que estabas aquí —comenta Amber sin darme tiempo siquiera a guardar el móvil en el bolso.

—¿Por qué lo dices?

Mi voz refleja todo el recelo que siento.

—Cielo —ronronea Amber—. Eres un libro abierto.

—*Le Professeur.*

Presto atención a Tristán, que sigue apoyado contra la pared, y deduzco por lógica que acaba de decir «el profesor». Tengo la clara impresión de que su extemporánea contribución a la charla pretende quitar hierro a la situación antes de que estalle la guerra.

—Un profesor —confirma en inglés—. Me han dicho que lo necesitas.

El peso de su mirada sugiere que no se refiere a un profesor de francés.

—No. Ya tengo uno y estoy encantada.

Amber resopla.

—Ahora se dedica a enseñar, ¿eh?

El insulto, pues sin duda lo es, contiene una nota de amargura.

La miro con severidad y abro la boca para defender a Chris, decidida a no guardarme nada, pero aún no he pronunciado palabra cuando su brazo apoyado en la mesa capta mi atención. La tela desplazada hacia arriba deja a la vista más piel que antes, revelando una imagen que me deja boquiabierta.

Sin pararme a pensar lo que hago, le aferro la muñeca para que no pueda retirarla y advierto las mismas marcas que vi una vez en la piel de Chris. Las marcas de un látigo azotado con fuerza.

Unos dedos helados me recorren la columna vertebral. De repente, Amber pasa a ser mucho más que la amargada ex novia de Chris. Está tan dañada como él, como yo, es una persona que guarda una estrecha relación conmigo. Alguien a quien entiendo.

Levanto la mirada buscando sus ojos. Noto la garganta pastosa, la voz ronca.

—¿Qué te ha pasado?

Su semblante refleja sorpresa, y comprendo que sabe a qué me refiero. Entorna los ojos para impedir que la escudriñe. Cuando los abre de nuevo, me sostiene la mirada. Por más desdén que proyecte hacia mí, no consigue ocultar un sufrimiento cuyas raíces, ahora lo sé, son mucho más profundas que la mera ruptura con Chris.

—Debe de ser muy mal profesor, si ni siquiera sabes lo que me ha pasado —me escupe por fin con los dientes apretados.

Clavo los ojos en Tristán.

—Sé que él te ha hecho esto. —Sin aguardar respuesta, devuelvo la vista hacia ella y le aclaro la pregunta como si no me hubiera entendido, aunque sé que sí—. No te he preguntado cómo te has hecho eso. Te he preguntado qué te ha pasado.

Qué horrible secreto oculta bajo el dolor.

Me fulmina con una mezcla de fuego y hielo que tal vez intimide a otras personas, pero no a mí. No a una persona que sabe sepultar el dolor tan bien como yo, maldita sea.

—Chris. Eso es lo que me ha pasado —susurra entre dientes a la vez que retira el brazo.

¿Chris? Ladeando la cabeza para analizar su rostro, intento descifrar lo que oculta bajo la superficie.

—Sara.

La voz de Chris me sobresalta, y me incorporo de un salto con ademán culpable, como si me hubiera pillado hurgando en una especie de territorio secreto. Y puede que sea así. No lo sé.

Está plantado a la izquierda de Tirstán, junto a lo que debe de ser una entrada trasera. ¿Ha oído la conversación? Es muy posible. Lo único que sé es que ha absorbido toda la energía de la habitación, que el aire chisporrotea a su alrededor, y me impresiona la facilidad con que lo ha conseguido. Vestido con aire informal, con sus vaqueros desvaídos y la camiseta de costumbre, se ha apoderado de la estancia sin más, a diferencia de Tristán, que necesita el cuero y los tatuajes, y de Mark, con sus trajes a medida.

—Chris —digo, porque, bueno, según parece es lo único que se me ocurre.

—Vamos —me ordena, y la sala late con el poder y, sí, la rabia que contiene esa orden expresada con voz queda.

Tristán comenta algo en francés. No estoy segura de si habla con Chris o con Amber. Creo que con Amber.

Los ojos de Chris siguen clavados en mí varios segundos más antes de volverse hacia Tristán con expresión sombría. Este lo saluda con un movimiento de la cabeza.

—Cuánto tiempo, tío.

—Quizá no el suficiente.

Tristán esboza una sonrisilla irónica.

—Dices lo mismo cada vez que vuelves a casa.

—Porque siempre sales a recibirme.

Levantando las manos en señal de rendición, Tristán se echa a reír.

—Nadie te obliga a venir.

Empiezan a hablar en francés, y percibo una sutil tensión en aumento. No se odian; sencillamente, Chris no quiere que yo ande cerca de Tristán. Tengo la sensación de que le está dejando tan clara como a mí su postura.

Me molesta no entender lo que dicen, así que dejo de prestar atención y me agacho para coger las bolsas. Chris acude en mi ayuda antes de que las haya reunido todas. Nuestras manos chocan y busco sus ojos al notar un calorcillo que me sube por el brazo. Su mirada es pura posesividad, una expresión autoritaria que en su día habría disparado todas mis alarmas. Ahora, en cambio, soy capaz de atisbar bajo la superficie el ácido que acabo de derramar con mis actos. Si pudiera retroceder quince minutos en el tiempo y deshacer mi decisión de entrar aquí, lo haría.

—Chris… —empieza a decir Amber.

—Ya has hablado bastante, Amber —le espeta sin mirarla siquiera. Reparo en que no ha posado los ojos en ella ni una sola vez desde que ha llegado y me pregunto qué significa eso, pero, sinceramente, me da igual. No debería haber venido. Hay muchas cosas que no sé de Amber, pero por más deseos que tenga de averiguarlas, le corresponde a Chris decidir cuándo me las revela.

Sin dejar de mirarme, Chris se inclina y recoge la última bolsa, dejándome el bolso a mí.

—¿Algo más? —pregunta.

Digo que no con un movimiento de la cabeza, incapaz de pronunciar palabra a causa de este sentimiento de culpa que me devora viva. Yo soy la responsable de esto. Por mi causa se siente fatal, sea cual sea el origen de ese sentimiento. A mí me importa un comino lo que Tristán o Amber puedan mostrarme o decirme, pero él no lo sabe. Es obvio que no me he esforzado lo suficiente en demostrarle cuánto lo amo. En caso contrario, lo sabría.

Camino a su lado hacia la puerta trasera. Chris me indica por señas que salga delante de él a un pasillo largo y estrecho. Luego alarga la mano por detrás de mí para empujar la segunda puerta y, durante un instante, la deja allí, con el cuerpo muy arrimado al mío pero sin tocarme. Quiero que me toque. Transcurren unos segundos y contengo el aliento, esperando que diga algo, pero sólo hay silencio. Abre la puerta y compruebo decepcionada que la tensión no se disipa. Sin embargo, este no es el lugar para despejar el ambiente; no mientras puedan oírnos.

Al otro lado, descubro un garaje con sitio para seis coches pero sólo tres aparcados. El 911 plateado de Chris es uno de ellos. Me dirijo rauda a la portezuela del pasajero, ansiosa de estar a solas con él para explicarme. Espero allí mientras deposita las bolsas en el asiento trasero.

Cuando se vuelve a mirarme, tiene la mandíbula crispada, la mirada velada.

—Entra en el coche, Sara.

Decido que ha llegado el momento de tenderle un puente.

—Vale, Chris... pero no porque tú me lo ladres, sino porque quiero estar bien lejos de aquí cuando te obligue a escucharme.

Me acomodo en el asiento de piel.

Él se queda donde está, mirándome fijamente, pero yo no le devuelvo la mirada. En ocasiones tengo la sensación de que no sabe cómo tomarse mis respuestas a sus exigencias. Yo tampoco, pero esta no es una de ellas. Es posible que merezca que esté enfadado conmigo, pero él no es mi amo. Así que no debería sorprenderle que le replique.

Sube al coche y nos envuelve la oscuridad del habitáculo. Apoya la muñeca en el volante pero no me mira. Noto que lucha consigo mismo y creo que va a decir algo, pero no lo hace. Yo tampoco. Arranca el motor y el coche empieza a avanzar. Estoy segura de que los próximos minutos me van a parecer eternos y tengo razón. Me lo parecen.

Sofocada por el bochorno de la calefacción y de tanta emoción contenida, ya me he librado de la cazadora cuando por fin aparcamos en el garaje de casa y Chris, prácticamente al instante, sale del 911. Rodea el coche para abrirme la portezuela, pero sigue sin mirarme y yo aprieto los dientes. Un incidente de nada y ya se ha retirado a su isla. Su actitud me hiere tanto como si cientos de astillas de cristal me atravesaran el corazón.

Le cedo el paso para que pueda recuperar las bolsas, luchando contra el impulso de hacerle también el vacío emocional, para protegerme. Sigo bregando contra ese sentimiento cuando nos encaminamos al ascensor, sin mirarnos, refugiados en un silencio que apenas puedo soportar.

Pulsa el botón del ascensor y yo observo su perfil, los mechones rubios que enmarcan sus bellas facciones, el latido de un músculo de su mandíbula. Noto su lejanía, su aislamiento, y de repente me pongo furiosa otra vez.

He cruzado el mundo por Chris. He venido hasta aquí para luchar por nosotros y estoy decidida a hacerlo. No va a deshacerse de mí y a destrozar lo nuestro por culpa de un error de nada. No le dejaré que me haga esto, que nos lo haga a los dos. Nunca más.

Cuando se abre la puerta del ascensor, Chris me cede el paso. Yo me apresuro a entrar y al instante me doy media vuelta, lista para encararme con él. Me sigue con paso decidido y esta vez no evita mirarme. Veo determinación y otra emoción oscura y salvaje que no atino a nombrar grabadas en su rostro. Tampoco tendré ocasión de intentarlo.

Antes de que pronuncie una sola palabra, las bolsas caen al suelo y Chris me empuja contra la pared. Pierdo el bolso cuando coloca sus fuertes muslos a ambos lados de mis piernas para ajustar sus caderas a las mías. Ahogo un grito al notar el rudo tacto de sus dedos en mi pelo, el ardor de sus ojos que atrapan los míos. Estoy enfadada con él. Estoy excitada. Y cuando su boca desciende sobre mi boca, cuando su lengua se abre paso entre mis labios con un delicioso lametazo al que sigue otro más, exigiendo respuesta, estoy a su merced.

Le agarro la camiseta y cubro el diminuto espacio que nos separa para acoplarme a él. Le pertenezco y, teniendo en cuenta lo sucedido durante los últimos treinta minutos, la idea me aterroriza, pero voy a por todas con Chris. Lo decidí mucho antes de venir a París. Estoy a su ordeno y mando, gimiendo sólo de notar ese sabor suyo, sensual y masculino, en la lengua.

Sus manos se deslizan por mis costados hasta estrecharme a la altura de las costillas con las manos sobre mis pechos. Se me tensan los pezones al prever el tirón que viene a continuación y gimo, incapaz de seguir soportando la necesidad de tocarlo. Le levanto la camiseta para palparle la piel, pero no me deja.

Los dedos de Chris me ciñen la muñeca y comprendo que acaba de entrar en esa zona sombría donde no se me permite tocarlo; pero yo también estoy en un lugar oscuro, rebelde, rebosante de resentimiento, y me resisto a someterme a él. Desafiando esa orden muda de que le entregue el control, busco su camiseta con la mano libre. Me aferra esa muñeca también y despega la boca de la mía. Cuando nos miramos a los ojos, el sonido de nuestras pesadas respiraciones satura el aire y el movimiento del ascensor mece nuestros cuerpos. El suelo vibra apenas a nuestros pies y noto, más que ver, que las puertas se abren detrás de Chris, pero nos quedamos allí, presos de esa mirada.

—Ellos no van a decirte quién soy. —Su voz es un gruñido grave, quedo, tenso—. Yo te lo diré. Yo te lo diré y te lo mostraré, para que sepas la verdad... no su versión de la historia. —Se le crispa un músculo de la mandíbula—. ¿Entendido?

La rabia y el miedo que siento se esfuman al instante. No me está alejando de sí. Está enfadado porque teme que Amber y Tristán influyan en mi opinión sobre él, convencido como está de que lo odiaré cuando este proceso de descubrimiento haya terminado.

—¿Entendido? —repite cuando, según parece, no respondo con la suficiente rapidez.

Esta vez no me rebelo contra su tono brusco. Soy consciente de que la desesperación late debajo de la superficie.

—Sí. Sí, Chris, yo...

Me enreda los dedos en el cabello otra vez y me echa la cabeza hacia atrás con ese gesto rudo suyo, tan delicioso. El lado oscuro de Chris me llama y yo no me resisto a responder.

—No vuelvas a ir allí sola.

Su voz contiene un matiz salvaje, igual que la emoción que he visto en su rostro, que he saboreado en sus labios.

—No es lo que tú piensas, Chris.

La rabia brilla en sus ojos. No le parece bien lo que acabo de decir, no se lo cree, y su boca desciende sobre la mía, punitiva, dominante. Su lengua me empuja y me absorbe antes de repetir la frase, sus dedos palpando mis pechos, jugando con mis pezones.

—No vuelvas a ir allí sola, Sara.

—No lo haré.

Mis palabras surgen entre un gemido ronco mientras sus manos suben y bajan incansables por mis costados hasta detenerse en mi pecho otra vez. Su tacto es brusco, el ambiente denso, y estoy segura de que no lo he convencido.

—No volveré a ir allí sola.

Curva los dedos en torno a mi garganta y, clavando los ojos en los míos, estudia mi rostro con tal intensidad que tengo la sensación de que se asoma a mi alma. Y accedo a que me invada. Lo dejo entrar. Oigo pasar los segundos, y no tengo ni idea de lo que ve o no ve en mí, pero me acerca la boca despacio y me besa.

La caricia sedosa de su lengua me provoca una descarga de adrenalina y deseo que me atraviesa el cuerpo y me hace estremecer de la cabeza a los pies. Me estremezco de placer y bebo de él, saboreando su ansia agridulce, la rabia y el tormento. Me muero por tocar algo más que no sea esta zona del pecho donde descansan mis dedos, por palpar músculo tenso bajo mis manos.

Sin embargo, el dominio es su válvula de escape cuando prescinde del látigo, del dolor. Y ya no estoy enfadada, no me voy a rebelar contra sus exigencias. No voy a luchar contra su necesidad de esa vía de escape que, durante tanto tiempo, he anhelado que buscara en mí, conmigo.

Tiemblo al notar la caricia de su mano en mi cintura, que se desplaza por mi cadera y se curva en torno a mi trasero para empujarme con fuerza contra su gran erección. La palma de su mano se desliza hacia mi zona lumbar y, desplegándose, me acopla aún más a su cuerpo. Gimo en su boca y el gruñe en respuesta, su lengua busca más adentro, ardiente de creciente exigencia, de una urgencia palpable. Y sus manos están por doquier, masajeando, acariciando, bajándome los vaqueros. En un instante me quito las botas y, cuando las puertas se abren, estoy medio desnuda en el ascensor.

Chris me gira contra la pared. Sus posesivas manos, lentas y seguras, se deslizan por mi cintura y alrededor de mi cadera. Notando su lasciva mirada en mi cuerpo, me empapo y me derrito. Me estrecha la cara desde atrás y, dando un paso adelante, me pega los labios al oído.

—Esta noche te daría una azotaina, pero no voy a hacerlo. Porque sería un castigo. Y jamás te haré eso. Pero no vayas a pensar que no me muero por hacerlo

Entiendo a Chris. No sé cómo ni por qué, pero conectamos en lo más profundo del alma y sé lo que está haciendo. Finge ser un tipo duro, pero yo sólo veo vulnerabilidad. Esta noche, la necesidad de mostrarme su lado más duro y peligroso y de saber que no echaré a correr se ha dejado entrever.

—No me vas a ahuyentar, Chris. Así que dime todas las barbaridades que quieras. Seguiré aquí. No voy a ir a ninguna parte. Y, por si lo has olvidado, la azotaina me gustó.

Su mano busca mi vientre y luego avanza entre mis piernas, más adentro, para juguetear con mi clítoris.

—A lo mejor esta vez te ato y luego te doy unos azotes.

—Hazlo. —Sus dedos acarician mi sedoso sexo y yo ya estoy jadeando, sin voz y sin aliento, pero trago saliva y a duras penas concluyo el desafío—. Cuanto más me empujes para que me vaya, más me pegaré a ti, Chris.

Me mordisquea el lóbulo de la oreja y noto cómo se desabrocha los pantalones.

—Eso dices tú —murmura.

—Lo sé. —Dejando cualquier precaución a un lado, lo presiono aún más, decidida a liberar la energía contenida que siempre reprime hasta que estalla—. Sólo uno de nosotros está huyendo. Sólo uno de nosotros tiene miedo de lo que nos queda por descubrir, Chris.

El aire chisporrotea a su alrededor cuando me agarra por la cintura con fuerza. Me aplaudo al darme cuenta de que lo he llevado al borde del abismo.

—¿Crees que estoy huyendo? —ruge.

—No, creo que estás haciendo lo posible por ahuyentarme y así poder echarme la culpa si esto fracasa.

Me aloja el miembro entre las piernas.

—¿Te parece que esto es una huida? —Entra en mí por las buenas, sin ningún preámbulo—. ¿Te lo parece?

Y ya está empujando, buscando mi pecho para estrujarlo, para aferrarse a él, y a mí. Vuelve a embestir, se hunde en mi vientre con una ferocidad que sobrepasa la mera necesidad física.

Ay, sí. He conseguido hacerlo enfadar y me alegro. Quiero conocer esta faceta suya. Y él se empeña en ocultármela, maldita sea. Se reprime y, sí, hace lo posible por ahuyentarme.

Presionándole la mano, se la hundo aún más en mi pecho y la mantengo ahí. No pienso soltarlo. El placer estalla en mi interior con cada embestida de su miembro, cada vez que se hunde en mí. Una sensación tras otra fluyen hasta la última de mis terminaciones nerviosas. Estoy sumida en lo que siente, en lo que siento, y arqueo la espalda para notarlo más adentro, mis músculos se contraen en torno a él y ya no puedo respirar. El orgasmo me pilla por sorpresa, me envuelve, me consume. Alcanzo la cumbre en un instante y caigo también en picado, pero a tiempo de notar cómo Chris se estremece y su cuerpo se tensa cuando llega la liberación. Inmóvil, entierra la cara en mi cuello y luego se relaja despacio. Se queda ahí unos instantes, y no estoy segura de que ninguno de los dos respire. No hablamos ni nos movemos. No sé qué decir ni qué hacer.

Sale de mí con brusquedad y no sé muy bien por qué, pero me invade una extraña sensación de vacío total y absoluto. Comprendo el motivo cuando empiezo a girarme hacia él y descubro que ya no está en el ascensor. Con un nudo en el estómago, lo veo alejarse. Puede que haya pulsado las teclas equivocadas. Es posible que lo haya presionado demasiado. Quizás he cometido un error.

Sábado, 14 de julio de 2012

Estoy sentada en un avión, de vuelta a San Francisco, y me siento nerviosa y emocionada. No sé muy bien por qué estoy nerviosa, y voy a dedicar parte del vuelo a meditar sobre ello. No es lógico. En particular porque sí conozco el motivo de mi emoción. Y no sólo se debe al hecho de que vaya a volver a verlo.

Estoy emocionada porque vuelvo a casa. Viajar no es mi sueño dorado. Puede que lo sea algún día. Es posible que, en algún momento del futuro, quiera contemplar el mundo por los ojos de los muchos artistas famosos que admiro. Ahora mismo, sin embargo, necesito estabilidad. Necesito aquello con lo que pueda contar. Necesito tener la sensación de saber quién soy. Espero que él forme parte de esa persona, pero creo que pasar un tiempo alejados nos ha sentado bien. Por mucho que lo haya echado de menos mientras estaba lejos, por más que ansíe volver a San Francisco, este viaje me ha ayudado a rematar el proceso del reencuentro conmigo misma. De saber lo que significa ser Rebecca Manson y no sólo un objeto de su propiedad.

Espero que podamos estar realmente juntos. Tal vez sí, si su promesa de que las cosas van a cambiar a partir de ahora iba en serio. De no ser así, sin embargo, creo en mí misma lo suficiente como para estar dispuesta a renunciar a él. Lo cual me lleva otra vez a mi desasosiego. Supongo que sí conozco el motivo de estos nervios que me torturan. Si vamos a volver a estar juntos, tendremos que definir los términos de la relación. No estoy segura de que esté dispuesto a ser él mismo ahora que vuelvo a ser yo, pero tengo que averiguarlo. Y él también, creo.

11

Con la mirada fija en el vacío, tardo un minuto entero en concluir que no puedo salir corriendo detrás de Chris para pedirle que hablemos mientras vaya medio desnuda. Antes que nada, necesito ir al cuarto de baño para recomponerme. Meto los pantalones y las botas en la bolsa de una boutique, recojo el resto al pasar junto con el bolso y me encamino al pasillo. Mientras correteo hacia el dormitorio, maldiciendo mi desnudo trasero, temo que Chris me esté esperando allí y me pille en desventaja. Con el corazón desbocado, entro en una habitación vacía. El alivio que esperaba sentir no da más señales de vida que Chris. ¿Y si ha salido por la puerta principal? ¿Adónde habrá ido? ¿Cuándo volverá? ¿Y por qué me preocupo, si lo más probable es que esté en alguna otra parte de la casa?

Cuando vuelvo a estar vestida por fin, me encuentro en el punto álgido de una montaña rusa de emociones, que empezó el día que conocí a Chris y que aún no ha terminado. La habitación parece desierta sin él y mi mente ya se está volviendo loca considerando la posibilidad de que se haya marchado. Me digo a mí misma que tampoco tendría importancia; volverá. Todo irá bien. Considera la visita al Script una traición por mi parte, lo cual duele, pero me parece que él también está sufriendo. La idea de hacerle daño, después de lo mal que lo ha pasado durante toda su vida, me resulta insoportable.

Salgo al pasillo como una exhalación y subo de dos en dos las escaleras que conducen al nivel superior de la vivienda; la misma planta donde se encuentra el estudio de Chris, que planeaba enseñarme esta noche. El instinto me dice que, si está en casa, lo encontraré allí. Al final del rellano descubro dos pasillos, uno a la derecha y otro a la izquierda, pero son los enormes umbrales plateados en forma de arco, como sacados de un castillo, lo que me deja hechizada. No sólo por la singular declaración de principios artísticos que representan, sino por el no menos singular artista que sin duda albergan al otro lado. Se me hace un nudo en el estómago. Este es su castillo y, puesto que también es mi nueva casa, quería explorarlo con una actitud positiva, no en pleno terremoto emocional.

Cuando abro la puerta despacio, atisbo unos techos altísimos y un manto de oscuridad tan sólo interrumpido por el cálido rayo de la luna que se cuela por una ventana o por un tragaluz. Entro en estado de alerta cuando noto la presencia de Chris como cálida luz del sol en un día frío y gris antes de verlo siquiera.

Internándome en las sombras, desplazo la mirada al lugar donde Chris, reclinado de espaldas a mí y con una mano apoyada en la pared, mira por un ventanal arqueado muy parecido a las puertas que acabo de cruzar. No se vuelve hacia mí ni me dice nada, pero un movimiento sutil me informa de que sabe que estoy allí.

Titubeo un instante antes de abalanzarme hacia él. Sencillamente, no tengo fuerzas para hacer más viajes en esta montaña rusa emocional y estoy segura de que Chris tampoco. Estoy tan impaciente por disipar la tensión existente entre nosotros que no me detengo al llegar a su altura. Me cuelo en el pequeño hueco que queda entre su cuerpo y la pared y lo miro fijamente.

Él me sostiene la mirada a través de las pestañas que velan sus ojos, sin decir nada, sin hacer nada. Conozco a este hombre como jamás en mi vida he conocido a ningún ser humano y sé que está esperando a que diga la frase correcta o la frase equivocada. Y, para mí, la única frase correcta que existe es la verdad.

Acorto la breve distancia que nos separa y le poso las manos en el pecho, aliviada al comprobar que me deja hacerlo. Convencida de que no me responderá con el mismo gesto.

—Ayer por la noche me pediste que te escuchara. Ahora te pido que tú hagas lo mismo. No tenía intención de ir al Script.

—Pero has ido.

Lo dice en un tono duro, apático, pero por lo menos me habla.

—He ido al Starbucks, no al estudio de Amber.

—Y no has podido resistirte a pasar por la puerta de al lado.

—No te mentiré diciendo que no he sentido la tentación de echar un vistazo. —Deslizo la mano por su brazo para extenderla sobre el dragón—. Esto forma parte de ti y no sé por qué pero tengo la sensación de que también forma parte de nosotros. Y sin embargo fue ella quien lo dibujó. De manera que sí. Amber me inspira curiosidad y también tu dragón, aunque ni siquiera sé si te lo tatuó en el Script.

—No. Y si quieres información sobre de mi pasado, pídemela a mí.

Curvo los dedos alrededor de su brazo y me recuerdo a mí misma que cada batalla a su tiempo. Dice que le pregunte, pero él sólo me ofrece fragmentos sueltos, no historias completas.

—No le he preguntado por ti. Ni una sola vez.

—Ambos sabemos que no hace falta. Está deseando contarte su versión de quién soy.

—Yo, mejor que nadie, entiende cómo te sientes. Recuerdo lo importante que era para mí poder narrarte mi pasado a mi manera. Michael me lo impidió el día que se presentó en aquel acto benéfico. Yo no pienso hacerte eso.

Me estrecha la mano con la que le ciño la cintura y estoy segura de que se propone retirarla de ahí.

—Al parecer, el recuerdo no ha bastado para disuadirte, en vista de que has entrado de todos modos. Y sabías que te haría confidencias que yo no estoy preparado para compartir contigo.

Le estrujo la camiseta como si quisiera aferrarme a la tela y a él a través de esta.

—No es verdad. O sí lo es, pero yo no lo tenía presente en ese momento. Ha salido de la tienda justo cuando me disponía a alejarme. Me he sentido atrapada. Ha intentado intimidarme, Chris. Si la vamos a ver a menudo, y es evidente que sí, no quiero que me tome por boba.

—Así que has obviado el hecho de que no me hace ninguna gracia que vayas allí.

—Tú nunca me has dicho que no fuera.

Su mirada se endurece tanto como su voz.

—No hacía falta. Lo sabes perfectamente, Sara.

Tiene razón. Lo sé.

—He sido débil. —Me tiembla el labio inferior cuando el llanto se agolpa en mi pecho—. Debería haberme marchado.

—Sí. —Alarga las manos y toma las mías para situarlas entre los dos—. Deberías.

—Lo he intentado… Ha sido como cuando Mark y tú discutíais por «quién tiene la, ejem, espada más larga». Y lo hacíais, no lo niegues.

La bromita no sirve de nada. Sigue mirándome con ojos gélidos.

Apoyo la cabeza en su pecho, consciente de lo que no he dicho y tengo que admitir.

—No me puedo creer que vaya a decir esto en voz alta. —Inspiro a fondo y levanto la barbilla—. Con razón o sin razón, necesitaba hacerle saber que voy a proteger lo que es mío.

Oigo pasar los segundos antes de que me pregunte con suavidad.

—¿Y qué es tuyo, Sara?

El timbre ronco de su voz me infunde valor.

—Tú —susurro—. Quería que supiese que ahora me perteneces.

Me estudia con atención durante lo que me parece una eternidad, sin rebatir ni confirmar lo que acabo de decir. Su expresión sigue siendo indescifrable, maldita sea. Me vuelvo loca mientras aguardo su respuesta, hasta que por fin me pregunta:

—¿Y por eso has entrado?

—Sí. Es que… no he podido evitarlo.

Despacio, las comisuras de sus labios se desplazan hacia arriba y su cuerpo se relaja. Sus fuertes brazos me envuelven al cabo de un momento, a la vez que entierra la cabeza en mi cuello. Su aroma terroso y sensual me acaricia la nariz.

—Te quiero, mujer. —Me aparta el cabello de la cara con una caricia y se echa hacia atrás para mirarme a los ojos—. Y puedes decirle a quien quieras que te pertenezco. Yo pienso hacer lo mismo.

—¿Ya no estás enfadado?

—Si hubiera sido Mark, yo habría actuado igual.

Me enfurruño.

—¿Cómo que «si hubiera sido Mark»? Lo has hecho muchísimas veces.

Se ríe de buena gana.

—Vale. Puede que sí. —Me estrecha las caderas con ademán posesivo—. Recuérdalo. Eres mía, nena.

—En la cama —lo corrijo—. El resto del tiempo soy mía. —Sonrío—. Y tuya.

El sonríe a su vez.

—Propongo que discutamos ambas cuestiones después de cenar. —Hace una pausa dramática—. En la cama.

Treinta minutos después, Chris y yo estamos juntos, con las piernas adheridas en ademán íntimo, en una mesa para cuatro de un restaurante mexicano sorprendentemente espacioso en vez de estar apiñados en una mesita para dos del tamaño de un plato. Por lo que parece, sentar a dos personas en una mesa para más es una especie de pecado capital en París... a menos que aflojes la mosca. Chris le ha dado al camarero lo que ha debido de ser una buena pasta y nos ha tocado el mejor sitio.

Dando cuenta de una patata frita, reconozco que la comida está de muerte.

—Si los platos son tan buenos como las salsas, voy a ser la chica más feliz del mundo.

—Lo son —me asegura Chris—. Ya te lo he dicho. Conozco todos los buenos restaurantes americanos.

Me apoyo contra la pared para volverme hacia él y Chris se gira también posándome una mano en la rodilla.

—Y cenar a menudo en los mejores locales americanos, ¿te ayuda a añorar menos Estados Unidos? —le pregunto.

—Pasar largas temporadas en Estados Unidos me ayuda a añorarlo menos.

Sigo sintiendo curiosidad por su deseo de vivir en París.

—¿Y cuánto tiempo pasas aquí, comparado con el que pasas en San Francisco?

—Depende de los actos benéficos a los que tenga que asistir.

Un pensamiento desagradable cruza mi mente.

—Si encuentro trabajo y tú tienes compromisos en Estados Unidos, tendré que quedarme aquí sola.

Dejando la cerveza sobre la mesa, apoya ambas manos en mis rodillas.

—No quiero ir a ninguna parte sin ti, Sara, y por eso te sugerí que abrieras tu propio negocio de arte. Llámame egoísta, pero me gustaría que viajaras conmigo. Ahora bien, tampoco quiero presionarte para que hagas algo que no te apetece hacer. Si quieres trabajar en la industria del arte, aquí o en cualquier otro lugar, estoy convencido de que tu amor por la pintura y tus conocimientos, además de tu encanto, te abrirán cualquier puerta.

Oír a Chris Merit hablando de mí en esos términos es una sensación maravillosa. Sí, es el hombre de mi vida, pero también un brillante y reputado artista que no va por ahí repartiendo cumplidos.

—Gracias, Chris.

—¿Gracias? —Frunciendo el ceño, me toma la mano—. ¿Por qué?

Le retiro un mechón de pelo del corte que surca su frente, ahora casi curado, y le repito lo que le dije en el aeropuerto.

—Por creer en mí, pero, sobre todo, por ser tú.

Una sombra de alguna emoción indescifrable asoma a su mirada; luego, esa boca tan increíblemente sexy que tiene, la cual me inspira infinidad de posibilidades eróticas, se curva con una sonrisa.

—Me gusta que digas eso.

—Y a mí me gusta que quieras tenerme a tu lado. Y estoy muy emocionada con la idea de abrir mi propio negocio y viajar contigo, aunque tenga que subirme a un avión cada dos por tres.

Ahora su sonrisa es radiante, libre de cualquier emoción conflictiva.

—Te acostumbrarás a volar, y no tengo ninguna duda de que tu negocio será un gran éxito.

Está contento. Contento de que vayamos a pasar más tiempo juntos y feliz de que yo vaya a tener una profesión propia. No me he equivocado al venir aquí. Ha sido la decisión más acertada de toda mi vida.

—Hoy le he comentado al abogado la idea del negocio —prosigue—. Basta con que lo llames y él te ayudará con los trámites.

Abogado. Me crispo al recordar las acusaciones de Ava contra mí. No atino a comprender cómo lo había olvidado, cómo es posible que alguien deje de pensar en algo así durante el tiempo que sea. Sin embargo, lo he hecho. Es como si mi mente conectara y desconectara de ciertas cosas en determinados momentos para no colapsarse. Trago saliva con dificultad.

—¿El mismo abogado que lleva mi caso?

—No. Son dos personas distintas, pero hoy he hablado con ambos.

Se me acelera el pulso.

—¿Y por qué no me lo has dicho? ¿Ha hablado ya con la policía? ¿Tengo que volver a Estados Unidos? Por favor, dime que no me has estado ocultando cosas para evitar que me hunda, porque…

Me besa y mantiene sus cálidos labios sobre los míos durante varios segundos. Como por arte de magia, mi pulso vuelve a la normalidad.

—Tranquila, cariño —murmura—. Todo va bien. Si supiera algo, te lo diría. Stephen y el policía han estado jugando al pilla-pilla telefónico todo el día. Me ha llamado justo antes de que te fuera a buscar al Script y han quedado en ponerse en contacto dentro de una hora más o menos. Stephen nos dirá algo después.

Me despega el puño que acabo de llevarme al pecho, me abre la mano y entrelaza los dedos con los míos.

—Quiero que hables con Stephen para que te quedes tranquila. Es muy bueno en su trabajo. Te darás cuenta en cuanto hables con él.

Levanto nuestras manos entrelazadas para llevármelas a la mejilla.

—Estoy deseando que esto termine.

—Lo sé y detesto verte tan preocupada. Pronto se arreglará.

—Eso espero. —Se me ocurre una idea—. ¿Y si llamamos a Mark? A lo mejor está al tanto de algún detalle sobre la investigación.

Chris entorna los ojos y suspira antes de arrellanarse en la silla.

—Ya, bueno, Mark. Esa es otra historia. He hablado con él.

El tono sombrío de su voz me pone en tensión.

—¿Cuándo? ¿Qué te ha dicho?

—Hoy. Está en Nueva York. Han ingresado a su madre en el hospital y le está haciendo compañía.

Lo miro boquiabierta. Qué mal momento.

—Oh, no. ¿Y qué le pasa? Por favor, dime que no es grave.

—Cáncer de pecho.

Me asalta espontáneamente una imagen del frágil cuerpecito de Dylan, enfermo de cáncer, y la visión me deja sin aliento. Seguro que Chris está pensando lo mismo. Le aprieto la mano.

—¿Está muy mal?

—Fase dos. Se lo han cogido a tiempo. Mañana le harán la mastectomía y, como es viernes, Mark se quedará con ella todo el fin de semana. El lunes volverá a casa para reunirse con la policía. Está furioso con Ava por haberle implicado y haberlo obligado a separarse de su familia en estos momentos. Me ha dicho que te diga que él la pondrá en su sitio. —Sonríe—. Y ya conoces a Mark. Si él lo dice, lo hará. Así que no te preocupes más. Entre Mark, Stephen y yo, tienes un tigre, un oso y un león de tu lado.

Le pregunto en plan de guasa:

—¿Y cuál de ellos eres tú?

—Los tres si hace falta… y por ti, nena, haré cualquier cosa.

Estrecho su tatuaje, puro músculo bajo mi palma, y su expresión se torna irresistiblemente sexual. Mi cuerpo cobra vida al comprobar una vez más mi capacidad para excitarlo al menor roce.

—Escojo al dragón. —No intento disimular lo mucho que lo deseo—. Sólo el dragón.

Se le iluminan los ojos y entorna los párpados, pero no antes de que atisbe un amago de la misma emoción que ha mostrado hace unos minutos. Tomándole el mentón con dos dedos, lo obligo a mirarme.

—*Monsieur* Chris —lo saluda un hombre plantado junto a la mesa.

Chris y yo nos volvemos a mirar a nuestro visitante. Chris lo reconoce al momento y se pone de pie para estrecharle la mano a un hombre bajo y moreno que debe de andar por la cincuentena. Me lo presenta como un empleado de una de las muchas galerías que hay en París. Los oigo charlar y soltar alguna que otra carcajada. Aunque no entiendo ni una palabra de lo que dicen, me doy cuenta de que al hombre le cae muy bien Chris. A todo el mundo le cae bien Chris, pero muy pocos conocen al hombre atormentado que se oculta bajo la afable superficie. Yo sí. ¿O no? Él piensa que no, según parece. Después de todo lo que he visto, de todo lo que hemos pasado juntos, ¿qué puede ser tan terrible como para que no quiera compartirlo conmigo?

El visitante se marcha al mismo tiempo que llega la comida y antes de que mi mente enloquezca sopesando posibilidades que no pueden sino perjudicarme. Todas mis preocupaciones se esfuman cuando nos colocan delante varios platos repletos de deliciosa comida mexicana. Chris se frota las manos y me da unas palmaditas en la pierna.

—Pruébala. Te va a encantar.

Su contagioso entusiasmo me provoca una sonrisa y hago exactamente lo que acaba de sugerir. Doy un bocado a la enchilada de queso mientras Chris aguarda mi reacción. Un sabor picante y delicioso estalla en mi boca.

—Hum —consigo exclamar mientras mastico—. Está de muerte. Pruebo la salsa y me lo trago todo—. De muerte.

Chris hunde el tenedor en su enchilada de pollo y me lo acerca a la boca.

—A ver qué te parece la mía.

Acepto el bocado y luego él, despacio, retira el tenedor de mi boca mientras me mira con ojos ávidos… y no de comida.

—¿Está buena? —me pregunta.

El timbre de su voz es suave, aterciopelado.

—Sí —Mi voz suena pastosa, y no por el picante—. Muy buena. Aunque no tanto como él.

Se acerca y me roza la boca con la suya.

—Sabe mejor en tus labios que en los míos.

Me sonrojo mientras él se incorpora otra vez. No atino a comprender cómo se las arregla para hacer que me ruborice a estas alturas, pero lo hace.

Sonríe al ver mi reacción con una expresión de puro orgullo masculino.

—¿Te convences de que es posible comer bien en París?

Estoy segura de que todo sabe mejor cuando Chris está a mi lado.

—Creo que me has convencido, sí.

Nuestras miradas se encuentran y las risas desaparecen. El aire se carga de algo que no soy capaz de definir, que chisporrotea entre nosotros y me provoca un hormigueo en el cuerpo.

—Yo no te engañaría, Sara —dice, y advierto lija en su voz ahí donde antes había terciopelo.

Ya no habla de comida, y la sinceridad que atisbo en las profundidades de su mirada me conmueve profundamente.

—Ya lo sé —susurro.

Y lo sé. De verdad, de verdad que sí. Me he entregado a este hombre en cuerpo y alma o… no. No es verdad y me duele admitirlo, incluso ante mí misma. Cuesta mucho no reservarte una pequeña porción cuando sabes que el otro no se entrega por completo.

12

Cuando vamos camino de casa a la salida del restaurante, el abogado llama a Chris, que me deja hablar con él tal como me ha prometido. Aunque no me dice gran cosa, Stephen me hace sentir mejor al asegurarme que las investigaciones policiales son un mero trámite y que puedo estar tranquila. Y no, no tengo que marcharme de París.

Estoy relajada por fin. Chris y yo hacemos planes para explorar la ciudad juntos. Decidimos qué exposiciones vamos a visitar en primer lugar y concluyo para mis adentros que soy una chica afortunada. Muy pronto estaré contemplando un montón de cuadros famosos con un reconocido artista como guía. Es un sueño hecho realidad.

—Dentro de dos viernes se celebra una acampada en el Louvre para un grupo de niños discapacitados. Es el único compromiso que tengo —dice Chris cuando torcemos por la avenida Foche, la calle donde vivimos.

—¿Ninguna reunión?

—Ninguna reunión. Lo que significa que podré llevarte a ver algunos museos y presentarte a unas cuantas personas del mundillo del arte.

—Con las que no podré hablar.

—Mucha gente habla inglés. —Su móvil suena por segunda vez después de la llamada del abogado. Echa un vistazo a la pantalla antes de rechazar la llamada. Me devuelve la atención, ahora preso de una tensión sutil que hace un momento no estaba ahí—. Toda la ciudad vive del turismo, en particular del turismo americano. Aquí hay más gente que habla inglés de la que te imaginas.

—A pesar de todo, me gustaría superar la barrera idiomática —respondo, mientras me pregunto para mis adentros por las dos llamadas sin responder.

Chris no quiere hablar delante de mí con la persona que trata de contactar con él, sea quien sea. Seguro que es Amber. Sabe que está enfadado y mi instinto femenino me dice que quiere charlar con él para comentar lo sucedido en la tienda.

Llegamos a la puerta del garaje y baja la ventanilla para teclear el código de entrada. Instantes después, entramos en el garaje adjunto a la casa.

Su casa. Mientras sus secretos se interpongan entre nosotros, no tendré la sensación de que sea mi hogar.

Cuando entramos, busco refugio en un baño de burbujas caliente con la intención de poner algo de orden en el batiburrillo de mis pensamientos. No pienso empezar a preguntarme si Chris le estará devolviendo la llamada a… quienquiera que sea, porque, si lo hago, se me va a disparar la imaginación, eso seguro.

Acabo de hundirme hasta la barbilla cuando él entra en el baño con aire relajado y una copa de vino en la mano. Se sienta en el borde de la bañera.

—Esto te ayudará a tranquilizarte —me dice al mismo tiempo que me la ofrece—. Mi padre me dejó unas bodegas, que están en las afueras de la ciudad. Guardo aquí unas cuantas botellas para los invitados.

El vino que su padre, un experto enólogo que acabó con su propia vida a base de alcohol, le dejó.

Incómoda con el idea, deposito la copa al otro lado de la bañera.

Lo agarro por la camiseta con una mano empapada para atraer su boca hacia la mía.

—Gracias, pero no la quiero. Sólo te quiero a ti.

Me mira como si me hubiera leído el pensamiento.

—El pasado, pasado está. Intento dejarlo atrás. A mi espalda. A nuestras espaldas.

Me invade una sensación de desasosiego. Sus palabras guardan alguna relación con su necesidad de tener el control, pero no sé cuál.

—El pasado es parte de ti y de nosotros. Puedes enterrarlo en lo más profundo de tu ser pero no puedes hacer que desaparezca. Y tampoco podrás hacer las paces con él a no ser que lo afrontes. A no ser que lo afrontemos.

A lo mejor esto no tiene nada que ver con el control. Puede que más bien lo esté perdiendo. Es posible que traerme aquí, exponerse a lo que, creo yo, considera una especie de juicio, haya ejercido en él un efecto extraño. ¿Y si por culpa de mi egoísta necesidad de saber más lo estoy presionando demasiado, demasiado pronto? ¿Y si tengo una prisa excesiva por desnudar su alma?

—Chris...

Su móvil vuelve a sonar y él cierra los ojos con fuerza.

—Debería echar un vistazo, por si es algo urgente.

—Ya lo sé.

Ojalá pudiera tirar ese móvil a la bañera.

No se mueve. Remolonea como si compartiera mis sentimientos. La señal cesa y Chris hace una mueca.

—Supongo que no era importante.

Cuando se inclina hacia mí, sus labios contienen una promesa que me acelera el corazón.

El teléfono empieza a sonar otra vez.

Chris maldice haciendo ademán de separarse de mí. De mala gana, le suelto la camiseta. Se levanta, saca el móvil del bolsillo de los vaqueros y comprueba el número con semblante inexpresivo antes de rechazar la llamada. Noto una punzada en el pecho y me giro hacia la pared para que no vea mi reacción. Menos mal que sigue rechazando la llamada. Por lo que parece, no ha devuelto las anteriores mientras yo llenaba la bañera. ¿O quizá sí y ahora «quienquiera que sea» intenta contactar con él?

—Amber.

Se me encoge el estómago al oírle pronunciar el nombre y me vuelvo a mirarlo. Sintiéndome vulnerable, doy gracias por las burbujas que aún me cubren hasta el cuello.

—¿Qué?

—Quieres saber quién llama. Es Amber.

—Ah. —Mi respuesta deja mucho que desear, pero, a juzgar por lo incómodo que parece, es preferible al «ya lo sé» que he estado a punto de soltarle.

—¿Y por qué no contestas sus llamadas?

Se pasa la mano por el pelo, que adquiere un sensual aire alborotado.

—Porque le diría que no vuelva a acercarse a ti en su puta vida, y no con tanta amabilidad como acabo de expresarlo.

Su respuesta me deja estupefacta. No es para tanto, creo yo, y me pregunto por qué estará tan enfadado.

—No me ha tendido una trampa.

No tengo ni idea de por qué estoy defendiendo a una mujer que me aplastaría con su tacón de aguja sin pestañear.

—Te ha acorralado.

—Y yo se lo he permitido. He cometido un error.

—Tú no sabes de lo que Amber es capaz.

«Chris. Eso es lo que me ha pasado.»

Agacho la mirada cuando las palabras de Amber acuden espontáneamente a mi mente, una frase a medio camino entre el dolor y un oscuro pasado en común. ¿Habrá oído Chris la respuesta de Amber? ¿Acaso la acusación que me ha parecido entrever guarda alguna relación con el hecho de que esté furioso? Sí. Sí, creo que sí.

Alzo la vista buscando alguna respuesta adecuada, pero me quedo en blanco cuando Chris se quita la camiseta.

—¿Qué haces?

La rudeza de sus facciones muda en risa cuando oye mi estúpida pregunta, uno más de sus frecuentes y repentinos cambios de humor.

—Me desnudo. ¿Te molesta?

Deslizo la mirada por su cuerpo escultural, deleitándome en las sexys ondas de su abdomen, y se me seca la garganta. Ya no quiero seguir hablando de Amber.

—Para nada —le aseguro. Mi voz suena excitada. Lo estoy—. ¿Por qué has tardado tanto?

Se quita una bota.

—Intentaba hacer de buen samaritano otra vez dejando que disfrutaras del baño. La verdad es que no se me da muy bien.

—Me alegro de que te hayas dado cuenta.

Cuando se arranca la otra bota, su móvil vuelve a sonar.

Exasperada ante la insistencia de Amber, que acaba de interrumpir esta pequeña fantasía apenas materializada, exclamo:

—¿Otra vez?

Chris echa un vistazo al teléfono.

—Esta vez es Blake.

—¡Bien! —Me siento entre un torbellino de espuma y agua—. Tengo que hablar con él ahora mismo.

Chris lanza una ojeada lasciva a mis pechos desnudos antes de mirarme a los ojos.

—Esta no es la reacción que un hombre espera de su mujer ante la llamada de otro.

Me siento sobre los talones.

—No te burles. Contesta, por favor, y conecta el altavoz para que pueda hablar sin mojar el teléfono.

Perplejo, Chris toca la pantalla y dice:

—Espera. Sara quiere que ponga el altavoz.

Se sienta en la zona embaldosada de la bañera y deposita el móvil cerca de mí. Yo vuelvo a hundirme en el agua y me siento delante del teléfono con las rodillas abrazadas. Chris enarca las cejas en ademán de pregunta y yo asiento antes de que diga:

—Te escuchamos, Blake.

—Ya veo que están de los nervios —dice él arrastrando las palabras—. A nosotros los Walker no nos gusta nada tener a la gente sobre ascuas, ni fallarle a una chica guapa, pero no tengo noticias. Claro que, ya saben lo que dicen: si no hay noticias, son buenas noticias.

—No se trata de Rebecca esta vez —aclaro, pensando en el silencio de Ella y consumida de preocupación por lo que pueda implicar—. Hoy he ido al ayuntamiento para preguntar por el certificado matrimonial de Ella.

—¿Qué? —pregunta Chris—. ¿Cuándo?

—Esta mañana. Me ha acompañado Chantal.

Abre la boca, pero echa un vistazo al móvil y vuelve a cerrarla. Lo que tenga que decir me lo dirá a solas.

Prosigo:

—Antes de venir a París, Ella me dijo que se fugaba para casarse y que regresaría al cabo de dos semanas. Sin embargo, aquí no te puedes casar a menos que lleves un mínimo de sesenta días residiendo en la ciudad.

—A lo mejor su doctorcito estaba tan ofuscado que olvidó echar un vistazo al reglamento —sugiere Blake.

—Yo resido en la ciudad y no estaba al corriente de esa ley de los sesenta días. Puede que decidiera quedarse más tiempo.

—Es posible —reconozco con un tono tenso—, pero la gente acostumbra a presentar la solicitud con bastante tiempo de margen... y no hay ningún documento. Desapareció sin dejar rastro.

Se quedan callados, y el pesado silencio me informa de que ambos piensan que las cosas están tomando mal cariz.

—Buscaré a alguien que les eche una mano en París —promete Blake—. Mientras tanto, mi equipo hará lo que pueda desde aquí.

—Bien —asiente Chris—. Hablaré con Rey, mi guardaespaldas, a ver qué se le ocurre. Seguimos en contacto.

—Espere —intervengo—. Antes de colgar, Blake. La funcionaria del ayuntamiento que nos ha atendido ha dicho que ayer pasó alguien por allí preguntando por el certificado matrimonial de Ella.

Chris frunce el ceño.

—¿Te ha dado más detalles?

Niego con un gesto de la cabeza.

—Ya nos habíamos ido cuando Chantal me lo ha contado. No he podido preguntar nada.

Chris parece preocupado.

—Me acercaré al ayuntamiento, Blake. Usted póngase a ello e infórmeme de lo que averigüe. Entonces, ¿sigue sin saber nada más de Rebecca? —pregunta a modo de conclusión.

—Nada nuevo. —Blake titubea—. Ava sigue defendiendo su inocencia.

—Querrá decir que sigue acusándome.

Lo digo en un tono apagado y hundo la barbilla en las rodillas.

Chris le ahorra a Blake la incomodidad de tener que responder.

—Llámeme mañana para ponerme al día.

—Cuente con ello. —Blake añade—: Todo se arreglará, Sara.

Luego la línea se queda muda.

Chris no intenta consolarme, y me alegro. De algún modo, sabe que ahora mismo las palabras no tienen ningún sentido para mí. Sólo necesito un momento de silencio para apaciguar la sombra que fermenta en mi interior antes de que pueda nombrarla. Sólo necesito… un minuto.

Veo las manos de Chris apoyadas en el borde de la bañera, delante de mí.

—Mírame, Sara. —Su tono de pura autoridad y dominación pulsa una tecla que me obliga a levantar la mirada—. Basta. Ya está bien.

Parpadeo sorprendida.

—¿Qué?

—El miedo se está adueñando de ti y te está destrozando. Si crees que me voy a quedar mirando cómo te haces eso a ti misma, entonces no me conoces tanto como deberías.

Me defiendo al instante.

—No es verdad. No hago nada.

—Sí es verdad y sí lo haces. Concéntrate en las cosas que puedes controlar. A eso me refería cuando te hablaba de límites en el avión. Debes tomar las riendas de las cosas que puedes cambiar y no malgastar energías con las que no. Si no, perderás las energías, como te está pasando ahora mismo.

—Estamos hablando de una posible acusación de asesinato y…

—Nadie ha dicho nada de acusarte de asesinato. La policía está reuniendo pruebas contra Ava y quiere asegurarse de que ella no pueda utilizarte para defenderse llegado el momento. Y tú estás aquí, gracias a lo cual te vas a librar de ese proceso, lo que no sería posible si te encontraras en San Francisco.

Mi actitud defensiva roza ahora la furia.

—No se trata únicamente de la posible acusación de asesinato. Ella está en apuros, lo que es aún más importante. Sé que lo está... igual que sabía que Rebecca había muerto.

Me falla la voz al pronunciar la última palabra.

—¿Y de qué le sirve que te preocupes?

Lo miro de hito en hito. Habla en un tono frío como el hielo.

—¡No me puedo creer que me estés diciendo eso! No pienso dejar de preocuparme por Ella.

Se agacha delante de mí y me atrapa con su autoritaria mirada.

—No digo que no te preocupes. Te digo que afrontes esa preocupación y la guardes en la misma caja en la que metiste a tu padre y a Michael. Porque lo cierto es que merece tu sufrimiento en la misma medida que ellos.

Esas palabras dan en el blanco. El miedo y la negación siempre han sido mis puntos débiles. Cuando tengo miedo, niego la realidad, pero no puedo negar nada de lo que me está pasando ahora, y no sé que hacer con ello. Sí, mi padre y Michael están a buen recaudo en una caja cerrada, pero el sello de la tapa está aún tan fresco que no sé ni cómo me las ingenié para meterlos allí.

—Contrataremos a lo mejor de lo mejor para dar con Ella —me promete Chris ahora con un tono más tierno—, y yo haré todo lo que pueda también, pero tú debes concentrarte en lo que puedes controlar, no en lo que escapa a tu control. —Me acaricia con el pulgar desde el carrillo hasta la oreja, y yo me estremezco entera, igual que si me hubiera palpado todo el cuerpo—. Hay que abordar los problemas, no dejarse aplastar por ellos. Y lo haremos juntos.

Lo miro a los ojos y noto al instante la fuerza de esa conexión que compartimos. Igual que la luz de la luna baña una bahía, la corriente me inunda hasta alumbrarme el alma. Suspiro para mis adentros, presa de un calorcillo febril, y accedo a reconocer que tanto temor me ha convertido en una presa demasiado fácil, demasiado vulnerable. Fue

Chris quien me ayudó a abrir, y luego a cerrar, la famosa caja en la que encerré el pasado. Él lo hizo posible.

—Te quiero, Chris.

Y adoro la facilidad con que me salen las palabras, lo segura que me siento cuando las pronuncio.

—Yo también te quiero, nena.

Extiendo una mano para rozarle la mandíbula con mis húmedos dedos.

—Ay, pero qué guapo y brillante es este artista mío. Tú lo tienes todo controlado. Como siempre.

Envidio esa cualidad suya, pero es agradable saber que estoy trabajando para adquirirla también y que no tengo que hacerlo sola.

Me aferra la muñeca con un brillo travieso en los ojos y un amago de sonrisa en sus seductores labios. Me gusta hacerle sonreír.

—¿Guapo?

Él también me hace sonreír.

—Ya lo creo.

Una erótica mezcla de ardor y malicia asoma a su semblante, promesa de que me aguarda una sorpresa viciosa y maravillosa. Un instante después, sostiene mi mano entre las suyas, me besa la palma y me dibuja un círculo con la lengua. Jadeo sorprendida ante ese gesto increíblemente erótico. Él se aparta, dejando que mi mano se deslice por su cuello, antes de levantarse.

Mordiéndome el labio, lo veo quitarse los pantalones y me juro a mí misma llamarlo «guapo» más a menudo si esa va a ser mi recompensa. Chris observa mi mirada, desnudo y glorioso ante mí, y devoro con los ojos hasta el último centímetro de su cuerpo. Está duro. Por todas partes. Me gusta que esté tan duro por todas partes. Y estoy caliente, aunque el agua ya se ha enfriado y tampoco creo que me importe dentro de un instante.

Entra en la bañera y me arrastra consigo de tal modo que cada uno ocupe un extremo, el uno frente al otro.

—Se te van a mojar los puntos —le digo tocando el vendaje del brazo.

—Se pueden mojar pasadas veinticuatro horas. —Desliza las piernas por debajo de las mías para que su gran erección asome entre mis muslos—. ¿Alguna vez lo has hecho en la bañera?

—No. Nunca.

Empieza a toquetearme el pezón con el dedo.

—Yo tampoco.

Sorprendida, abro unos ojos como platos.

—Voy a ser la primera.

Me atrae hacia sí para que me siente encima de él y atrae mi boca hacia la suya.

—Eres la primera en muchos aspectos.

Esbozo una sonrisa seguida de un gemido cuando presiona contra mis muslos para penetrarme con suavidad. Ahogo un gritito y él empuja más adentro hasta hundirse en mis profundidades; entonces se detiene y me mira a los ojos.

—Respecto a esos límites. Descubrirás que yo no te pongo ninguno.

—No recuerdo habértelo pedido —replico.

Se tiende de espaldas para que lo monte a horcajadas.

—Cabálgame, nena.

Esta es una de las escasas ocasiones en que me deja ponerme encima, en que me cede el control, y considerando lo tórrida que me resulta siempre su dominación, me sorprende lo mucho que me gusta. La expresión entre adormilada y lujuriosa con la que contempla mi cuerpo me dice que él también está disfrutando.

Aplaudo mi capacidad para hacer que este hombre, este apuesto hombre que en apariencia lo tiene siempre todo bajo control, se deje llevar por la pasión, y obedezco su orden encantada. Lo cabalgo, a él y a esa fantasía que siempre me elude pero que él hace realidad. Esa fantasía llamada dominio.

Sábado, 14 de julio, Layover, Los Ángeles

*Odio compartir. Odio que me compartan. Eso es lo que me ron-
da por la cabeza mientras espero en el aeropuerto, tan cerca de
casa pero sintiéndome tan lejos. Me parece importante, ahora
que vuelvo a mi hogar, tener claro lo que aceptaré y lo que no en
la relación con «él», si acaso la reanudamos. Sabe que no firmaré
otro contrato, pero quiero algo con más peso que la tinta en el
papel. Él dice que está dispuesto a concedérmelo, pero ¿será capaz de asumir el compromiso que ansío? Este hombre fue capaz
de invitar a otras personas a nuestros encuentros más íntimos; la
invitó a ella sabiendo que yo me iba a disgustar. Ella me odia. Lo
leo en sus ojos cada vez que la tengo cerca, lo que no quita que
tuviera que soportar que me acariciara. Y que lo acariciara a él.
Tuve que presenciar cómo lo tocaba.*

*Me estremezco sólo de escribir sobre ello, sólo de pensar en
ello. Si lo soporté, y si he sido capaz de perdonarlo, fue única y
exclusivamente por los motivos que lo llevaron a hacerlo. O por
los motivos que, en el fondo de mi corazón, creo que lo llevaron
a hacerlo. Quería evitar que conectáramos de veras y sé, estoy
convencida, de que por eso la invitó a nuestro juego cuando com-
prendió que dependía demasiado de mí. La utilizó de muro. De
escudo protector. ¿Será capaz de derribar esos muros? ¿Me dejará conocer a su auténtico yo? ¿Podrá amarme como yo lo amo?
Sólo sé que no me conformaré con menos. O todo o nada.*

13

La mañana llega en un suspiro, lo cual es lógico teniendo en cuenta que aún me rijo por la hora de San Francisco y que estoy durmiendo en los brazos de Chris. Por lo visto, él se siente igual que yo porque, cuando suena el despertador, gime y entierra la cara en mi cuello.

—¿Qué hora es?

—Temprano.

Alargo la mano hacia el reloj que descansa en la mesilla de mármol para pulsar el botón de repetición.

Chris levanta la cabeza y echa un vistazo a la pantalla. Las seis y media.

—¿Se puede saber por qué hemos puesto el despertador tan temprano? No tengo que ir al museo hasta las diez.

—Chantal me va a acompañar a la embajada para pedir un duplicado del pasaporte y me ha dicho que es mejor estar allí cuando abran, a las ocho y media.

Ruedo hacia el borde de la cama pero la pataza de Chris me ciñe como un torno de acero para que no me mueva.

—No irás a la embajada sin mí. Te llevaré el lunes.

El tono de su voz suena a autoridad pura y dura, esa misma voz que es capaz de hacer que me arrodille en una alfombra. Así de erótica me parece.

Esta mañana, en cambio, la orden me enfurece. Me giro en la cama para encararme con él y le planto las manos en el torso desnudo mientras él devora mis pechos con la mirada. Se me tensan los pezones y me siento irritada ante esta traición de mi cuerpo.

—No me distraigas —le espeto.

—Eres tú la que me distrae. No irás a la embajada sin mí.

—No necesito escolta para ir a la embajada, Chris. Seguro que allí todo el mundo habla inglés. Además, Chantal me acompañará.

—Ella ha desaparecido y un extraño la está buscando. No quiero que vayas sola por ahí.

—¡Por ahí! —exclamo. Suelto un bufido de frustración—. Voy a hacer un recado, Chris. Y quienquiera que sea el que preguntó por Ella, la está buscando a ella, no a mí.

—Pero ahora la relacionará contigo, porque has ido por ahí preguntando por ella. No pienso correr riesgos. Espera a que pueda acompañarte.

—Ayer por la noche me dijiste que tomara el control de los acontecimientos y que dejara de compadecerme de mí misma como una niña asustada. Y ahora me dices que me esconda en casa. Eso implica una doble moral que no te voy a consentir. Preguntar por Ella en la embajada implica ocuparse, no preocuparse, y no voy a aplazarlo.

—No vas a ninguna parte, Sara.

Viejos demonios despiertan espontáneamente en mi interior.

—Sí que voy.

Durante varios segundos, me observa con detenimiento. Yo lo desafío con la mirada. Él alarga la mano y coge su móvil de la rinconera.

—¿Qué estás haciendo? —le pregunto, segura de que, sea lo que sea, no me va a hacer ninguna gracia.

—Cancelar mis reuniones.

Abro unos ojos como platos.

—No. —Me tiendo de espaldas y tapo el teléfono con la mano—. No hagas eso. Es muy importante que vayas al museo.

—Pues espera a que pueda acompañarte.

Abro la boca para seguir discutiendo, pero un amago de alguna emoción sombría y profunda en sus ojos sella mis labios. Recuerdo haber visto esa misma expresión cuando me confesó que temía por mi seguridad. De repente, mi pasado, ese pasado en el cual a mi madre y a mí se nos trataba más como objetos que como personas, me parece intrascendente comparado con la huella que ha dejado la muerte en la vida de Chris.

Copiando un gesto característico de Chris, esa forma tan sexy que tiene de cogerme por detrás del cuello para empujarme hacia él, le deslizo la mano por debajo del pelo y atraigo su boca hacia la mía, prolongando el contacto hasta que su cuerpo se relaja. Durante esos segundos de intimidad, su misma existencia me hace estremecer hasta alojarse en lo más profundo de mi alma. Cuando nuestras bocas se despegan por fin, lo miro a sus gloriosos ojos verdes. Nunca me cansaré de mirar esos ojos.

—Gracias por preocuparte por mí. No me pasará nada, te lo prometo. No iré a ninguna otra parte. Iré y volveré.

Las duras facciones de su atractivo rostro se suavizan cuando su humor experimenta uno de esos cambios espectaculares a los que he acabado por acostumbrarme.

—Nunca vas a llevar bien eso de aceptar órdenes, ¿verdad?

Esbozando una amplia sonrisa, le hago una broma que antes no me habría atrevido a hacer.

—Pues yo creo que lo llevé muy bien el otro día en la alfombra.

Sorpresa y deseo brillan en su mirada cuando deja caer el teléfono en la mesilla de noche.

—Ya lo creo que sí —asiente con voz ronca antes de acomodar su cuerpo pesado y perfecto sobre el mío y empujarme para que abra las piernas.

Su gran erección presiona mi sexo. El ansia de sus ojos se torna voraz mientras sostiene mi cabeza entre los brazos, mechones rubios barriendo su frente. Yo ya he perdido el aliento.

—A lo mejor —sugiere en tono insinuante— quieres que te vuelva a llevar a la alfombra.

Un cálido fluido me moja la entrepierna cuando le rodeo el cuello con los brazos.

—¿Y correr el riesgo de que sea Chantal quien nos vea esta vez?

—Si no estuviera a punto de llegar —hunde la cabeza y noto su aliento tibio, en los labios—, ¿querrías que te llevara a la alfombra?

La idea, combinada con ese beso tan seductor que me frota detrás de la oreja, aviva aún más el deseo que me late en todo el cuerpo.

—Sí —admito entre jadeos—. Querría que me llevaras a la alfombra.

Permanece inmóvil un momento antes de sonreír contra mi mejilla.

—Me pregunto qué tendría que hacer para que accedieras a quedarte en casa.

Me desliza la mano por la curva del pecho, prosigue hasta la cintura, palpa mi vientre y luego más abajo. La zona dulce y ardiente que tengo entre los muslos suplica su contacto. El despertador vuelve a sonar y casi me pongo a gritar de frustración ante la inoportuna interrupción, ahora que Chris estaba a punto de alcanzar esa zona.

Él alarga la mano hacia el reloj y pulsa el botón de repetición.

—El tiempo apremia.

Desliza los dedos en el sedoso calor de mi cuerpo y, abriéndome, empuja la vibrante longitud de su erección contra mi sexo. Previendo lo que viene a continuación, ya me estoy derritiendo cuando dice:

—Así que no perdamos tiempo. —Me embiste con fuerza arrancándome un jadeo—. A lo mejor esto te convence de que hagas lo que te pido.

—No cuentes con ello —lo provoco, pero el desafío se pierde en un gemido cuando el movimiento circular de su miembro enardece mis terminaciones nerviosas.

Su mejilla acaricia la mía, sus labios me rozan la delicada piel del cuello y luego de la oreja.

—Hacer que me preocupe tiene un precio, Sara.

—¿Qué precio? —consigo susurrar.

—Se me ocurren muchas formas de hacértelo pagar —me asegura mientras me estira un pezón con fuerza. Reprimo un gemido pero mi sexo ya se tensa igualmente. Bajando la cabeza, me araña con los dientes el duro botón de mi pecho antes de absorberlo ansioso. Enredo los dedos en los sedosos mechones de su cabello, apremiándolo a continuar, pero él abandona mi pezón para husmearme el cuello, negándome así lo que quiero—. El precio que vas a pagar es la compañía de otro hombre. Rey te acompañará a la embajada.

Las entradas del diario de Rebecca sobre las numerosas ocasiones en que Mark la compartió con otros hombres y el dolor que eso le causaba acuden a mi mente espontáneamente. Lo mal que debió de sentirse. Lo mal que me sentiría yo si Chris intentara hacerme eso. Me rompería en mil pedazos y jamás sería capaz de recomponerlos.

—Sara, yo jamás, bajo ninguna circunstancia, te compartiría. No en el sentido que estás pensando. Con nadie en toda la faz de la Tierra.

Parpadeando, descubro que Chris me mira fijamente.

—¿Qué?

—No sé a santo de qué lo has pensado, pero tenías en la cabeza los diarios y el modo en que Mark compartía a Rebecca con otras personas.

Me sorprende que sea capaz de leerme la mente con tanta facilidad. Es verdad. La vida de Rebecca y ahora su muerte me obsesionan.

—Tú misma lo dijiste, ¿te acuerdas? —prosigue—. Yo no soy Mark y tú no eres Rebecca. Me conoces. Sabes que no me van los tríos. Eres mía, Sara. Sólo mía.

El calor de sus posesivas palabras me inunda hasta derretir el hielo de mis recuerdos. Le rodeo el cuello con las manos y ahuyento cualquier pensamiento salvo la ternura de sus ojos y la sensación que me produce tenerlo dentro.

—Me encanta ser tuya.

Sus ojos brillan henchidos de satisfacción masculina.

—Pues será mejor que aceptes que te voy a proteger, tanto si te gusta como si no. O bien te acompaña Rey a la embajada o bien te acompaño yo.

Frunzo el ceño en plan de broma.

—Otra vez me estás agobiando.

Me muerde el labio inferior. Luego me da un lametazo.

—Te compensaré por ello.

Y lo hace. Vaya si lo hace.

Chris se pone unos vaqueros azules y una camiseta blanca con el logo del museo. Luego se dirige al piso inferior para preparar café. Yo escojo una falda negra, una blusa de seda del mismo color con el cuello de pico y unas botas también negras con la caña hasta la rodilla. Me cepillo la melena recién lavada hasta convertirla en una cascada sedosa. Dando el visto bueno a mi aspecto de americana respetable que ha perdido el pasaporte, me encamino a la cocina, muerta de miedo ante la idea de acudir a la embajada. Mi inquietud es una absurda pérdida de energía, por cuanto sólo me propongo pedir un duplicado, pero la paranoia de Chris se me ha metido en los huesos. No entiendo por qué iba nadie a relacionarme con Ella. ¿O sí?

En cuanto piso el salón, el suculento aroma del café me acaricia la nariz y la idea de compartir una taza con Chris me arranca una sonrisa. Subo las escaleras de dos en dos y sigo sonriendo cuando veo a Amber de espaldas a mí, vestida con una camiseta naranja, pantalones de cuero negro y zapatos de tacón de aguja. Se está sirviendo un café. La sorpresa de verla allí me arranca la sonrisa como si fuera una tira adhesiva pegada a mi cara.

Ella se da media vuelta y me saluda contenta.

—Buenos días, Sara.

Me siento incomodísima cuando me mira de arriba abajo antes de buscar mis ojos.

—Qué guapa estás hoy.

—Gracias.

Me pregunto si de verdad me ha hecho un cumplido o lo dice para ponerme en evidencia. Amber posee un tipo de belleza estilo Barbie motera mientras que yo sólo soy… yo. Cuesta creer que hayamos atraído al mismo hombre. De repente estoy ansiosa por ser rescatada de esta conversación.

—¿Dónde está Chris?

—Abriéndole la puerta a Rey.

Apenas puedo contener un suspiro de alivio al saber que volverá dentro de un momento. Mientras tanto, yo… ¿qué hago? Echo un vistazo a la cafetera, recordando al mismo tiempo cómo me tocó Amber la última vez que estuvimos aquí. Ya no me apetece tanto tomarme un café.

Advirtiendo mi vacilación, ella levanta la taza.

—¿Quieres un café?

Como si fuera yo la invitada y no ella. Puede que no lo haya dicho con mala intención, pero no lo creo. Amber lo hace todo con segundas.

Zarandeándome a mí misma, me obligo a acercarme a la cafetera.

—¿Cómo es que has venido tan pronto?

Lo sé perfectamente. Chris no respondió a sus llamadas ayer por la noche, lo que ahora lamento. Ojalá hubiera hablado con ella.

—Paso de vez en cuando por las mañanas cuando Chris está en la ciudad —responde, dándome a entender que piensa seguir haciéndolo.

Ahora estoy petrificada de espaldas a ella, con la taza a medio llenar. Con infinito esfuerzo, supero la feroz posesividad que me inspiran mi nuevo hombre y mi nueva casa recordándome a mí misma por qué Chris la conserva en su vida. Amber no tiene familia, y las heridas de sus brazos unidas a la expresión torturada que atisbé en sus ojos ayer por la noche sugieren que su historia se parece más a una pesadilla que a un cuento de hadas. Pese a lo incómoda que me siento en presencia de Amber, amo a Chris aún más si cabe por ser el tipo de persona que no deja colgada a una amiga en esas circunstancias. Y si él no lo hace, yo tampoco lo haré.

Una vez que he llenado la taza, ahora con otra actitud, devuelvo la cafetera al soporte y me doy media vuelta para charlar con Amber.

—Lo tomas con crema, ¿verdad? —me pregunta, y coge la botellita de la isla para ofrecérmela.

El hecho de que me haya prestado tanta atención como para recordar que tomo el café con crema me provoca una inquietud absurda. Mientras trato de ahuyentarla, tiendo la mano para aceptar la botella.

—Gracias.

Con una mirada inexpresiva, casi apática, baja la voz para decirme en susurros:

—Tiene mucha facilidad para excluir a las personas y las cosas de su vida. Demasiada. —Aparta la vista un instante, como hizo en el Script, y luego vuelve a mirarme—. No pienso ser una de esas cosas.

El comentario me sobrecoge, en parte porque acaba de referirse a sí misma como un objeto y no como una persona, y en parte porque sus palabras son una verdad como un templo. Chris se deshace de las personas con suma facilidad.

Suenan unos pasos a nuestras espaldas y Amber aparta rauda la mano.

—Podrías ser tú, igual que podría ser yo, la persona a la que excluyera de repente. Recuérdalo.

Estupefacta, abro la boca y me quedo helada.

Amber coge su bolso y corre hacia las escaleras.

—Me voy al trabajo —anuncia cuando se cruza con Chris y con el hombre que sube tras él, que debe de ser Rey.

—Amber —oigo decir a Chris, que la detiene en seco con este breve ladrido.

Aprovecho la tregua para recuperarme y me alejo de la escalera. Aún tengo en las manos la botellita de crema y la taza de café. Dejándolas en la encimera, me apoyo contra el mármol para serenarme.

—No olvides lo que te he dicho —le recuerda Chris.

Ni siquiera me importa de qué están hablando. Amber acaba de desenterrar el recuerdo de aquel momento en que Chris me mandó a paseo echándome de su casa sin contemplaciones, y la herida es demasiado reciente como para que no sangre.

Los pasos se acercan. Ahora oigo a Chris hablar en francés con su acompañante. Respirando hondo, me vuelvo a mirarlos, evitando los ojos de Chris para que no se dé cuenta de lo agitada que estoy. Pero noto su mirada. Cada vez que entra en una habitación, noto a Chris en cada poro de mi piel, en cada centímetro de mi existencia.

Rey, un tipo moreno y nervioso que vendrá a tener la misma edad que Chris y unos noventa kilos de peso entre músculos y apuestos rasgos, inclina la cabeza y me saluda diciendo:

—*Ravi de vous rencontrer, mademoiselle Sara.*

La mirada de Chris atrae mis ojos como un imán. De algún modo, sin embargo, parpadeo para concentrarme en Rey y repito sus palabras mentalmente, contenta de haber entendido ese saludo básico.

—Encantada de conocerle a usted también, *monsieur* Rey, y gracias por acompañarme.

Sonriendo encantado, Rey le lanza a Chris una mirada risueña.

—Creí que me había dicho que no hablaba francés.

Temerosa de haberlo animado a poner a prueba mis conocimientos de francés en lugar de ceñirse a su correcto inglés, digo:

—Entender cuatro frases y hablarlo son dos cosas muy distintas. Hablo la lengua francesa más o menos tan bien como la inglesa después de tres lingotazos de tequila.

Los dos hombres se echan a reír con ganas. Las vibrantes y eróticas carcajadas de Chris me inducen a mirarlo por fin. Cuando sus ojos se posan en los míos, veo en ellos una tierna preocupación que me envuelve el corazón y empieza a curar la herida que Amber ha abierto.

Chris se frota la mandíbula con ademán pensativo.

—Si no recuerdo mal, cuando yo aprendí francés hablaba como si llevara encima una botella de tequila entera.

—Lo dudo mucho.

—¿Y por qué crees que siempre andaba metido en peleas en mis años de instituto?

Rey sacude la cabeza de un lado a otro.

—Ojalá yo tuviera una excusa para justificar los golpes que repartía por ahí. Menos mal que escogí un oficio que me permite analizar la agresividad de manera constructiva. —Posa los ojos en mí y estos pierden toda traza de humor—. Chris me ha contado lo de Ella.

Interrogo a Chris con la mirada y él me explica:

—Rey tiene algunos contactos a los que va a recurrir para ayudarnos a buscarla.

Ansiosa por saber más, avanzo un paso hacia ellos.

—¿Sí? ¿Qué contactos son esos?

—Mi hermano pertenece a la gendarmería militar —explica Rey—. Es el cuerpo de policía que opera en las zonas rurales y fronterizas.

—Muchos fugitivos se refugian en los pueblos de las afueras, así que es importante tenerlos cubiertos —añade Chris—. Aparte de su hermano, Rey va a contratar a un detective para asegurarse de que miremos hasta debajo de las piedras aquí en la ciudad.

—Nos vendría bien tener una foto de Ella, así como toda la información que nos pueda proporcionar acerca de su amiga —sugiere Rey—. Y no sería mala idea llevarla a la embajada, por si no tienen ninguna.

La petición me aturulla. Me daría de cabezazos contra la pared por no haber pensado en eso.

—No he traído ninguna foto.

—Mi hermano puede pedir la foto del permiso de conducir a Estados Unidos —apunta Rey—, pero nos vendría bien contar con alguna más nítida.

Chris propone una alternativa.

—¿Y no tendrán alguna foto suya en el colegio?

—Sí. —Casi chillo de alivio—. Qué buena idea. Si no tienen fotos del personal, siempre podemos pedir la del anuario, eso seguro.

Suena el timbre.

—Debe de ser Chantal. Le abriré la puerta y llamaré al colegio antes de que sea la hora de cerrar.

Echo a andar, pero Chris me agarra por la muñeca.

—Deja que abra Rey —me dice con voz queda.

Rey habla con Chris en francés antes de encaminarse a las escaleras.

Por fin, nos hemos quedado a solas.

El dolor de la reciente herida estalla a borbotones.

—Si Amber puede machacarme es porque tú me ocultas cosas.

Me mira con los párpados entornados.

—¿Qué te ha dicho?

—Nada que no supiera. Y lo que me ha dicho es lo de menos, Chris. O quizá no. Ella habla y tú no.

—¿Qué te ha dicho Amber?

Esta vez noto acero en su voz.

Me declaro derrotada. Cuando se pone en plan macho alfa recalcitrante, no acepta un no por respuesta.

—Dice que tienes mucha facilidad para quitarte a la gente de encima y que no permitirá que se lo hagas a ella. Y tiene razón: no te cuesta nada expulsar de tu vida a las personas. Nadie lo sabe mejor que yo.

—Sara...

—Eso pertenece al pasado, ya lo sé. —Le acaricio la mejilla con la palma de la mano—. Pero, Chris, si hay algo que me da miedo es que te juzgues a ti mismo a través de mis ojos, como hiciste cuando te vi en el club de Mark, y que saques conclusiones equivocadas. —Me falla la voz—. No puedo volver a pasar por eso. No puedo.

Pone los ojos en blanco y parece debatirse consigo mismo antes de lanzarme una mirada abrasadora, y no son la clase de brasas que una ansía en una fría noche de invierno. Está enfadado otra vez.

—Eso me pasa por dejarla entrar. Debería haberlo supuesto.

Exasperada, hago un gesto de negación con la cabeza.

—Si no querías que me relacionara con ella, sabiendo que iba a estar presente en nuestra vida, ¿por qué estamos en París, Chris?

—Si no tuviéramos que estar aquí, no habríamos venido. Es aquí donde tienen que suceder las cosas.

En sus ojos atormentados veo los demonios de su pasado y también las cicatrices que estos le han dejado en el alma.

—Chris —empiezo a decir, pero me detengo en seco al oír las voces de Chantal y de Rey en el piso inferior.

Consciente de que tenemos poco tiempo, Chris me aferra la cabeza para atraer mi frente a la suya. Poso la mano en la sólida extensión de su pecho y noto el latido de su corazón, constante y tranquilizador, tanto como lo es él para mi alma. Y ese es el efecto que quiero ejercer yo en la suya.

Me acaricia con suavidad el cabello por detrás de la oreja.

—Cada cosa tiene su momento y su lugar. Entenderás a qué me refiero... pronto, te lo prometo. Sólo te pido que confíes en mí.

Me encoge el corazón el timbre roto de su voz, la vulnerabilidad que, estoy segura, nadie sabe que es capaz de experimentar y mucho menos de demostrar. A mí, en cambio, me deja franquear esos muros que creí que nunca derribaría.

—Siempre y cuando me prometas que tú confiarás en nosotros, Chris.

Mi voz suena tan conmovida como la suya, y no me sofoco. Quiero que entienda lo mucho que significa para mí.

Se aparta para mirarme y, por un breve instante, sus ojos me escudriñan, perspicaces, intensos. Luego se ablandan, caldeándome por dentro y por fuera, esquirlas de ámbar prendidas a sus profundidades, rayos de sol sobre lo que ha devenido una tormenta de inquietud.

—Ya sabes lo que voy a decir, ¿verdad?

Yo me ablando también. Las comisuras de mis labios se curvan hacia arriba, mis dedos rozan su suave mentón.

—Que yo no estaría aquí si no lo hicieras.

Plantándome la mano en el trasero con ademán posesivo, me empuja hacia él.

—Eso es.

Ahora su experta lengua explora mi boca, bebe de mí con un trago largo y seductor seguido de otro y luego de otro más. Gimo cuando sus dedos igualmente expertos me acarician la cintura y suben al pecho para palparme el pezón. Una deliciosa onda de placer viaja en dirección a mi sexo y yo le rodeo el cuello con los brazos buscando su cuerpo duro y fibroso.

Me besa aún más apasionadamente acariciándome el trasero, un contacto profundo y poderoso que me despierta maravillosos recuerdos eróticos. La habitación se esfuma y yo vuelvo a estar de rodillas en la alfombra del salón, desnuda y expuesta ante él como nunca me he expuesto ante ningún otro hombre. Un calor pegajoso brota entre mis muslos, ahí donde quiero a Chris. Donde lo quiero ya.

La risa de Chantal flota en el aire, más alta ahora, y abro los ojos de sopetón. Había olvidado por completo que no estábamos solos. Intento despegarme de Chris, pero él me retiene para inclinarse hacia mí. Me muerde el lóbulo de la oreja antes de susurrar:

—Así sabe la confianza, nena. Si quieres saber qué tacto tiene tendrás que esperar a esta noche.

Cuando me suelta, mis piernas parecen de mantequilla.

—¡Buenos días, Sara!

La voz de Chantal suena dulce e inocente cuando se acerca a mí.

—Buenos días —consigo graznar mientras me apoyo en la isla buscando estabilidad. No me vuelvo a mirarla. ¿Y si llevo toda la boca embadurnada de pintalabios rojo? Le echo un vistazo a Chris, cuya cara no muestra trazas rosa pálido, y me limpio los labios a toda prisa.

Chris vuelve a acercase a mí, su presencia un cuerpo candente cuando usa el pulgar para frotarme el labio superior. La fricción de su dedo me hace estremecer y me apoyo con más fuerza en el mostrador.

—Tiene razón —dice—. Hoy es un buen día.

Sin embargo, ni su forma de decirlo ni la mirada viciosa y posesiva que me dedica recuerdan ni remotamente a la inocencia de Chantal. También hay algo más en sus ojos; un destello que no sé identificar. Barriéndose con el pulgar esos labios suyos tan sexys que quisiera sentir en mi cuerpo ya mismo, se gira para saludar a Chantal y a Rey, y yo me quedo estupefacta al comprender lo que mi mente calenturienta había pasado por alto. Lo que acaba de suceder entre nosotros no ha sido una seducción pura y dura; ha sido causa y efecto. Mi reacción a la visita de Amber ha desencadenado su necesidad de dominio. Y volverme loca en un minuto para dejarme en ascuas después ha sido su forma de reclamarlo, y de reclamarme.

Cuando Chris por fin nos acompaña al sedán negro de Rey, he decidido dejar de lado mis inseguridades para darle algo de cancha. No sé lo que significa «en su momento», pero al paso que vamos es muy posible que el momento oportuno nunca llegue para él… o para nosotros.

Chantal sube al coche y Chris me abraza.

—Te veo esta noche. —Su voz es delicado terciopelo que me recorre el cuerpo como una caricia—. En cuerpo y alma.

Repaso el contorno de sus labios con el dedo.

—Siempre y cuando tú me lo enseñes todo también. —No quiero que se tome mis palabras como un nuevo intento de presionarlo, así que aclaro el doble sentido—. Desnudo me gustas más.

Me deshago de su abrazo y subo al coche oyendo su risa ronca y satisfecha a mi espalda.

14

Escoltada por Rey a un lado y por Chantal al otro, entro en la embajada dando gracias de haber sobrevivido a la locura del tráfico parisino en hora punta. Puede que no me haga gracia llevar guardaespaldas, pero la habilidad con que Rey ha evitado varios accidentes le ha granjeado mi respeto. De hecho, si no estuviera tan enamorada de Chris, es muy posible que cayera rendida a los encantos de Rey, como mínimo hasta que el subidón de adrenalina provocado por la cercanía de la muerte se hubiera esfumado por completo.

En el interior del edificio, que a mí me parece igual a cualquier centro administrativo de Estados Unidos, Chantal y yo nos quitamos los anoraks y nos secamos como podemos las gotas de gélida lluvia. Rey, que es el clásico tipo duro, no se ha puesto chaqueta, claro que no.

La oficina de pasaportes resulta ser una vastísima sala de espera dotada de filas y filas de asientos metálicos con una hilera de ventanillas al fondo. Nos dirigimos a la cola. Una cola interminable.

Lanzo un suspiro.

—¿Por qué no vais a tomar un café o algo? Me duele que tengáis que esperar.

Rey rechaza la idea al instante.

—Tengo que quedarme con usted, por si necesita algo.

Aprieto los labios para morderme la lengua. Sin darse cuenta, me ha tocado una fibra sensible conocida como «todo aquello que me recuerda a mi padre». A lo largo de mi infancia, un guardia de seguridad nos acompañaba a mi madre y a mí cada vez que salíamos de casa. De niña, consideraba la circunstancia un mero gaje de tener un padre poderoso que se preocupaba por nosotras. Al hacerme mayor, me di

cuenta de que lo hacía para proteger lo que consideraba sus propieda-
des.

Cogiéndome el anorak, Rey me arrastra de vuelta al presente y a
esta sala atestada y agobiante.

—Deje que se lo sujete.

Suelto el abrigo, no sin antes parpadear sorprendida.

—Gracias.

El problema no es Rey, sino mi padre. Y Chris tampoco es el problema. A diferencia de mi padre, su deseo de protegerme no tiene
nada que ver con afán de poder o beneficio personal. Nace en parte
del miedo que se apoderó de él a raíz del ataque de Ava y en parte de
haber sido tocado muy de cerca por la mano de la muerte a lo largo de
su vida.

—Podría darte una clase de francés mientras hacemos cola —propone Chantal.

—Estoy demasiado distraída ahora mismo como para aprender
francés —replico mientras presiono mentalmente la tapa de la caja
aún con más fuerza.

Desecha la idea haciendo un gesto con la mano.

—Bobadas. Así aprovechamos el tiempo. Cuando sepas hablar
francés, darás gracias de que me haya puesto pesada.

Rey le coge el abrigo a Chantal echando una ojeada a la expresión
decidida de la chica. Un amago de humor y un punto de admiración
masculina asoman a su semblante.

Frunzo el ceño cuando se une a nosotras en la fila. Estoy dispuesta
a soportar su presencia, pero no que merodee a mi alrededor.

—Será mejor que se siente, o acabará con dolor de espalda.

Una sonrisa baila en sus labios.

—Con dolor de espalda, ¿eh? Sí, buena idea.

Sorprendida, lo veo alejarse con parsimonia.

Chantal observa su partida y suspira con aire melancólico.

—Ojalá sea mi guardaespaldas.

Pongo los ojos en blanco. Lleva toda la mañana echándole miradi-
tas.

—Ve a hablar con él. Conoceos mejor.

Hace un mohín.

—Tú lo que quieres es librarte de la clase de francés.

—No, sólo intento ganar algo de tiempo antes de ponerme en evidencia delante de toda esta gente chapurreando tu lengua. Ya te llamaré cuando la cola haya avanzado un poco.

—No, no. —Sacude la cabeza y, por el miedo que refleja su rostro acorazonado, cualquiera diría que le acabo de pedir que se tiré del tejado sin paracaídas—. Nos quedaremos ahí sentados en silencio mientras a mí me cae tanta baba que al final tendrá que limpiarme la boca.

Le lanzo una mirada muy seria.

—A lo mejor te la limpia con la lengua.

Me observa de hito en hito hasta que ambas estallamos en carcajadas. El móvil me avisa de que tengo un mensaje de texto y lo saco para leerlo.

¿Sigues ahí?

Sí, respondo. Hay mucha cola. Tengo para rato.

¿Dónde está Rey?

Merodeando por ahí, tal como tú le has ordenado.

Por tu propio bien.

Hum.

¿Qué significa hum?

Significa...

Cavilo cómo describirle mi estado en un breve mensaje de texto.

Te quiero, Chris.

Yo también te quiero. La reunión está a punto de empezar. Avísame cuando acabes para que vaya a esperarte a la alfombra.

Llevaré la paleta rosa, tecleo, y me ruborizo ante mi propio descaro.

Está en mi maleta.

Me muerdo el labio. ¿Habla en serio? ¿De verdad ha pasado la paleta por los controles de aduana?

Guardo el teléfono en el bolso maldiciendo el cosquilleo que siento en el trasero.

La risa de Chantal irrumpe en las lujuriosas sensaciones que me recorren el cuerpo. Cuando me doy la vuelta, descubro que está enfrascada en una conversación con la mujer que nos sigue en la cola. En cuanto advierte que estoy libre, da por concluida la charla y se saca un bloc de notas del bolso. Haciendo caso omiso de mis reparos, adopta otra vez esa expresión inflexible y procede a tomarme la lección. Yo respondo entre gemidos y risas, resignada a lo inevitable, y repito sus frases con mi horrible acento como una niña obediente.

Treinta minutos más tarde, cuando me llega el turno por fin, me encamino a la ventanilla… donde me entregan un fajo de formularios para que los rellene. Chantal y yo nos reunimos con Rey. Suspirando, pongo manos a la obra.

Por lo que parece, el problema de Chantal es el opuesto al mío. Mientras que a mí me da por parlotear cuando me pongo nerviosa, ella se refugia en el mutismo. Resulta incómodo, tal como se temía, y no puedo concentrarme en los formularios.

Por fin, cuando no puedo seguir soportando el silencio, echo una ojeada a Chantal.

—¿Seguro que no quieres ir a buscar un café a alguna parte? Yo invito. El frío de la lluvia se me ha metido en los huesos.

Se pone de pie al instante, aprovechando la ocasión al vuelo.

—Claro. Un café nos vendrá bien. —Vuelve los ojos hacia Rey—. ¿Le apetece uno?

Una sonrisa baila en los labios del guardaespaldas cuando le responde en francés. No tengo ni idea de lo que le dice, pero ella se ruboriza, algo que, unido a su vestidito rosa y su melena castaño claro, ensortijada levemente en las puntas, le da un aspecto increíblemente aniñado.

Observo la partida de Chantal y me invade un sentimiento de protección. Rey le llevará diez años como mínimo y tiene muchas más tablas que ella, eso seguro. Ladeo la cabeza para examinarlo.

—¿Qué le ha dicho?

—Si hubiera querido que lo supiera, señorita, lo habría dicho en inglés.

Pronuncia esa respuesta con cara de póquer, pero tengo la sensación de que me está provocando.

Entorno los ojos con ademán desconfiado.

—¿Cuánto tiempo hace que conoce a Chris?

—Siete años.

—Así que confía en usted, aunque se pase de listo.

Mi talante es tan inexpresivo como el suyo.

Me observa con detenimiento antes de lanzar una carcajada grave.

—Sí, supongo que sí. Y seguro que de usted se podría decir lo mismo.

Esta vez me río de buena gana y, a diferencia de Chantal, me siento cómoda con el silencio que se instala entre nosotros mientras relleno los formularios. No sé por qué pero Rey me cae bien, aunque no quiera revelarme lo que le ha dicho a Chantal.

Completo los papeles y los entrego en un mostrador, albergando la esperanza de que el proceso se agilice a partir de ahora.

No es así. Nos toca esperar otra hora, y Chantal empieza a relajarse con Rey, gracias a Dios. Ambos me enseñan frases en francés, se ríen de mi pronunciación... y yo también. En cierto momento, sucumbo a lo que considero una amistad incipiente y, con ella, a un nuevo vínculo con esta ciudad y con Chris.

Cuando me llaman por fin, tanto mi humor como mi paso se han aligerado. La mujer gruesa que atiende el mostrador me pregunta mi nombre con un fuerte acento. Teclea la información en un ordenador y demora la mirada en la pantalla un momento. Luego empieza a hablar a velocidad supersónica en un inglés dificilísimo de entender.

—¿Me lo puede repetir, por favor?

—Denegado —me espeta—. Le han denegado el pasaporte.

Me devuelve los papeles y un formulario escrito en francés.

Se me acelera el pulso.

—¿Denegado? ¿Y eso qué significa?

—Denegado significa denegado. Si quiere saber algo más, pregunte en Servicios especiales.

—¿Y eso dónde está?

Señala a mi izquierda, donde un cartel sobre una puerta indica el departamento en cuestión. Incapaz de ver nada más, con el corazón martilleándome el pecho, corro hacia el cartel. La puerta cede el paso a un pequeño despacho con cuatro escritorios metálicos, sólo uno de los cuales está ocupado.

Un hombre que lleva camisa blanca formal y corbata azul marino, con el canoso pelo castaño perfectamente recortado, me mira esperando a que hable.

—¿Inglés? —pregunto esperanzada.

—Sí, *madame*. —Deposita el bolígrafo sobre el escritorio y apoya un codo en la superficie, como si le molestara la interrupción—. ¿Qué puedo hacer por usted?

Me acerco a su escritorio para tenderle mis papeles. Les echa un vistazo y luego a mí. En su mirada advierto un nuevo toque de aspereza. Es arisca y casi… acusadora. Me digo a mí misma que estoy paranoica, pero la adrenalina corre por mi sistema y apenas puedo evitar que me tiemble la voz.

—¿Qué problema hay? —pregunto cuando no dice nada.

Levanta el auricular del teléfono y, con la otra mano, me señala la silla que tiene delante. Esa orden silenciosa vuelve a dispararme la adrenalina y tengo que inspirar despacio antes de sentarme.

Apenas he tomado asiento cuando cuelga el auricular.

—Por favor, quédese aquí, *mademoiselle* McMillan. Tenemos que hacerle unas preguntas.

Se me encoge el corazón.

—¿Acerca de qué?

En realidad, ya lo sé. Esto guarda relación con Rebecca.

—Usted espere aquí.

Pronuncia esa orden tan seca mientras se pone de pie y se aleja. Sale por una puerta trasera situada a varios metros de su escritorio.

Decido poner manos a la obra al instante, sin saber muy bien cuánto tiempo tengo para buscar ayuda antes de que vuelva. Rebusco por el bolso, saco el móvil y llamo a Chris.

Las tres señales se alargan como si fueran diez hasta que al fin me responde.

—¿Sara?

Su voz suena profunda, afectuosa, tranquilizadora y, cielos, grata a más no poder.

—Tienes que venir —jadeo—. Necesito que vengas a la embajada.

Chris empieza a hablar en francés con otra persona y oigo varias voces de fondo antes de que me devuelva la atención.

—Ya voy camino del coche.

Cierro los ojos de puro alivio. No me ha preguntado por qué necesito que acuda. Se ha limitado a abandonar la reunión sin más. Sintiéndome culpable, recuerdo lo nerviosa que me ha puesto Amber por la mañana y me echo en cara todas las razones por las que no debería temer que Chris me deje en la estacada. Todas las razones por las que debería, y lo haré, contar con este hombre maravilloso y sorprendente.

—Dime, Sara. ¿Qué pasa?

—Me han denegado el pasaporte y me han dicho que quieren hacerme unas preguntas.

Maldice entre dientes.

—No les digas nada hasta que yo llegue. Voy a llamar a Stephen. Ahora te llamo.

—Vale.

—Sara, todo va a salir bien. Te han marcado el pasaporte, nada más. Es un protocolo administrativo. Un malentendido que aclararemos enseguida.

Sí, pero he escuchado su primera reacción, lo he oído maldecir, y ambos sabemos que esto es algo más que un protocolo administrativo.

—Tú date prisa, por favor. Te necesito, Chris.

—Y estaré a tu lado. Te llamo en cuanto haya hablado con Stephen.

Cortamos la llamada y yo me quedo ahí sentada, golpeando el suelo con un gesto nervioso del pie. Chris no tendría que llamar al abogado si de verdad pensara que sólo me han marcado el pasaporte. ¿Y qué significa eso? ¿Por qué lo han hecho?

—¡Aquí estás! —exclama Chantal.

Cuando me doy media vuelta, veo que Rey y ella se dirigen hacia mí. Me había olvidado de ellos por completo, y me encojo ante la idea de que averigüen que estoy acusada de asesinato. ¿Qué pensarán de mí? O, lo que es peor, ¿qué pensarán de Chris?

—¿Qué pasa? —me pregunta Rey, y parece bastante molesto—. ¿Por qué no me ha informado antes de entrar aquí?

—Quieren hacerme unas preguntas. Saldré en cuanto haya terminado.

—¿Preguntas? —se extraña Rey—. ¿Sobre el carterista?

Titubeo y luego me entran ganas de echarme a reír. ¿Y si se trata de algo tan sencillo como eso? ¿Estaré exagerando? Ay, por favor, que quieran preguntarme por el carterista.

—Puede ser.

—A lo mejor te quieren preguntar por Ella —sugiere Chantal incluyendo a Rey en el comentario.

La puerta del fondo se abre y Rey mira hacia allí. Cuando me giro a mirar, descubro que han entrado tres hombres. Antes de que pueda detenerla, Chantal corre hacia ellos.

Rey se arrima para susurrarme al oído:

—¿De qué va todo esto, Sara?

—Chris viene de camino. Por favor, si quiere ayudarnos, llévese a Chantal.

Niega con un gesto de la cabeza.

—No puedo dejarla sola, Sara.

—Sara —dice Chantal.

Me vuelvo a mirarla. Está de pie a mi lado, blanca como el papel.

—¿Qué pasa?

Me susurra:

—Dicen que hay una investigación en curso en Estados Unidos.

—Sí, yo… —No quiero que Chantal se entere de nada—. ¿Qué te han dicho?

—Es que no los he entendido muy bien. Yo he preguntado por Ella y me han empezado a hablar sobre no se qué investigación.

Me llevo una mano a la garganta.

—¿Preguntas sobre… Ella?

—Yo… —Parece aturullada—. No lo sé.

La agarro del brazo, clavándole los dedos en la delicada piel. La cabeza me da vueltas, la habitación entra y sale de mi campo de visión. ¿Y si Ella volvió a San Francisco después de que comprobáramos el estado de su pasaporte y Ava la hubiera asesinado por rencor hacia mí? Parece imposible, pero tampoco me podía creer que Ava hubiera matado a Rebecca.

—Sara.

La voz de Chantal, cuya misma existencia me recuerda el carácter dulce y confiado de Ella, hace vibrar mis terminaciones nerviosas. Ninguna de las dos tendría la menor posibilidad contra Ava.

Clavando la mirada en Chantal, farfullo:

—Tengo que averiguar si Ella está involucrada en esa investigación. Tengo que saber si estaban hablando de Ella. Pregúntaselo. Ya.

15

¿Ella está muerta?

Me abrazo a mí misma para controlar el temblor que la descarga de adrenalina me ha provocado, conteniendo el aliento mientras a mi alrededor todo el mundo habla en francés. Durante un momento que me parece eterno, escucho los murmullos sin entender ni una palabra salvo el nombre de Ella aquí y allá, pero nadie responde a mi pregunta. ¿Ella está muerta? ¿Ella está muerta? Nadie me habla. Nadie habla inglés. No lo soporto. Tengo el corazón a punto de estallar.

—¿Ella está muerta? —pregunto casi a gritos. Se hace un silencio instantáneo. Todos los ojos están clavados en mí y pienso que a lo mejor sí he gritado al fin y al cabo, pero me da igual—. ¿Está muerta?

Esta vez lo he dicho en susurros. Ahora me prestan atención.

El hombre que me ha atendido al principio apoya los puños cerrados en el escritorio y se inclina hacia delante para situar su rostro a la altura de mis ojos.

—No sabemos quién es Ella, pero estamos intentando averiguarlo.

La acusación que contiene su voz es ácido puro, pero yo retengo lo importante. No tienen la menor idea de quién es Ella o dónde está. «Ella no ha muerto.» El funcionario de este departamento no sabe quién es.

—Tenemos unas preguntas que hacerle, *mademoiselle* McMillan —añade el empleado, y juro que los otros tres merodean por detrás de él con tan mala sombra como el propio Rey en la sala de espera.

Sin poder contenerme, replico:

—Y yo tengo preguntas que hacerles respecto a la denuncia que puse por la desaparición de mi amiga Ella.

Han transcurrido semanas desde que Blake contactó con la embajada para preguntar por Ella. ¿Semanas?

Me lanza una penetrante mirada antes de comentarles algo a Rey y a Chantal en francés con cara de pocos amigos. Siento el irresistible impulso de volver a gritar. Estoy hasta las narices. ¿Por qué todo el mundo habla en ese idioma si saben que no entiendo nada?

Rey frunce el ceño ante lo que sea que le ha soltado el hombre y le dispara una ráfaga en francés. Tal vez no entienda la lengua, pero reconozco «a tomar por culo» cuando lo oigo.

La mano de Chantal se posa en mi hombro, un gesto amable y reconfortante.

—Dice que tenemos que esperar fuera, Sara. No quiero dejarte aquí sola.

Esos hombres acaban de decirle que desean interrogarme en relación a una investigación en la que estoy implicada y, pese a todo, ella no quiere separarse de mí. Rezo para que eso signifique que no han empleado la palabra «asesinato». Sin embargo, debería largarse por piernas. Yo, en su lugar, lo haría. Chantal, en cambio, es demasiado ingenua como para saberlo. Igual que Ella. Podría llegar a ser un blanco fácil. Como Ella.

Se me despierta el instinto de protección y le apoyo la mano en el hombro mientras me prometo a mí misma que pronto compartiré ese mismo gesto con Ella.

—No te preocupes. Vete con Rey y sal de aquí. Gracias por todo lo que has hecho hoy.

—La esperaremos al otro lado de la puerta —anuncia Rey, y al volverme a mirarlos descubro al empleado y a él fulminándose mutuamente con la mirada—. Justo al otro lado de la puerta, por si nos necesita. —Me devuelve la atención, ahora con un tono más bajo para que nadie lo escuche más que yo—. Me pelearía con ellos pero no puedo arriesgarme a que me obliguen a abandonar la embajada. Sea como sea, no hable con nadie hasta que llegue Chris.

—No lo haré —prometo. Justo en ese momento suena mi teléfono—. Debe de ser él.

—*Mademoiselle* —empieza a decir el empleado, pero Rey lo corta al instante con una afirmación brusca en francés.

Adrede o no, la interrupción abre un hueco para que yo responda la llamada. Lo aprovecho al vuelo.

Corro a la otra punta de la sala y me siento al borde de una silla.

—Chris —respondo y, alzando la vista, veo cómo escoltan a Rey y a Chantal al exterior de la sala.

—Stephen dice que no hables con nadie.

—¿Sabe él de qué va todo esto?

—Aún no, pero si lo supiera te diría lo mismo. Diles que sólo hablarás en presencia de tu abogado o, si no te atreves, gana tiempo y yo se lo diré.

—*Mademoiselle* McMillan —me avisa el empleado con aire impaciente.

Levanto un dedo.

—Un minuto.

Aprieta los dientes.

—Ni un segundo más.

—Lo he oído —me informa Chris—. Sólo intenta intimidarte. Imagínate que es Mark tratando de sacarte de tus casillas. Levanta esa barbilla tuya tan mona y plántate firme.

Mark no me podría meter entre rejas. Cambio de tema antes de que se agote el tiempo.

—Por favor, dile a Rey que lleve a Chantal a casa.

—No hasta que yo haya llegado.

—Te lo suplico, no quiero que oigan cómo me acusan. ¿Cómo voy a construir una vida aquí si todos tus conocidos piensan que soy una… —no me atrevo a decir «asesina»— criminal?

—Nadie sabrá ni una palabra de esto.

—Ya le han dicho a Chantal que estoy implicada en una investigación en curso en Estados Unidos. Por favor. Haz que se vayan.

—Si te llevan a alguna parte, quiero enterarme, Sara. Además, ya estoy muy cerca. Voy a colgar para concentrarme en llegar cuanto antes. No les digas ni una palabra.

Corta la comunicación antes de que yo pueda seguir discutiendo.

Cierro los ojos con fuerza y tomo aire a duras penas antes de guardarme el móvil en el bolso y volverme a mirar al hombre que me espera al otro lado de la sala. Me detengo ante su escritorio después de cruzarla.

—¿*Monsieur*...?

—Bernard —me informa.

—*Monsieur* Bernard —repito—. ¿Me puede indicar dónde está la *toilette*?

Me mira de hito en hito.

—¿No puede esperar?

Su tono roza la mala educación, pero yo adopto mi expresión más candorosa.

—Es que estoy algo indispuesta. Creo que ha sido la comida. Tartar. No me gustaría dejarle el escritorio hecho un asco.

Frunce el ceño y le dice algo por encima del hombro a uno de los hombres que rondan por ahí. Luego vuelve a dirigirse a mí.

—*Monsieur* Dupont la acompañará.

—¿Tan peligrosa soy que no me pueden dejar sola?

El hombre, un tipo calvo que rondará la cincuentena, de cara redondeada y facciones rudas, se acerca a mí.

Las palabras que me dijo Chris ayer por la noche acuden a mi mente. «Hay que abordar los problemas, no dejarse aplastar por ellos. Y, nena, lo haremos juntos.» Inspiro hondo. «Lo haremos juntos.» En ese momento, caigo en la cuenta de que ese «juntos» no significa que vaya a poner mi vida en manos de Chris. Significa que vamos a compartir las cosas. A diferencia de otras personas que han sido importantes para mí, Chris quiere ayudarme a que sea más fuerte. Esconderme en el cuarto de baño hasta que él llegue no me hace más fuerte.

Me yergo y levanto la barbilla. Aunque el desasosiego no abandona mi estómago, soy más fuerte. Me acerco a la silla y me siento. Una expresión de sorpresa asoma en el semblante del funcionario.

—¿Está lista para responder a mis preguntas?

—No, no lo estoy. Voy a esperar una llamada de mi abogado.
—Apoyando una mano en el escritorio, me inclino hacia delante y digo en un tono tan firme como el suyo—. Y, *monsieur* Bernard, como se atreva a difamarme delante de alguien, en particular delante de esos amigos míos que esperan fuera, se acordará de mí el resto de su vida.

La expresión sorprendida de su rostro muda a una de estupefacción. Yo me siento igual que él. ¿Quién acaba de decir eso? El empleado frunce el ceño.

—Se muestra usted muy insolente para ser una mujer acusada de asesinato.

Enarco las cejas.

—Acusada por la mujer que intentó matarme hace dos noches; de manera que, sí, supongo que soy insolente.

¿Y por qué nunca lo he sido hasta ahora? Soy inocente. Soy una víctima. Estoy harta de que me pongan en entredicho.

—Y entonces, ¿por qué huyó usted del país?

—No huí del país —respondo con tranquilidad.

—Vino conmigo.

Cuando me giro a mirar, veo a Chris en el umbral, con el pelo hecho un desastre y gotas de lluvia prendidas a la cazadora Harley que luce con tanta desenvoltura como ostenta su poder. La sala al completo parece coger aire a la vez, pendiente de saber qué pasará a continuación. Esperando a ver qué hace Chris.

Él sólo me presta atención a mí, como si no hubiera nadie más en la sala. Me ve a mí. A ellos los ningunea.

—Ya te he dicho que estaba a punto de llegar, cariño —dice con arrogancia, como si la situación no le afectara lo más mínimo.

Recorre la sala con parsimonia y, si bien por fuera es todo descaro y chulería, bajo la superficie hierve una energía primitiva y letal. Puede que yo haya decidido tomar el control de mi propia vida, y pienso hacerlo, pero me encanta ver a Chris en el papel de Chris.

Se acerca a mi silla y me tiende una mano. Me mira con dulzura, pero sus ojos todavía conservan ese destello de frío acero y pura dominación. Sosteniéndole la mirada, me cuelgo el bolso del hombro y poso mi mano en la suya. Un cálido hormigueo me sube por el brazo. Las pupilas de Chris se dilatan cuando una sensación idéntica se cuela en su impasible mirada. Él también la nota; esta atracción absurda, imposible, que no se contiene ante nada, ni siquiera ante los capullos que nos miran. Adoro que nos pase esto. Adoro todo cuanto se relaciona con nosotros.

Me rodea la mano con los dedos y me ayuda a ponerme de pie.

—Nos vamos. Tenemos museos que visitar.

Bernard empieza a habar en un francés rápido y agitado.

Chris le dirige una mirada aburrida y responde algo. Dos frases, quizá. Me muero por saber qué ha dicho; tendré que espabilarme con las clases.

Le echo un vistazo a Bernard, cuya expresión de mosqueo habla por sí sola; al igual que sus brazos cruzados ante el pecho con aire defensivo. Sea lo que sea lo que Chris le ha soltado, se ha tragado un sapo y me entran ganas de echarme reír.

Encantado con la reacción del funcionario, una sonrisa baila en las comisuras de los labios de Chris mientras me acompaña hacia la puerta. Estamos a medio camino de la entrada cuando Bernard nos llama. Chris se detiene, pero no se da la vuelta, como si el tipo no mereciera su atención. Responde al funcionario con aire de guasa, dando a entender que cualquier poder que Bernard crea detentar es un chiste. Luego echamos a andar otra vez y ya no nos detenemos.

Cruzamos a paso vivo la sala de espera, donde la gente se apretuja como hormigas. Estamos a punto de abandonarla cuando se me eriza el vello de la nuca, igual que me sucedió ayer mientras estaba de compras. Luchando contra el impulso de volverme a mirar, intento alejar la sensación frotándome el cuello con la mano. Debe de ser Bernard, que observa nuestra partida, así que le lanzo a Chris una mirada nerviosa.

—¿Nos podemos ir así, por las buenas?

—Ya lo hemos hecho.

Bien. Ya lo hemos hecho. El cosquilleo se intensifica y yo me rasco con más fuerza. Estoy deseando salir de aquí.

—¿Y qué pasa con Rey y Chantal? —pregunto cuando por fin enfilamos por el pasillo principal.

—Le he pedido a Rey que llevara a Chantal a casa.

—No sabrán nada de…

—No. Puedes estar tranquila. He interrogado a Rey por teléfono antes de llegar.

Me inunda el alivio.

—¿Has hablado con Stephen?

—El rato suficiente como para que me dijera que hiciera lo que ya pensaba hacer y que te sacara por piernas.

Saber que a nuestro abogado le parece bien que esté libre supone un triste consuelo, teniendo en cuenta que sigo sin tener el pasaporte y siendo considerada sospechosa de un asesinato que no he cometido.

—Sabes —digo entre dientes—. Todas esas acusaciones están empezando a cabrearme.

Chris me mira con un brillo de satisfacción en los ojos.

—Ya era hora de que te enfadaras.

Sí, pienso mientras nos acercamos a la salida. Ya era hora. Supongo que debería darle las gracias a Bernard por mi despertar. Es hora de que le recuerde a todo el mundo que soy una víctima, pero no en el mismo sentido que antes. Ava intentó matarme. Deberían estar ayudándome, no colaborando en su ataque.

Nos unimos al puñado de gente que aguarda cerca de la salida, todos con los ojos puestos en el aguacero que cae en el exterior. Me giro hacia Chris con expresión esperanzada.

—No llevarás por casualidad un paraguas en la cazadora, ¿verdad?

—Pues no —responde a la vez que se la quita para echarme a los hombros la pesada prenda—. Acercaré el coche a la puerta lo más posible. Te esperaré junto al bordillo, pero de todas formas tendrás que correr un buen tramo.

La imagen de mí misma resbalando y cayendo en mitad de la acera no me resulta muy grata, así que le devuelvo la chaqueta y me maldigo por haberle dado mi anorak a Rey.

—No, pesa demasiado para correr con ella encima. En serio. No soy Grace Kelly, Chris. Me caeré. Prefiero irme contigo. —Me abrazo a mí misma con un estremecimiento—. Quiero largarme de aquí.

—He aparcado muy lejos. Tú espérame. Volveré con algo para taparte.

—Bien. Si te empeñas en hacer de buen samaritano... Esperaré, pero date prisa, por favor. No quiero que Bernard vuelva a acorralarme.

Mientras Chris mete el brazo en la manga de la cazadora, vuelvo a notar el hormigueo en la nuca. Incómoda, miro por el vestíbulo y me llama la atención el perfil de un hombre que espera apoyado en una pared cercana. Alza la vista y ahogo una exclamación. Conozco esa cara. El hombre se yergue al instante, listo para salir huyendo. Yo agarro a Chris de la camisa.

—Es el carterista del aeropuerto. Está aquí.

—¿Dónde?

Se lo señalo.

El carterista ya ha cruzado la puerta como alma que lleva el diablo. Chris se gira hacia mí y me planta las manos en los hombros.

—Quédate aquí, Sara. Lo digo muy en serio.

Tras eso, sale disparado hacia la puerta.

16

Me falta tiempo para echar a correr antes incluso de que Chris haya cruzado la entrada. Ni en sueños me pienso quedar aquí dentro mientras él persigue a un criminal que podría ir armado.

Abriéndome paso a empujones y cruzándome como puedo el bolso en bandolera, consigo salir por fin. Por la fuerza con que el agua me golpea, se diría que me apuntan a la cara con una manguera de incendios. Apartándome desesperadamente la empapada melena de la cara, busco a Chris con la mirada y por fin lo veo a mi izquierda, a buena distancia. Me pongo en marcha al momento. Ojalá esta fina blusa de seda fuera más gruesa y mis tacones más bajos. Ojalá pudiera sacar el móvil por si hay que pedir ayuda sin que la lluvia lo averiase.

Apenas me he alejado media manzana de la embajada cuando Chris ya me lleva otra media de ventaja. Esta lluvia es una tortura. Me enjugo el agua que me chorrea por la cara, como si fuera posible. Parpadeo rápidamente y me invade el pánico cuando no veo a Chris por ninguna parte. Hace un momento estaba ahí delante y ahora lo he perdido de vista. Estoy aterrada, el corazón me late con desenfreno. Un trueno estalla a lo lejos y doy un respingo asustada, pero sigo corriendo.

Al final de la calle miro enloquecida en todas direcciones y, rezando para no equivocarme, tuerzo a la izquierda, que es el camino más lógico por cuanto no hay que cruzar la calle. Una manzana más adelante me estoy preguntando si no habrán tomado otro camino cuando veo una verja abierta que me llama la atención e, instintivamente, me detengo en seco.

Al otro lado hay un patio pequeño y desierto que hace esquina. Ahogo un grito cuando avisto a Chris y al carterista enzarzados en una pelea. Me agarro a un barrote de la verja, conteniendo apenas un grito cuando el ladrón empuja a Chris contra la pared y le atiza un puñetazo en la cara. Un segundo después, el carterista rebota contra esa misma pared y veo a Chris devolverle el golpe y asestarle otro más. Y lo hace con la mano que emplea para pintar.

No me paro a pensar; me limito a actuar, echando a correr hacia ellos. Tengo que evitar que se lastime la mano.

—¡No!

—¡Vete, Sara! —me grita Chris, y yo me encojo cuando el otro aprovecha la distracción para clavarle la rodilla en el vientre. Él le atiza otro puñetazo.

—¡Tu mano! —grito mientras acorto la distancia que nos separa para enlazarle el brazo—. ¡Te vas a hacer daño en la mano!

Chris maldice y rechaza una patada del ladrón.

—¡Maldita sea, Sara, aparta!

Le da otro golpe a su oponente, que en esta ocasión se desploma.

Chris se agacha sobre el desconocido para decirle algo que no alcanzo a oír y mucho menos entiendo. El otro farfulla algo que suena como un gruñido. Entonces le atiza un rodillazo en el vientre y el desconocido empieza a largar. Cuando deja de hablar, lo libera, empujándome al mismo tiempo tras de sí.

El tipo cruza la verja como una exhalación y él se gira hacia mí. Con el pelo mojado aplastado contra la cara, me agarra de los hombros clavándome los dedos.

—¡Espera significa espera, maldita sea!

Me arden las orejas.

—Tú mano. Deja que te vea la mano.

Está furioso como un demonio y, en lugar de enseñarme la mano, estrecha la mía, me arrastra a la acera y me obliga a correr como una posesa. Tras recorrer dos manzanas a toda velocidad, entramos en un bar, con la ropa empapada y chorreando sobre los suelos de tarima. Chris no me mira. No hace falta. La ira chisporrotea a su alrededor y yo tengo la clara impresión de que apenas puede contenerse.

Le pregunta al tiarrón de la puerta:

—¿La *toilette*?

El portero mueve la punta del dedo como única respuesta y ya estamos en marcha otra vez, Chris ciñendo mi mano y yo trotando detrás. La subida de adrenalina que me provoca la inminente confrontación es lo único que mantiene en movimiento mis pobres pies y mi aterido cuerpo cuando bajamos un tramo de escaleras que desemboca en un pequeño vestíbulo con una puerta al final.

Chris abre la puerta del baño de un empujón y me arrastra al interior. Un segundo después, me encuentro en un espacio donde no quepo ni yo esperando a que Chris acabe de cerrar la puerta. Otro segundo más tarde, estoy pegada a la pared. Por una vez, tengo a Chris encima y mi humedad no se debe al deseo.

—¿Qué parte de «espera» no entiendes? —me gruñe.

—Alguien tenía que pedir ayuda si te metías en líos.

—Te he dicho que te esperaras, Sara, y te lo he dicho muy en serio. Tienes que hacer caso de lo que te digo.

—Chris, yo…

—No me pongas a prueba, nena —me advierte. El agua corre por sus furiosas facciones—. No te van a gustar nada las consecuencias. Y si crees que ya has oído esto otras veces, te equivocas. Estás caminando por arenas movedizas.

Estoy temblando por dentro y por fuera, y no por el frío del agua precisamente.

—No me amenaces.

—Pues no me cabrees, joder. Tu seguridad es lo primero.

—¡Tú eres lo primero!

Aprieta los labios hasta convertirlos en una línea muy fina.

—No me voy a arriesgar a que esto vuelva a pasar. Se acabó. Nos volvemos a Estados Unidos.

—¿Qué?

Es lo único que atino a decir, la única palabra que se abre paso entre el agudo dolor que emana de mi corazón destrozado.

—Stephen dice que si pasamos una semana allí podremos desmontar de una vez por todas la pantomima de Ava.

Vamos. Ha dicho «vamos» y durante un instante me aferro al significado de ese plural, pero sólo un momento. Si vuelvo ahora, me excluirá de su vida. Lo sabe y yo también.

—¿Stephen piensa que tengo que volver?

—Dice que sería buena idea. Él se encargará del problema del pasaporte.

Me está facturando antes de que pueda hacerle daño.

—¿Ha dicho que tengo que volver? —vuelvo a preguntar, incapaz de controlar el temblor de mi voz.

Apoya la mano contra la pared separando su cuerpo del mío. Su silencio me está matando y mi mente se precipita por una catarata a las heladas aguas del nunca más. Me estoy hundiendo y tengo que escapar antes de ahogarme. Intento escabullirme por debajo del brazo de Chris.

Me lo impide con una pierna.

—Intento protegerte.

—No vayas por ahí, Chris. Ni se te ocurra. Estoy harta de esa excusa. Si quieres dejarlo, dilo y se acabó. Déjame pasar.

Es un muro sólido, inamovible, de expresión insufriblemente oscura.

—Contrataron a ese hombre para seguirte con la esperanza de que lo condujeras hasta Ella.

Lo miro boquiabierta.

—¿Qué? ¿Por qué? ¿Quién?

—Ella se ha colocado en el punto de mira de quien no debía.

—¿El punto de mira de quién?

—De Garner Neuville, un hombre muy rico, muy poderoso, que no es trigo limpio. El tipo de persona con la que no quiero que te relaciones.

—¿Y qué interés iba a tener alguien así en buscar a Ella?

—Exacto. Sea cual sea el misterio que la rodea, anda metida en algo mucho más gordo que el matrimonio con un medicucho estadounidense de tres al cuarto. Quiero que te marches de París.

Unos dedos gélidos me recorren la columna. No he avanzado ni un paso desde la noche en que me senté en la cama de Ella, deseando que mi amiga estuviera en casa, añorando a Chris. Ambos siguen a millones de kilómetros de distancia y yo no tengo ni la menor idea de cómo dar con ellos.

—Pero tú no me quieres enviar a Estados Unidos por esa razón, ¿verdad? Quieres deshacerte de mí a causa del miedo que sientes a que languidezca y me muera.

La brusquedad con la que se aparta de mí se asemeja a un portazo. Casi he rebotado del impacto.

A pesar de todo, sigo insistiendo. Estoy preocupada por Ella. Estoy enfadada con Chris. Estoy destrozada.

—Bueno, pues ¿sabes lo que me da miedo a mí? Esto es lo que me da miedo. Este preciso instante en el que, una vez más, me expulsas de tu vida y me quedo sola. Si ibas a dejarme, deberías haberlo hecho antes, cuando todavía era capaz de respirar sin ti.

Nos miramos, pero sólo obtengo por respuesta un poco más de este maldito silencio. Acabo de expresar lo que nunca decimos en voz alta y él ni siquiera reacciona.

El temblor se apodera de mí. No puedo parar de temblar.

Chris se quita la cazadora y se acerca. Nuestras miradas chocan, y el remordimiento que asoma a sus ojos me arranca un pedazo de alma. Voy a perderlo, y eso me va a destruir. Y creo que lo va a destruir a él también.

Contengo el aliento mientras se mueve hacia mí, preparada para la descarga eléctrica de un contacto que no llega a producirse. Me echa la chaqueta sobre los hombros y yo me acurruco en la seda seca y cálida del forro, pero no miro a Chris.

—Voy a buscar el coche —anuncia con voz queda—. Lo traeré hasta la puerta.

Levanto la mirada rápidamente cuando él descorre el pestillo. Tengo la horrible sensación de que, si se marcha ahora, todo habrá terminado. Lo nuestro habrá terminado.

—No me iré —declaro con voz firme—. No me marcharé sin Ella y no me marcharé sin ti. Y me refiero a ti en cuerpo y alma.

Se queda donde está, más estatua que hombre, más distante que presente. Luego abre la puerta y desaparece en el vestíbulo.

No hablamos durante el viaje de vuelta a casa. Dejamos que el murmullo de la calefacción ocupe el hueco. Una vez en el garaje, cuando ya hemos bajado del coche, Chris me quita la cazadora y la cuelga del manillar de una moto. Mi falda y mi blusa son tan finas que, gracias al aire caliente del coche, prácticamente están secas.

En la puerta, nos detenemos para descalzarnos y Chris se arranca los calcetines también. Yo no me animo a retirarme las medias. Es la primera vez desde hace mucho tiempo que me siento incómoda con él. Creo que él también se da cuenta. Se palpa en el ambiente. No estamos bien. Ni de lejos.

En el interior del edificio, esperamos a que se abran las puertas del ascensor. Más incomodidad flota en el aire y yo me retuerzo de angustia. Cuando llega el ascensor por fin, Chris me cede el paso. Nos colocamos uno a cada lado de la cabina, cara a cara. Chris apoya la cabeza en la pared y entorna los ojos, sin retirarse los mechones de pelo húmedo que le caen sobre la frente y las mejillas. El algodón mojado de la camiseta se pega a su musculoso cuerpo y rastros de sangre seca dibujan el corte de cinco centímetros que lleva en la mejilla, aunque no parece que necesite puntos. Espero que la herida de su mano también sea superficial.

La cabina se pone en marcha y Chris no me mira. Tengo la sensación de que piensa que, si lo hace, los muros que se ha forzado en erigir entre nosotros caerán. Me muero por derribarlos yo misma, por aferrarme a él y no soltarlo, por prometerle que no me iré a ninguna parte. Es eso lo que quiere oír: que no me voy a morir. Pide lo imposible.

No puedo soportar no tocarlo, no hablarle. El ascensor se detiene y doy un paso hacia él. En ese instante, levanta los ojos y su mirada choca con la mía. Veo sombras e inclemencia en su rostro, ningún arcoíris a la vista. Seguimos en mitad de la tormenta. No hay cambios.

Quiero echarle los brazos al cuello pero le tomo la mano para examinar sus nudillos hinchados y luego alzo la vista otra vez.

—Deja que te cure la herida.

Salgo del ascensor de espaldas, tirando de él con suavidad, y me animo al comprobar que me sigue. Lo conduzco al cuarto de baño, donde se quita la camiseta al instante y la cuelga junto a la bañera antes de sentarse en el borde. La imagen de ese dragón que se tensa cuando mueve el hombro y el brazo me provoca una sensación extraña en el estómago. Forma parte de un pasado que nunca conoceré, si acaso sigue en sus trece.

Alzo la vista y lo sorprendo mirándome. La emoción me anuda la garganta.

—¿Dónde guardas las gasas?

Ni siquiera sé dónde están las cosas en mi propia casa, que pronto dejará de serlo. ¿Por qué la idea me parece ahora más horrible que en cualquier momento del pasado?

—Debajo de la pila.

Son las primeras palabras que pronuncia desde que hemos salido del servicio del bar y el sonido de su voz actúa como un bálsamo en mis terminaciones nerviosas.

Me doy media vuelta y procedo a reunir las cosas que necesito al mismo tiempo que ordeno mis emociones. Una parte de mí empieza a lamentar haberse apegado tanto a Chris, pero aplasto la idea. Chris alberga arrepentimiento de sobra para los dos. Uno de nosotros tiene que estar dispuesto a apostarlo todo en esta relación.

Cuando me vuelvo a mirarlo, Chris se traslada al asiento del retrete para cederme el borde de la bañera. Ahora soy yo la que evita sus ojos, demasiado conmovida aún para mirarlo. Me siento y le ofrezco la pierna para que apoye la mano. No vacila. Sus dedos se abren sobre mi muslo, la palma apoyada en el centro, y al instante noto su doloroso contacto en todas las regiones de mi cuerpo.

Observo el corte que le cruza el nudillo, rodeado de cardenales que se inflaman a ojos vistas. Es imposible saber si se ha roto algo a menos que le hagan una radiografía, y estoy segura de que se negará.

—No sé cómo amarte sin protegerte —declara. Levanto los ojos al escuchar esa confesión pronunciada con voz queda. Se me desboca el corazón cuando añade—: Y no sé cómo protegerte sin agobiarte. Siempre voy a estar al borde del abismo. Siempre voy a pensar... demasiado.

—Nadie sabe lo que nos depara el mañana, Chris. Tenemos que vivir el día a día, juntos.

Se pasa la mano ilesa por el cabello húmedo, que muda en una maraña deliciosa.

—Ese es el problema, Sara. No puedo hacerlo. Nunca seré capaz de hacerlo. No puedo hacer esto.

Se levanta y se marcha, dejándome sola.

17

Me envuelve una paz sorprendente cuando me recupero de la apatía en la que me ha sumido la declaración de Chris. No sé muy bien cuánto tiempo llevo sentada en el borde de la bañera, pero noto los músculos agarrotados y tengo frío.

Ahora que he reaccionado por fin, me desnudo y abro el grifo. Espero a que el agua salga ardiendo antes de entrar. Tengo que pensar. En cuanto mi mente vuelve a funcionar, cambia también mi interpretación de sus palabras.

Chris me ama. Estoy segura. Me ha dicho que fui yo la que le ayudó a sobrevivir a la pérdida de Dylan, aunque ni siquiera estaba a su lado. Así que, aunque al principio he considerado que con «esto» se refería a nosotros, a nuestra relación, ya no pienso lo mismo.

Me parece que se refiere al dolor, a la preocupación, al miedo. Creo que ha sido en momentos como este, aplastado por la sensación de que «no puede con esto», cuando ha acabado atado y gritándole a alguien que lo fustigue hasta arrancarle la capacidad de sentir.

Mi pobre hombre roto. Tan brillante y maravilloso y no se da cuenta. Quiere marcharse de París para protegerme de algo más que de un peligro externo; sigue temiendo que yo no sea capaz de aceptarlo tal como es. Eso aún me duele más que su reacción de hoy. No voy a marcharme. No vamos a marcharnos.

El agua se está enfriando, así que salgo de la bañera y me enfundo mis pantalones de chándal negros favoritos y un top rosa. Después de secarme la melena, lucho contra el impulso de ir en busca de Chris. Ha salido del baño sintiéndose fuera de sí y tengo que darle tiempo a que recupere el dominio de sí mismo. Presionarlo no me va a ayudar a conseguir lo que quiero.

Cargada con el portátil, me encamino a la butaca de piel que descansa junto a la ventana de nuestro dormitorio. Abro las contraventanas del enorme ventanal arqueado, idéntico al resto de ventanas de la casa. La lluvia golpetea los cristales y me acurruco sentada sobre mi pie descalzo. Necesito sentir la cercanía de, cuando menos, una de las dos personas que me gustaría tener cerca ahora mismo, así que inicio la búsqueda de Ella tecleando el nombre de «Garner Neuville» en Google.

Dos horas más tarde, con mis agitados nervios aplacados por el suave susurro de la incansable lluvia, estoy sumida en mis pensamientos. ¿Qué quiere uno de los hombres más ricos de París de Ella, que carece de familia y de dinero? He navegado por páginas y más páginas buscando información del millonario de treinta y dos años que heredó una fortuna y la convirtió en un patrimonio aún más importante, pero sigo sin llegar a ninguna conclusión. No tengo ni idea de por qué Chris piensa que ese hombre no es trigo limpio, pero no dudo de que sepa de lo que habla.

Es ilógico que Neuville esté buscando a Ella, así que el interés del tipo debe de guardar relación con su prometido. David nunca me ha caído bien. Jamás me he fiado de él.

Dejo el ordenador en el suelo y miro la puerta del dormitorio con la esperanza de invocar a Chris por la fuerza de mi pensamiento. No funciona. No puedo quedarme aquí sentada. Hay que abordar los problemas, no dejarse aplastar por ellos.

Me levanto. Estoy decidida a encontrar a Ella, y hablar con ese tal Neuville será un primer paso. Sin embargo, no lo haré sin Chris. Ya lleva demasiado tiempo solo, y yo también.

Ahora o nunca.

Al llegar a lo alto de las escaleras, veo la puerta de su estudio abierta. Espero que sea una invitación. La canción dura y oscura que resuena en la estancia no me anima que digamos: *The bottom*, de Staind. Las palabras me traspasan como un barreno, inexorables, intensas. Emotivas.

Te asfixias, estás deseando que esto acabe. La canción es la viva expresión de los sentimientos de Chris, la ventana que da a la profundidad de su dolor. No puedo evitar que sufra, pero como mínimo voy a acompañarlo en su sufrimiento.

Al entrar veo a Chris sentado en un taburete justo delante de la ventana arqueada, inclinado hacia el lienzo que descansa en un caballete. Su mano, vendada, pero al parecer funcional, desliza el pincel con facilidad, y se ha cambiado los vaqueros mojados. Ahora lleva unos azul oscuro, pero ha pasado de la camiseta y los zapatos. Tiene el pelo sedoso y revuelto, como si se lo acabara de lavar. Se ha duchado en otro baño para no verme, mientras yo rogaba para mis adentros que apareciera.

La letra de la canción me recuerda que todos y cada uno de los cuadros que pinta están inspirados en una música acorde con su humor. El tema que suena en estos momentos transmite un claro mensaje. Está asfixiado. Quiere que esto termine de una vez. No se refiere a nosotros, me recuerdo a mí misma. Me necesita, igual que yo lo necesito a él. De repente, me asalta la urgencia de saber qué relación guarda esta canción con lo que lleva dos horas plasmando en el lienzo. Empujo la puerta y echo a andar. Chris no se vuelve a mirarme y no creo que se haya percatado de mi llegada. Está inmerso en su trabajo, metido de lleno en su creación. Me detengo en cuanto llego lo bastante cerca para asomarme al lienzo, pero no tanto como para romper su concentración.

Y me da un vuelco el corazón. Me está pintando a mí. Con su chaqueta de cuero echada sobre los hombros, el pelo empapado y pegado a la cara. Estoy pálida, y mis ojos reflejan una angustia tal que pierdo el aliento. Ha captado el momento en que le he confesado que mi mayor miedo se estaba haciendo realidad: que me expulsase de su vida. Y lo ha hecho de un modo tan brillante que ahora revivo el instante y el corazón me vuelve a sangrar.

Después de mi confesión no ha dicho nada, no ha reaccionado, pero sí ha experimentado emoción. La sigue experimentando.

Puede que Chris no haya estado conmigo físicamente a lo largo de las dos últimas horas, pero no me ha excluido de su vida. Se me ensancha el corazón y me muero por tocarlo, pero no sería la mejor manera de acercarse a él ahora mismo; no estaría bien.

Paso por su lado camino de la ventana, sin prisa, con la esperanza de percibir algo en él que me ayude a adivinar qué necesita.

Percibo el instante en que baja a la Tierra. La piel me hormiguea y me arde cuando noto el peso de sus ojos puestos en mí. Me detengo delante de la ventana, a un par de metros de donde está trabajando. Cuando me doy media vuelta, me sorprende verlo de pie al otro lado del caballete. Los brazos le cuelgan a los costados, hay tensión en su mandíbula y sus ojos muestran tanto tormento como los míos en el cuadro.

Me quedo donde estoy, esperando. No sé muy bien qué espero, pero aguardo. No digo nada y él tampoco. Hoy, el silencio se nos da muy bien. Demasiado bien. No lo soporto. Odio esperar.

—Píntame —le digo. Me lo ha pedido muchas veces, pero siempre me había negado. Me daba miedo lo que pudiera atisbar en mí. Los secretos que no estaba preparada para mostrarle—. A mí, en carne y hueso, no de memoria.

Me arranco el top y, desnuda de cintura para arriba, lo tiro a un lado. Es importante que sepa que estoy dispuesta a desnudarme en cuerpo y alma para él, así que corro a quitarme los pantalones y las bragas y los descarto de una patada. Hay una repisa en la ventana, a la altura del alféizar, y me encaramo de un salto para plantarme allí, enmarcada por la ventana.

Chris avanza hacia mí con unos andares lentos y sensuales, dominantes pero no depredadores. El deseo que le crispa las rudas facciones me anima. Viene por mí y soy suya. Hasta ahora me había reservado una parte, pero ya no. Mis demonios particulares se pueden ir al infierno y quedarse allí. No nos van a hundir con ellos.

Acudí a París por él, por esto. Lo que ha sucedido hoy es consecuencia de sus secretos, de su pasado. De su dolor y sus miedos. Ninguno de los dos pensó que todo esto fuera a resultar pan comido. Y yo no necesito pan comido. Necesito a Chris.

Por fin se detiene delante de mí y su aroma almizclado, maravilloso, me acaricia la nariz. Quiero levantarme aspirando ese aroma cada mañana del resto de mi vida.

Me mira a los ojos y la canción vuelve a empezar, reflejando lo que asoma a las sombrías profundidades de su mirada. Distingo parte de la letra, algo de olas que borran cicatrices. Quiero ser las olas que borren las cicatrices de Chris. Lo deseo con toda mi alma.

Despacio, agacha la mirada, que se demora en mi boca y luego desciende perezosa hasta mis pechos, mi vientre, mi sexo, suave como una caricia. Cuando vuelve a levantarla yo soy todo fuego líquido y deseo, fluido entre las piernas y hormigueo en la piel. Necesito que me acaricie, pero cuando entra en ese estado sé que no debo tocarlo hasta que no esté listo.

Alarga una mano por debajo de mí. Sigo el gesto con la mirada y le veo pulsar un botón. Una persiana eléctrica empieza a cubrir la ventana. Es todo tan absurdo que me entran ganas de echarme a reír. Estoy desnuda, delante de un cristal, mirando cómo baja una persiana y me da igual. Sólo quiero que Chris me toque. Vuelve a pulsar el botón y detiene la persiana a un palmo de mi cabeza. Aún expuesta a la transparencia del cristal, me pregunto con qué objeto ha bajado la pantalla. Lo descubro cuando tiende la mano hacia el cordón que pende del centro.

—Las manos sobre la cabeza —me ordena.

El sonido de su voz es música para mis oídos. Se derrama sobre mí, se vierte dentro de mí, y mi corazón empieza a bombear más despacio.

Obediente, levanto las manos, consciente de que mis pechos están ahora a la altura de sus ojos y apuntan directamente a Chris. Sube a la repisa conmigo, delante de mí, y acopla su cuerpo grande y perfecto al mío, que arrimo al cristal pero sin apoyarme. El contacto de sus manos me excita aún más, estoy ardiendo. Mis pezones se alojan en el crespo vello de su pecho y no puedo evitar arquear mi cuerpo contra el suyo ni acallar el gemido que escapa de mis labios. Estoy tan absorta en lo mucho que lo necesito que apenas me doy cuenta de que me ata las muñecas con el cordón.

Baja de la repisa y me deja allí, añorando el roce de su cuerpo, segura de que está a punto de ponerme a cien y volverme loca. De repente, me asalta un pensamiento inquietante. ¿Cuántas mujeres habrán estado aquí, en esta misma postura? ¿Habrá estado Amber?

Chris me rodea con los brazos para acoplarme a su cuerpo.

—No a lo que estás pensando —dice—. Nadie entra aquí. Sólo tú.

Abro la boca.

—Tú... ¿sabes lo que estoy pensando?

—Sí. —Me roza la mandíbula con el dedo—. Lo sé.

Sus labios acarician los míos con el suave susurro de la última palabra antes de deslizarse por mi mejilla hasta llegar a la oreja y luego al cuello. La ternura del gesto me resulta inesperadamente erótica. Se me eriza la piel, los pezones me arden y se tensan.

Pensaba que estábamos jugando al dominio... y es así; estoy atada. Sin embargo, se trata de un grado de dominación más leve. Chris vibra de deseo mientras sus labios buscan mi hombro, sus manos se desplazan a mis pechos, a los pezones, bajan por la cintura hasta el trasero. Me toca por todas partes, me besa por doquier. Pellizcos, bocados y lametones tiernos, maravillosos, que viajan cada vez más abajo, hasta que se arrodilla con la boca contra mi vientre.

Se demora ahí y levanta la cabeza buscando mis ojos con una promesa en los suyos de delicioso placer. Sus manos dividen y conquistan, unos dedos resiguiendo la costura íntima de mi trasero, los otros acariciándome entre los muslos, ahí donde estoy húmeda y doliente.

—¿Tienes idea de lo loco que me vuelve hacer que te mojes con tanta facilidad? —me pregunta con una voz henchida de deseo.

Deseo hacia mí. Gracias a mí.

Intento reír, pero la risa se me atraganta.

—A mí también me pone a cien.

Sonríe, y es una sonrisa tan hermosa como verle dejar planchados a los chupatintas de la embajada. Hunde la lengua en mi ombligo como anunciándome lo que vendrá después. Gimo cuando me estrecha el trasero antes de pasarse una de mis piernas y luego la otra por encima de los hombros. Acariciando el camino que va de la rodilla al trasero, me ordena:

—Déjalas ahí.

Asiento y trago saliva con esfuerzo cuando me golpetea el clítoris con el pulgar antes de penetrarme con los dedos. Jadeando, cierro los ojos con fuerza. Su boca me atrapa y, ohhh, soy incapaz de pensar. Una dulce niebla de placer lo empaña todo.

Echo la cabeza hacia atrás y sufro una experiencia extracorpórea en la que me veo ante la ventana, las manos atadas por encima de la cabeza, las piernas alrededor del cuello de Chris Merit mientras él hace cosas deliciosas a mi cuerpo. Me río para mis adentros, incapaz de creer que esta sea mi vida. Su increíble lengua me explora con movimientos perfectos y sus dedos...

Jadeo y arqueo las caderas, sorprendida cuando mi sexo se tensa en torno a sus dedos sin previo aviso. Oleadas de placer irradian hacia el resto de mi cuerpo, y Chris usa sus hábiles dedos y lengua para llevarme desde la cima al valle. Despacio, el grito de placer que me estalla dentro se convierte en un ruidito de satisfacción, y yo jadeo de la impresión.

Chris me recorre el muslo a besos y, despacio, baja mis piernas al suelo. Me rodea con los brazos y me pega la mejilla al vientre. Se queda allí, como si pensara que está a punto de perderme.

Cuando transcurren varios segundos sin que se mueva, empiezo a asustarme.

—¿Chris?

Su nombre es un suplicante susurro.

Sin deshacer el abrazo, se levanta reclinándome contra su pecho.

—Yo tampoco puedo respirar sin ti, Sara —dice con una voz grave y rota, en respuesta a lo que yo le he confesado en el bar—. Ese es el problema.

—Pues deja de intentarlo —musito—. Desátame. Por favor. Necesito tocarte.

En lugar de hacerlo, me besa, reticente a renunciar al dominio. O quizás aún no esté preparado. Pese a todo, hay ternura en él, en el gesto con que su lengua acaricia mi boca. Saboreo su pasión, su hambre, pero noto algo más. Algo que sabe como un adiós.

Estrujo la lengua contra la suya, decidida a ahuyentar esa sensación a base de besos, pero no lo consigo. Intento quemarla con calor y fuego, pero no desaparece. Así que cuando despega la boca de la mía, no le dejo hablar.

—No me iré a ninguna parte. Por más que te esfuerces. Vine aquí por una razón. Creo en nosotros y no pienso marcharme.

Sus manos enmarcan mi rostro.

—Si lo intentaras, te perseguiría.

La suave lija de su voz alisa mis terminaciones nerviosas.

—Da igual lo que me enseñes o lo que pase, no me iré, Chris. Y si es por eso por lo que quieres que nos marchemos, cometerás un error. Cometeremos un error.

Me sostiene la mirada durante varios segundos con expresión indescifrable antes de encaramarse a la repisa para desatarme las muñecas. Ni siquiera he dejado caer los brazos cuando él ya ha bajado de la repisa y camina hacia el otro lado del caballete. Vuelve con una camiseta en la mano.

—Póntela o no podremos hablar. Y tenemos que hacerlo.

La sostiene en alto para que yo introduzca los brazos. Descubro desolada que huele a suavizante, no a Chris.

Se apoya contra la pared y, atrayéndome hacia sí, me desliza las manos por la espalda para que me acople a su cuerpo.

—No quiero marcharme.

—Pero has dicho…

—Ya sé lo que he dicho, y en ese momento lo decía en serio. Mi primer impulso al saber que estabas en peligro ha sido arrastrarte lo más lejos posible de cualquier persona o cosa que pudiera separarte de mí.

—Incluido tu pasado.

—No Sara, cuando te traje aquí, fue para estar contigo a las duras y a las maduras, y aún es así. Si necesito hacer las cosas a mi propio ritmo no es porque albergue dudas, sino porque es así como debo afrontar ciertas circunstancias de mi vida. La decisión de marcharnos de París sólo responde al deseo de ponerte a salvo. No me gusta esa historia de Neuville y Ella.

—Tenemos que quedarnos y acabar lo que hemos empezado.

—Lo sé. Créeme, lo sé. Me he pasado las últimas dos horas debatiéndome entre la necesidad de protegerte y las muchas razones que nos retienen aquí. La semana que viene… —Desvía la vista con la mandíbula crispada antes de volver a mirarme—. Nada es tan importante como tu seguridad.

¿Qué pasará la semana que viene? Abro la boca para preguntar, pero me enreda los dedos en el cabello y sus ojos brillan con determinación.

—Tengo gente investigando la relación de Ella con Neuville, recabando información. Si averiguo algo que sugiere que estás en peligro, nos vamos, y punto.

—Chris…

Me besa, un beso rápido e intenso.

—No hay «peros» que valgan. Y si corres riesgos innecesarios o te pones a investigar por tu cuenta, juro por Dios que te drogaré y te meteré en un avión, si eso es lo que hace falta para sacarte de aquí.

Nubes de tormenta se ciernen en sus ojos amenazando volver a devorarlo; algo relacionado con la semana entrante lo ha puesto nervioso otra vez. Bueno, cada cosa en su momento. Ahora mismo quiero hacerlo sonreír, así que sonrío y le paso los dedos por la barbita incipiente de la barbilla.

—¿Alguna vez te han dicho que estás muy sexy cuando te comportas como un cavernícola?

Me clava la vista unos instantes antes de cogerme en brazos para llevarme a la puerta.

—Ya te daré yo cavernícolas.

Me muerdo el labio, contenta con su reacción. No sonríe, pero estoy segura de que ambos sonreiremos muy pronto.

18

Chris y yo pasamos el resto del viernes explorando diversos modos de estar desnudos, descansando sólo para comer y charlar. El sábado promete ser igual de maravilloso. Los dos nos levantamos juntos, comemos juntos, reímos juntos. Nos vestimos con prendas informales y planeamos pasar la tarde visitando museos.

A media mañana, se encierra en el estudio a pintar mientras yo me acomodo en mi sillón favorito del dormitorio a charlar con Chantal, que está en casa muy aburrida, y a contemplar la inacabable llovizna que cae al otro lado de la ventana. Después, llamo a un abogado de empresa para comentar el tema de mi negocio. Aunque Chris concertó la entrevista, sabe lo importante que es para mí afirmar mi propia identidad, así que su intervención no pasará de ahí. Lo quiero más con cada segundo que pasa.

Cuando la conversación llega a su fin, corro a la galería de Chris para comentarle lo emocionada que estoy por lo fácil que me va a resultar montar el negocio. Tendré que pensar un nombre y ya tengo algunas ideas rondándome por la cabeza.

Oigo murmullos procedentes del fondo del estudio y sigo el sonido de su voz hasta una pequeña escalera que conduce a otra sala. Cuando me asomo, veo a Chris sentado tras un escritorio plateado y gris. El enorme mural de un dragón decora la pared que se extiende a su espalda, y ahogo una exclamación ante la increíble obra de arte, que pintó siendo aún un joven artista. No me puedo creer que no me haya acordado de pedirle que me enseñe el dragón. Me dijo que lo tenía aquí, en París.

—Me da igual lo que haya pasado, siempre y cuando no la consideren sospechosa —está diciendo Chris. Levanta la vista y me indica por señas que entre—. Tú encárgate de que le expidan el pasaporte.

Permanece a la escucha mientras yo rodeo el escritorio. Me apoyo contra el borde, a su lado, y le oigo decir:

—Claro que sí. En cuanto nos avises, acudiremos a la embajada a hacer los trámites.

Me estrecha la mano y sonríe. Yo le devuelvo la sonrisa a la vez que asimilo lo que acabo de oír. No soy sospechosa del asesinato de Rebecca, y el problema del pasaporte, por lo que parece, está camino de solucionarse. Añádele a eso el hecho de que el negocio está cobrando forma y, de momento, el día de hoy pinta mucho mejor que el de ayer.

—Me entra otra llamada, Stephen —informa Chris—. Te llamo luego... o mejor llámame tú cuando tengas listos los documentos de Sara.

Interrumpe la comunicación y me mira un momento.

—Sólo un minuto. Acabo enseguida.

Asiento, y él toca la pantalla del teléfono para coger la llamada entrante.

—He oído decir que Garner Neuville suele pasar por ahí los fines de semana —suelta sin más preámbulos.

Entro en estado de alerta.

Una voz femenina responde:

—Puede.

Su tono proyecta algo que me intranquiliza.

—Eso es un sí —responde Chris en tono irritado.

—No es un sí, sino un «siempre y cuando valga la pena» —responde la mujer, y noto un revuelo en el pecho ante lo insinuante del comentario.

Chris me aprieta la mano con la intención de que lo mire.

—No estoy de humor para tus jueguecitos, Isabel. —Lo dice en un tono agresivo que nunca antes lo he oído emplear—. Llámame cuando aparezca. Y no le digas que has hablado conmigo.

Me besa la mano.

—Hace semanas que no se pasa por aquí, Chris.

Ahora su interlocutora rezuma ironía.

—Pues entonces seguro que está al caer —replica él justo antes de cortar la llamada.

Tiende los brazos y me atrae hacia sí para tenerme delante de él.

—Sólo es un contacto para localizar a Neuville. Me estoy asegurando de que no me dé esquinazo. Tenemos conocidos comunes, y los estoy empleando para tenderle una emboscada.

Asintiendo, le rodeo la mandíbula con una mano.

—Sí, ya lo sé, y te agradezco mucho lo que estás haciendo.

Dejo que mis dedos resbalen por su cuello y noto la aspereza de su barbita incipiente contra la suavidad de mi piel.

Entorna los ojos.

—¿Pero?

—No estoy celosa, si es eso lo que piensas. Es que… al oírla coquetear contigo he notado como un pinchazo en el pecho, aunque no sé muy bien por qué.

Me posa la mano en el muslo.

—Estás en un país extranjero y has tenido una semana espantosa. Es una buena razón, ¿no te parece?

Me inclino para besarlo, preguntándome por qué me preocupo.

—Me encanta lo comprensivo que eres.

Recogiéndome un mechón por detrás de la oreja, declara con una voz que destila ternura:

—Y a mí me encanta que me cuentes todo lo que te pasa, en lugar de enfadarte. ¿Qué tal tu llamada?

Me dejo caer contra el escritorio.

—Bien. Genial. Te lo cuento en seguida, pero antes dime si hay alguna noticia de Ella.

—Aún no. Me estoy ocupando de ello desde todos los frentes posibles. Tengo gente investigando hasta el último detalle, desde cualquier cambio en la cartera de valores de Neuville hasta algún viaje al extranjero. Y hablando de viajes, el asunto de tu pasaporte estará arreglado dentro de un par de días. Stephen me ha asegurado que todo fue un error administrativo.

—Y entonces, ¿por qué el funcionario me puso en entredicho? ¿Y por qué estaba al corriente de lo de Rebecca?

—Yo le he preguntado lo mismo, pero lo que importa es que no eres sospechosa de nada y que tu pasaporte está limpio. —Me coge por las caderas—. Cuéntame qué te ha dicho el abogado.

Me relajo y le explico los pormenores. Cuando termino, se levanta y entrelaza los dedos con los míos.

—Quiero enseñarte una cosa.

Lo sigo hasta una sala vacía situada en la misma planta que la galería.

—La puedes usar de despacho.

—Es enorme.

Del tamaño de tres despachos de jefazo juntos, con su propio ventanal arqueado.

—La puedes usar para exhibir las obras que hayas comprado y que aún no hayas vendido.

Otra vez estoy dando saltitos de emoción.

—Sólo si me prometes que me pintarás mi propio dragón. El que tienes en tu despacho es alucinante. ¿Cuándo me enseñarás la colección de dragones?

Me atrae hacia sí.

—El próximo fin de semana. Quiero que vayamos a la casa que me dejaron mis padres, en las afueras de la ciudad. La guardo allí.

Recuerdo al instante que ayer, cuando me estaba hablando de su pasado, se mordió la lengua para no revelar algo sobre «la semana que viene». La inminente excursión guarda relación con lo que estuvo a punto de decirme; lo noto en las entrañas. Durante ese viaje tendré ocasión de descubrir uno de sus temibles secretos.

Doy un paso hacia él para abrazarlo.

—Pues que sea el próximo fin de semana —digo, y las sombras que asoman a sus ojos antes de que me bese no me pasan inadvertidas.

Son cerca de las siete de la tarde cuando Chris y yo nos libramos por fin de los empleados del museo, que llevan un buen rato poniendo por las nubes su trabajo en el Louvre. Me estiro la orilla del anorak y Chris me coge de la mano cuando entramos en el ascensor que conduce al garaje del museo.

—No me puedo creer que haya visto la *Mona Lisa* —exclamo con un suspiro extasiado—. Es mucho más pequeña de lo que imaginaba.

—Está sobrevalorada —comenta Chris a la vez que me rodea con el brazo para atraerme hacia sí.

—Es la *Mona Lisa*.

—Sí, sí —murmura con un aire tan indiferente como el que ha mostrado cuando la hemos visto—. ¿Adónde te gustaría ir mañana?

La puerta del ascensor se abre y nuestras manos se unen al instante, como llevan haciendo todo el día.

—Aquí —respondo—. Me encanta este sitio. Aún me queda tanto por ver... Podría pasarme días y días en este museo.

—Es un sitio muy especial, y si tú quieres volver, volveremos.

Le echo una ojeada y noto mariposas en el estómago. Hoy me ha hechizado con su deseo de pasar por un turista cualquiera en lugar de presentarse en el Louvre como el famoso artista que es. No lo ha conseguido, claro. La gente del mundillo del arte lo conoce demasiado bien.

Atisbamos el Porsche 911 a lo lejos. Justo cuando Chris acaba de desbloquearlo, le suena el móvil. Se detiene para sacárselo del bolsillo y echarle un vistazo al número. La tensión se apodera de sus rasgos al momento.

Responde la llamada.

—¿Está ahí? —pregunta a bocajarro, y luego permanece a la escucha antes de decir—: En quince minutos estoy allí. Procura que no se vaya. —Hace una mueca a lo que sea que le responden y añade—: Eres una mujer con muchos recursos. Invéntate algo.

Se guarda el móvil en el bolsillo no sin antes cortar la comunicación.

—¿Neuville? —pregunto al instante.

—Sí. Lleva el coche a casa y me reuniré allí contigo dentro de una hora.

Intenta tenderme las llaves.

No voy a cogerlas.

—Te acompaño.

—Ni hablar, Sara.

—No sé conducir con tanto tráfico. Y aunque supiera, no me voy a quedar en casa mordiéndome las uñas mientras espero a que vuelvas —arguyo, posándole la mano en el pecho—. Me volvería loca. Sabes que sí. Además, yo sé muchas más cosas de Ella que tú. Tengo más posibilidades de pillarlo en falso.

Sus labios se convierten en una fina línea.

—Sara...

—Esto no me va a poner en su punto de mira, Chris. Ya lo estoy. Tú estarás conmigo. No me pasará nada.

Durante varios segundos, se limita a observarme impertérrito mientras yo contengo el aliento esperando su respuesta. Por fin, se pasa una mano por la cara y mira hacia el techo.

—Harás todo lo que te diga, cuando te lo diga. Piensa que tendré mis motivos.

Me inunda el alivio.

—Sí, haré todo lo que me digas.

Me estudia atentamente con un brillo acerado en los ojos.

—Nunca haces lo que te digo.

—Esta vez, sí.

E intento decirlo de corazón.

Aparcamos a poca distancia del Louvre, en la zona de pago de una calle que parece igual a cualquier otra de París. Los mismos edificios revestidos de yeso blanco, alineados muy juntos. Idénticas aceras que flanquean estrechas calles de doble sentido, pavimentadas con las mismas enormes baldosas.

No veo tiendas ni restaurantes, pero creo atisbar a un aparcacoches estacionando los vehículos que se acercan a un edificio situado en la acera de enfrente.

—¿Dónde estamos?

—En un club privado —responde—. Aparcaré yo mismo el coche porque tenemos que hablar antes de entrar.

Se me encoge el estómago.

—¿Sobre qué?

—Hubo algo entre Isabel y yo.

Me lo imaginaba, pero eso no quita para que me invada el desasosiego.

—¿Y eso qué significa?

—Significa que se le da bien usar el látigo y que en cierta época de mi vida dediqué demasiado tiempo a disfrutar de su habilidad.

Lo dice en un tono firme, poco emotivo.

Me quedo blanca como el papel. Ha sido eso lo que he notado cuando hablaban por teléfono. No me inquietaba tanto la existencia de Isabel como la actitud de Chris al dirigirse a ella. Intento abrirme paso entre las sombras, descifrar la expresión de su rostro, pero no lo consigo.

—¿Y a qué te refieres con «demasiado tiempo» exactamente?

—Me refiero a que yo era un adicto y ella, mi camello.

Un sabor a hiel me sube por la garganta y recuerdo haberle oído decir que, en cierta época, sólo los azotes del látigo le empujaban a levantarse por las mañanas.

—Y me lo dices tan tranquilo.

—Porque no tiene importancia, Sara, y tampoco ella. Sólo era la persona que sostenía la correa.

—¿Con qué frecuencia la veías?

«¿Con qué frecuencia te flagelaba?»

—Eso pertenece al pasado.

Sin embargo, de ser verdad que pertenece al pasado, la pérdida de Dylan no lo habría impulsado a acudir al club de Mark en busca de una dosis.

—¿Con qué frecuencia?

—Demasiado a menudo y a lo largo de unos cinco años. Después, cometí el error de acudir en su busca cada vez que atravesaba un momento difícil. —Se inclina hacia mí. Su expresión se ha suavizado y ahora adopta un tono de voz más tierno—. Sara. —Me acaricia la mejilla y luego deja caer la mano—. No me hizo nada que yo no le pidiese.

Y, sin embargo, se ha referido a ella como su camello. Seguro que no emplearía ese termino para hablar de cualquier otra ama del club de Mark.

—Tenemos que entrar antes de que Neuville se marche. Isabel intentará machacarte. Necesito saber que no la vas a dejar.

—¿Y por qué iba a hacerlo?

—Porque mantuve un romance con su látigo y no con ella. Cuando ya no lo necesité, no quise seguir viéndola.

Intento controlar mi reacción por temor a que Chris la interprete mal. Por miedo a que se arrepienta de estar compartiendo esta parte de su historia conmigo, algo que no suele hacer. Pero la rabia me quema por dentro. Esa mujer alimentó su necesidad de ser castigado. Esa zorra utilizó la única debilidad de la que Chris adolece, el dolor de la pérdida, contra él.

—Sabré manejar a Isabel —le aseguro, y no sé cómo pero consigo que no me tiemble la voz, aunque la furia devora por momentos la tranquilidad que aparento.

No parece que mi actuación haya convencido a Chris, pero de todos modos echa un vistazo al reloj y dice:

—Tenemos que entrar.

Se acerca a mí y me acaricia el cabello con ese maravilloso gesto tan suyo.

—Tenlo presente. Estamos aquí por Ella. Isabel no importa.

—Ya lo sé. —Y es verdad—. Tú tranquilo.

La entrada al club consiste en un pequeño vestíbulo con un armario para los abrigos y un gorila de esmoquin.

El hombre saluda a Chris con un movimiento de la cabeza.

—Señor Merit. —Luego se vuelve hacia mí entornando los ojos al estilo Stallone—. Y una invitada, por lo que veo. —Da un repaso a mis vaqueros y mira otra vez a Chris—. Parece que la señorita se rige por su código de vestimenta, no por el nuestro.

Chris se quita el abrigo y lo deja en el desierto guardarropa. A continuación me coge el mío para hacer lo mismo.

—Ni la señorita McMillan ni yo nos quedaremos a cenar. Isabel nos espera.

—Por favor…

Nos cede el paso al tiempo que nos indica un largo tramo de escaleras tan angosto que sólo se puede acceder en fila. Chris me invita a pasar delante. Genial. Allá voy, al salvaje mundo de Isabel sin un mísero látigo para defenderme.

Casi he llegado al final de las escaleras cuando atisbo a una mujer que debe de ser Isabel. Es guapísima, con una melena larga y sedosa de un tono castaño oscuro, la tez pálida y un vestidito ajustado de seda en color verde esmeralda. No veo marcas de látigo en su piel. Ni tinta de tatuajes. Desprende algo irreal, y supongo que debe de rondar la treintena. Amber no tiene ninguna posibilidad al lado de esta mujer y apuesto a que Isabel fue la siguiente en la lista. Me sorprende descubrir que no me siento inferior a ella, al contrario de lo que me pasa con Amber. No sé si atribuirlo a que estoy más animada o a lo mucho que Chris y yo hemos crecido como pareja en estos pocos días. O tal vez se deba a que siento un odio instantáneo hacia ella por haberse ensañado con Chris.

Accedo al comedor principal, donde Isabel nos espera.

—Tú debes de ser Sara —ronronea en inglés con un acento sumamente erótico.

No le pregunto cómo sabe quién soy; en realidad me da igual.

—Y tú debes de ser Isabel.

—Exacto —me confirma—. Bienvenida a mi local.

¿Es la dueña del club? Ya me sentía en territorio enemigo; ahora me siento en un campo de minas.

Chris se planta a mi lado posándome una mano en la espalda y ajustando la cadera a la mía con un gesto de manifiesta intimidad. Es una declaración de intenciones e Isabel así lo ha entendido. Su mirada azul claro se afila y sus rojos labios se fruncen antes de que centre la atención en Chris.

El aire irritado de su semblante se esfuma, remplazado por inconfundible admiración femenina. Lo desea, con toda el alma.

—*S'il vous plaît, Chris.*

—¿Dónde está? —pregunta él, como si no hubiera reparado en la cálida bienvenida. Chris repara en todo.

Ella vuelve a hacer un mohín.

—Directo al grano. Veo que nada ha cambiado. Por aquí.

Chris me aprieta la espalda con un dedo, advirtiéndome en silencio que actúe con tranquilidad. Yo no lo miro, por miedo a que decida sacarme de aquí. Lo cual sería inteligente por su parte, porque estoy cabreadísima.

Seguimos a Isabel por un elegante comedor con manteles en las mesas, lujosos sillones tapizados en rojo, y abundantes cuadros en las paredes. Reconozco con facilidad varias pinturas de Chris. Puede que él mantuviera un romance con el látigo, pero salta a la vista que Isabel quería un romance con Chris.

La mujer se detiene ante una escalera de caracol que da paso a otro nivel.

—Lo encontrarás en la zona reservada.

Aunque comprendo que una ciudad que alberga a casi doce millones de habitantes en un espacio limitado por fuerza ha de crecer a lo alto, me sentiría mucho más a gusto si Neuville hubiera elegido quedarse en este mismo nivel. No tengo ningún interés en ser la primera en saludarlo, y menos en un entorno desconocido.

—Sígueme —me ordena Chris, que esta vez me precede por las escaleras.

Isabel se cruza de brazos y tuerce la boca como si supiera algo que nosotros no sabemos. Yo frunzo el ceño antes de apresurarme a seguir a Chris, temerosa de lo que le pueda aguardar arriba.

Él ya ha llegado al final, y le oigo decir:

—Sorpresa… Aunque imagínate cuál fue la nuestra cuando descubrimos que habías contratado a un hombre para que nos siguiera.

—¿La nuestra? —se extraña una voz masculina—. ¿Tuya y de quién más?

Me planto junto a Chris en un comedor formal. Otro cuadro de un famoso artista y una mesa en el centro lo bastante grande como para albergar a doce personas. Sólo hay dos. Una de ellas es una chica de veintitantos años con el cabello rubio ceniza, que llamaría la atención de no estar sentada junto al despampanante Garner Neuville.

Este me lanza una mirada antes de devolver los ojos a Chris, que afirma:

—Estoy seguro de que ya conoces a Sara, puesto que hiciste que la siguieran.

Sosteniendo la mirada de Chris, Neuville permanece impertérrito. Se limita a seguir sentado, con su almidonado traje azul, sin un solo pelo de su abundante y engominada cabellera fuera de lugar.

—Déjanos solos, Stephanie —ordena por fin sin mirar a su acompañante.

La chica recorre la distancia que la separa de mí en unos pocos segundos, y yo me pregunto a mi pesar si Neuville será su amo. ¿Son estos los ambientes en los que Chris y él han coincidido? Al fin y al cabo, se conocen a través de Isabel.

—¿Por qué no os sentáis? —pregunta Chris, como si hubiera sido Neuville el que nos hubiera invitado a hacerlo—. Claro, cómo no.

Reprimo una sonrisilla mientras la mano de Chris se posa en mi espalda para empujarme hacia la mesa. Él se sienta a la cabecera, enfrente de Neuville. Yo me acomodo a su izquierda.

Chris y Neuville se miran a los ojos y el aire chisporrotea cuando sacan las espadas.

19

—¿Dónde está Ella?

Me quedo blanca como el papel cuando descubro la penetrante mirada de Neuville, hace un instante clavada en Chris, fija en mí.

—¿Por qué la buscas? —pregunta Chris antes de que yo pueda responder.

—Ella y yo estábamos —hace una pausa dramática— involucrados. Yo iba demasiado deprisa para su gusto y se asustó. Se marchó, y desde entonces no he vuelto a verla.

Las diversas interpretaciones que puedo dar a ese «involucrados» me ponen aún más nerviosa si cabe. La idea de que ese hombre haya podido adoptar el papel de dominador con Ella no me hace ninguna gracia.

—¿A qué se refiere con eso de que «iba demasiado deprisa»?

Enarca una ceja con una expresión de lo más petulante.

—¿De verdad quiere conocer los detalles escabrosos?

¡Sí!, grito mentalmente, y luego rectifico. ¡No! Puede que me descomponga si oigo los detalles.

—Sólo quiero saber dónde está Ella.

No intento controlar el tono acusador de mi voz.

—Pues ya somos dos, señorita McMillan —replica arrastrando las palabras.

—Te has dado mucha prisa en responder —observa Chris—. Alguien podría pensar que tenías pensadas las respuestas de antemano.

—También podría pensar que me limito a decir la verdad —replica Neuville.

Chris no pierde comba.

—Supongo que eso dependerá de lo mucho que te conozca ese alguien.

Neuville vuelve a arquear una ceja, esta vez en dirección a Chris.

—¿Y qué crees saber tú de mí, si se puede saber?

—Pues mucho, aparte de a quién te follas —le espeta a Chris, y a mí casi se me escapa un gritito—. ¿Cuándo fue la última vez que viste a Ella?

—Hace una semana —responde Neuville, como si Chris no hubiera dicho nada fuera de lugar—. Llevo buscándola desde entonces y, por supuesto, cuando me enteré de que su mejor amiga venía a París, supuse que se reuniría con ella. Por lo que yo sé, no ha sido así.

—¿Y por qué no contactaste con Sara a través de mí, en lugar de hacer que la siguieran? —pregunta Chris.

—No supe que estabais juntos hasta que empecé a seguirla —alega el otro en su defensa

La respuesta no convence a Chris.

—Y sin embargo no me llamaste cuando lo descubriste.

Quiero preguntarle por mi cartera y mi pasaporte, pero me muerdo la lengua. El contenido ya no me sirve de nada, y Neuville está golpeteando la mesa con los dedos, proyectando impaciencia por los cuatro costados.

—Por la misma razón por la que tú no me llamaste ayer por la noche. No querías que me escabullera. Aplícame el cuento con Ella.

La respuesta capta mi atención. No me hace gracia su uso de la expresión «escabullirse», como tampoco me gusta recordar lo fascinada que estaba Ella con los diarios de Rebecca y la idea de un amo. Si este hombre se presentó ante Ella como un amo en potencia, ¿podría ser que ahora estuviera con otro tipo igual de peligroso?

Abro la boca para hablar antes de que Chris me quite la pregunta de los labios.

—¿Qué le pasó al prometido de Ella?

Neuville resopla.

—Si te refieres al idiota que la hizo llorar el día que la conocí, no tengo ni idea.

—¿Y dónde la conoció exactamente? —me apresuro a preguntar.

Neuville me lanza una mirada rápida.

—En el hotel donde se alojaba. Yo estaba allí por negocios.

Chris interviene al vuelo.

—¿Qué hotel?

Una vez más, Neuville no titubea lo más mínimo cuando responde:

—El Lutetia.

Chris frunce el ceño.

—Su prometido no podía permitirse pagar el Lutetia.

Neuville se encoge de hombros.

—No tuve el gusto de conocer su situación financiera. Estaba en el vestíbulo del hotel cuando Ella salió del ascensor hecha un mar de lágrimas y tropezó conmigo. Estaba muy disgustada y me ofrecí a invitarla a cenar en un restaurante cercano. Cuando volvimos al hotel, su prometido había abandonado la habitación y la había dejado allí sin dinero y sin pasaporte.

Lo miro boquiabierta.

—¿Qué? ¿Se llevó su pasaporte?

—Sí —confirma Neuville—. Como se puede imaginar, Ella se quedó destrozada. Le sugerí que se alojara en mi casa y aceptó.

Nada de todo eso es propio de la Ella que yo conozco; aunque, por otro lado, la Ella que yo conozco me habría llamado hace semanas.

—¿Aceptó meterse en casa de un desconocido, así sin más?

—No creo que me considerara un desconocido, señorita McMillan.

Una sonrisilla baila en sus labios.

El gesto sugiere algo que me saca de quicio. Me inclino hacia delante con una mano apoyada en la mesa y la presión sanguínea se dispara.

—¿Me está diciendo que se acostó con usted a pesar de saber que David la estaba esperando en el hotel?

—No creo haber dicho tal cosa —replica—. Tan sólo que trabamos amistad con facilidad.

—Pero ha insinuado algo más —lo acuso.

—Es usted la que saca conclusiones —alega en su defensa.

Chris recupera el control de la conversación.

—¿Cuánto tiempo estuvo en tu casa?

—Tres semanas —responde Neuville.

Observo con desconfianza a ese extraño empeñado en hacerme creer que Ella no es la persona que yo conozco. No me lo trago. ¿Por qué no se queja de que le hagamos tantas preguntas? Puede que Chris tenga razón. Ha ensayado. Nos esperaba. Se lo ha preparado.

—Buscaré testigos que la hayan visto contigo —le advierte Chris—. Si no encuentro ninguno...

—Puedes remover todo lo que quieras —lo interrumpe Neuville.

Está demasiado seguro de sí mismo. No sé por qué tengo esta sensación, en vista de que la sinceridad acarrea seguridad, pero hay algo en todo esto que no me cuadra.

—¿Pidió Ella un pasaporte nuevo?

—No mientras estuvo conmigo.

Frunzo el ceño.

—Eso no tiene sentido. Debía volver al colegio.

Se arrellana en la silla, con los largos dedos apoyados sobre la mesa.

—No tenía prisa en volver a Estados Unidos.

Me invade la decepción al comprender que mis esperanzas de encontrar a Ella a través de ese hombre se están esfumando.

—¿De verdad no tiene la menor idea de dónde está?

—¿Y por qué si no iba a contratar a alguien para buscarla?

—Esa es la pregunta del millón, ¿verdad? —apunta Chris con voz queda, y Neuville lo mira entornando los ojos. Los dos hombres se desafían con la mirada, y yo, por mi parte, clavo la vista en Neuville. Oigo pasar los segundos antes de que Chris me diga—: Sara, tengo que hablar con él a solas. Espérame en el bar.

Me dispongo a protestar, pero Chris sigue enzarzado en su duelo de miradas con Neuville y me trago las objeciones. Tengo que librarme de esta manía mía de querer enterarme de todo y controlar cosas que escapan a mi control. Confío en Chris. Si hablando a solas con este tipo le puede sacar algo, que lo haga.

Me levanto para marcharme sin decir ni pío. Estoy segura de que a Chris le sorprende tanto mi actitud como a mí.

Al fondo de la escalera encuentro un camarero. Imito el gesto de llevarse un vaso a los labios y él me indica la dirección del bar, que se encuentra en un nivel inferior. Llego a un espacioso sótano ocupado por seis mesas y suficiente gente guapa pululando de acá para allá como para llenar el doble, todos ataviados con vestidos de noche y trajes a medida. De repente, me siento fuera de lugar con mis vaqueros. No, de repente, no. El portero ha marcado el arranque de mi paseo por la calle del malestar y sigo transitando por ella.

Me encamino a una barra en forma de u y, planeando la huida, le hago señas a un camarero.

—¿*Toilette*? —le pregunto.

Empiezo a dominar esta breve pregunta a la perfección.

Cuando el barman me lo indica, me dirijo a un pasillo situado a sus espaldas.

Empiezo a ser una entusiasta del arte de señalar y su capacidad para romper las barreras idiomáticas.

En el cuarto de baño, me reciben dos grandes lavamanos a mi izquierda. El aroma a canela de las velas que arden sobre la encimera de mármol me acaricia en la nariz. Al fondo veo tres elegantes puertas de madera y, aguzando los oídos, concluyo que las cabinas están vacías. Gracias a Dios.

Me apoyo en la pila y mi imagen me devuelve la mirada, pero se emborrona al momento cuando recuerdo todo lo que nos ha dicho Neuville. Intento descifrar qué ha sido lo que más me ha inquietado de ese hombre y también de la conversación. Tres semanas. Según él, ese fue el tiempo que pasaron juntos. Hum… Me huele mal. Ella se marchó de San Francisco a finales de agosto. Ahora estamos en octubre. Según eso, la afirmación de Neuville de que lleva una semana buscándola tendría sentido, siempre y cuando Ella y su prometido hubieran roto al poco de su llegada a París. También implicaría que Ella tenía intención de volver al colegio el primero de octubre, si acaso hubiera esperado hasta el último momento para solicitar un nuevo pasaporte. Ahora bien, si se lo hubieran reexpedido, Blake lo habría descubierto cuando investigó los detalles del viaje.

El ruido de una puerta que se abre interrumpe mi proceso deductivo. Noto un hormigueo en la piel antes incluso de ver a Isabel en el espejo. Crispada, me giro hacia ella, preparándome para lo que viene a continuación. Y viene algo. El chisporroteo del aire no deja lugar a dudas.

Cierra la puerta y se cruza de brazos igual que ha hecho antes, cuando yo me dirigía a las escaleras. También me mira con chulería. Empiezo a pensar que forma parte de su maquillaje permanente.

—Te crees que es tuyo, ¿verdad? —ronronea, como si la idea le hiciera gracia.

—Hablando de ir directo al grano... —replico—. Como mínimo, así nos ahorramos las pamplinas. Es mío.

Da un paso hacia mí. Y otro. Cierro las manos pero no me muevo. No hay látigo lo bastante diabólico como para intimidarme.

—Hasta que necesite algo más —me promete—. Ese algo más que sólo yo puedo darle.

La ira me prende por dentro y me clavo las uñas en la suave piel de las palmas de las manos.

—Si quieres decir hasta que necesite el dolor, olvídalo.

Da otro paso, invadiendo de pleno mi espacio personal. Nuestras narices se rozan y puedo oler el aroma floral de su perfume por encima de las velas de canela. Se me revuelve el estómago.

—Lo necesitará —me asegura—. Siempre lo ha necesitado y siempre lo hará.

—Eso quieres tú que crea, porque piensas que en ese caso te necesitará a ti. La verdad es que nunca te ha necesitado. Sólo al objeto que empuñas. Y cualquiera puede manejar un látigo, si es lo bastante zorra para hacerlo.

La furia enciende sus ojos un instante antes de estallar. Allí estoy, viendo cómo su lívida expresión afea su hermoso rostro, cuando se abalanza contra mí de sopetón y me empuja contra la exigua pared que hay a mi espalda. Jadeo del impacto y un dolor agudo me recorre el hombro izquierdo. Está encima de mí, empujándome, inmovilizándome.

—Tú si que eres zorra —me escupe—. No eres nada, apenas uno de sus muchos intentos de negar quién es en realidad. Fracasará esta vez, como ha fracasado siempre. Y entonces vendrá a buscarme. Lo voy a joder de lo lindo, cariño, en tu honor. Y puede que le dé unos cuantos latigazos más de tu parte.

Se acabó. El susto inicial muda en rabia y la adrenalina se dispara en mi interior. Sin parame a pensar en lo que hago, le propino un empujón y sigo avanzando hasta estamparla contra la pared. El aire abandona sus pulmones de un soplo y yo la agarro por los hombros como ha hecho ella conmigo. Me tiemblan los brazos de pura rabia.

—No —masculло entre dientes—, no vendrá a buscarte. ¿Y sabes por qué? Porque no dejaré que nadie vuelva a lastimarlo, y yo no pienso hacerle daño. Y te aseguro que tú tampoco.

La puerta se abre de golpe y no tengo que volverme a mirar para saber que es Chris. No despego la mirada de Isabel, pero lo noto. Siempre noto su presencia.

—¿Algún problema? —pregunta con un tono socarrón.

—Ninguno —respondo con frialdad, sin apartar la vista de la bruja mala del látigo.

Ella no me mira, ni a Chris. Ha cerrado los ojos y tengo la sensación de que su rabia se ha transformado en otra cosa. No sé en qué y tampoco me importa. Sólo quiero que deje en paz a Chris.

La suelto antes de volverme a mirarlo.

—¿Nos podemos ir ya?

Enarca una ceja, y la risa que se cuela en su voz le ilumina el semblante.

—¿Tú estás lista?

—Sí, ya he terminado lo que tenía que hacer.

—Pues cómo no. Vámonos.

Me toma la mano y nos encaminamos juntos al pasillo, dejando a Isabel donde debe estar: en el pasado de Chris. Él piensa que la dejó allí hace mucho tiempo, lo sé, pero me aseguraré de que comprenda hasta qué punto es cierto.

Enfilamos por el comedor y nos dirigimos directamente al guardarropa. Una vez fuera, mientras vamos recorriendo la calle en dirección al coche, le hago la pregunta que me tiene en ascuas:

—¿Qué ha pasado con Neuville?

—Nos hemos batido en el típico duelo de espadas, como tú dices. Y, como de costumbre, no ha servido para nada. Rey se reunirá con nosotros en casa para que le informe. Así su hermano y él podrán proceder de inmediato a corroborar la versión de Neuville. ¿Qué ha pasado entre Isabel y tú?

—Nos hemos enzarzado en la típica riña de gatos, pero la nuestra sí ha servido para algo.

Enarca una ceja.

—¿Ah, sí?

«Y puede que le dé unos cuantos latigazos de más de tu parte.»

Las palabras de Isabel acuden a mi mente y un torbellino de emociones me inunda el pecho. Miro a mi alrededor, buscando desesperada un poco de intimidad, hasta que encuentro el lugar perfecto. Chris se queda de una pieza cuando lo empujo hacia una pequeña alcoba que precede a una puerta, al resguardo de una pared, para que estemos solos. Las sombras nos engullen.

Levanto la vista hacia él y espero a que mis ojos se adapten a la oscuridad.

—¿Te acuerdas de cuando me empujaste a un rincón como este y me advertiste que me mantuviera alejada de la galería y de ti?

—Perfectamente.

—No me ahuyentaste entonces y no me ahuyentarás ahora, ni nunca. Pero te mentí, y me mentí a mí misma, cuando te dije que yo me encargaría de infligirte dolor si tanto lo necesitabas. No voy a hacerlo. No dejaré que vuelvan a lastimarte. Y no permitiré que vuelvas a sentir la necesidad de algo así. Nos necesitamos el uno al otro. Nos tenemos el uno al otro. Me quie...

Me besa. Es uno de esos besos que te doblan las rodillas y te derriten de la cabeza a los pies, y yo me fundo con Chris. ¿Cómo es posible que alguna vez haya puesto en tela de juicio mi decisión de acompañarlo a París? Él es mi hogar. Mi alma.

—Yo también te quiero —dice con voz profunda, vibrante, henchida de emoción—. Ya te lo he dicho. Sólo te necesito a ti.

—No. Nunca me has prometido que no volverías a recurrir a esa vía de escape, Chris..., pero no te lo voy a pedir. Te prometo que no te hará falta. Me tendrás a mí.

Me sostiene la mirada, y ese Chris vicioso y oscuro surge ante mí.

—Se me da de miedo eso de corromperte, ¿eh? Directa al infierno, inmersa en el lado oscuro y pidiendo más.

—Sí. —Lo rodeo con los brazos—. Por favor, llévame a casa y corrómpeme.

Espero que proteste, que me advierta que no vaya por ahí, pero no lo hace. Me coge por la nuca buscando mi boca.

—No puedo esperar.

Tras eso, vuelve a besarme.

20

Una hora más tarde, Chris y yo estamos sentados en el sofá de su despacho, enfrente del mural del dragón, y Rey, apoyado contra el escritorio, nos comenta sus impresiones sobre la información que nos ha proporcionado Neuville.

—Averiguar si alguien vio a Ella con él no supondrá ningún problema —nos asegura—, pero reunir detalles sobre los asuntos personales y financieros de Neuville resultará más complicado. Dado el tipo de gente que frecuenta, hace tiempo que la policía lo tiene en el punto de mira, pero hasta ahora no han podido relacionarlo con nada ilegal.

—¿Qué tipo de gente? —Le echo una ojeada a Chris—. ¿Hay algo que no me has contado?

Chris suspira y le lanza a Rey una mirada irritada.

—Gracias, Rey.

Suenan sirenas de alarma. Debería haberle preguntado a Chris por qué no le cae bien Neuville.

—Dime de qué va todo esto.

Expreso la frase en un tono inseguro, con una nota de súplica pero también de miedo en la voz. Quiero saberlo, pero ya sé que no me va a gustar la respuesta.

Chris elude la pregunta.

—Son todo especulaciones.

—Deja de escurrir el bulto —le advierto—. Dime cuáles son esas especulaciones.

La mandíbula de Chris se crispa, pero sigue sin responder.

—Es sospechoso desde hace tiempo de mantener contactos con la mafia —apunta Rey.

—¡Con la mafia! —Me levanto—. ¿Ella se ha liado con un tipo que se codea con la mafia?

Chris me aprieta la mano.

—Sara, nena. Tranquilízate.

—¿Que me tranquilice? ¿De verdad acabas de pedirme que me tranquilice? No es un comentario muy inteligente por tu parte, Chris Merit. ¿Por qué no me lo dijiste?

—Creo que es hora de que me vaya —murmura Rey—. Te llamo, Chris.

—Cobarde —rezonga Chris—. Sueltas la bomba y te largas por piernas.

—Soy así de listo —asiente Rey.

Al cabo de un momento, sus pasos se pierden escaleras arriba.

—¿Por qué no me lo dijiste? —repito, haciendo caso omiso de ese último diálogo.

Chris se levanta. Plantado ante mí, me posa las manos en los hombros.

—Por esto. Porque sabía que reaccionarías exactamente así.

—No te guardes información sólo porque piensas que no me va a gustar. No es así como hacemos las cosas. No es eso lo que espero de ti.

Cierra los ojos un momento y enseguida los vuelve a abrir.

—No lo sabemos a ciencia cierta. Y mira de qué te ha servido enterarte. Sólo para disgustarte. —Me empuja con suavidad hacia el escritorio y yo me apoyo contra el borde mientras él prosigue—. Por eso quería que te marcharas de París cuando su nombre salió a relucir. Luego, cuando insististe en quedarte, decidí que me acompañaras a la entrevista por dos razones. Porque quería que Neuville supiese que estás bajo mi protección y para que comprendiese que tú tampoco sabes dónde está Ella. Ahora perderá el interés en ti.

Un millón de posibilidades asaltan mi mente cuando incorporo la nueva información al misterio.

—Pero ¿y si Ella está…?

—No te hagas eso a ti misma —me advierte Chris—. Neuville no cree que Ella haya muerto. De ser así, no la estaría buscando. Tiene mucho dinero y yo también. Si los dos andamos tras ella, hay muchas probabilidades de que la encontremos. Eso es bueno. No malo.

Mi pulso acelerado empieza a descender.

—¿Y por qué tanto empeño en encontrar a una mujer que conoce desde hace un mes?

—Sara, un mes después de conocerte habría gastado hasta el último céntimo que poseo en encontrarte. No sabemos lo que pasó entre ellos a lo largo de esas tres semanas. Puede que detrás de toda esta historia no haya nada más que un hombre encaprichado de una mujer.

Una chispa de esperanza prende en mi interior.

—A lo mejor le gusta de verdad y por eso quiere dar con ella.

—No lo sabemos —arguye Chris—. Esa es la cuestión. Si su versión se confirma y descubrimos que de verdad estuvo viviendo con él, aunque fueran pocos días, la historia de la relación se sostendría. Y si la relación se prolongó hasta hace una semana, sería razonable pensar que ahora está con otra persona y ha dejado el pasado atrás.

—Tiene que volver a Estados Unidos transcurridos tres meses para poder renovar el visado, ¿verdad? Esa ley se aplica a todo el mundo.

—Tiene que volver —asiente—. Y si no la encontramos antes, daremos con ella entonces.

Me aplaco, y mi voz se suaviza.

—A finales del mes que viene. —Agacho la cabeza—. No sé qué más hacer para encontrarla.

Me levanta la barbilla con un dedo.

—Has hecho todo lo posible… y, Sara, puede que esté bien y que te estés preocupando sin motivo. Todo apunta a eso.

Alzo la vista para mirarlo.

—Ya lo sé. Es que… ahora estoy contigo, pero hasta hace poco tiempo yo era como Rebecca. Nadie me habría buscado si hubiera desaparecido.

—Mark habría buscado a Rebecca de haber sabido que había regresado a San Francisco. Me dijo que estaba seguro de que no quería saber nada de él.

—Tú no me habrías dejado marcharme por las buenas. Tú te preocupas por mí. Pero a él le dio igual. Estaba sola. Y Ella está sola, Chris. Si pasa de mí, genial. Muy bien, que pase de mí, pero yo no puedo hacer lo mismo.

—No estamos pasando de Ella. Estamos haciendo lo posible por encontrarla. —Me acaricia la melena con suavidad—. Me alegro de que estés tan segura de que iría a buscarte. No siempre lo has estado.

Apoya las manos en el escritorio, a ambos lados de mi cuerpo, y estudia mi rostro un momento.

Dando gracias por todo lo que este hombre ha aportado a mi vida, le enredo los dedos en una greña de su pelo rubio.

—Ahora lo sé. Y eso es lo que importa. —Frunzo los labios ante esa distracción momentánea—. Pero no he olvidado el principio de la conversación. No te vas a escaquear. Deberías haberme contado que Neuville se codea con la mafia.

—Si te digo que quería protegerte, no te pondrás furiosa, ¿verdad?

Aparto la mano de su cabello.

—Sí.

Haciendo esfuerzos obvios por no sonreír, Chris dice:

—Pues no te lo diré. Me parece que... hum, sí... es el momento perfecto para que te enseñe una válvula de escape.

El pulso se me desboca otra vez.

—¿Una válvula de escape?

Llevo siglos pidiéndole que me enseñe una de sus «válvulas de escape». Nunca lo hace. Siempre me dice que no es el momento adecuado o que no estoy lista. Jamás se ha ofrecido por propia iniciativa.

—Hay algo que quiero mostrarte —añade, y sus ojos brillan con un destello inequívoco y sensual—. Quítate la ropa.

Él se desprende de la camiseta.

Estoy acostumbrada a que Chris me ordene que me desnude, pero, por una vez, se está desvistiendo al mismo tiempo que yo en lugar de hacer ostentación de su poder mediante el recurso de quedarse mirando. Y aunque quiero cooperar en el proceso, cuando se queda desnudo de cintura para arriba se me seca la garganta. Creo que me tomaré un momento para disfrutar de las vistas. Aguardo, con la esperanza de ver más piel, de que alargue el espectáculo.

—¿Tenemos que estar desnudos para que me muestres lo que te propones enseñarme?

—Sí. —Se sienta para descalzarse—. Desnúdate y te lo enseñaré.

De nuevo se yergue ante mí. A veces se me olvida lo alto que es, pero nunca cuán deliciosamente masculino. Enarca una ceja rubia.

—¿Necesitas ayuda?

Mi sexo se tensa, mis pezones se endurecen. Todo mi cuerpo sabe que estoy a punto de sumergirme en un territorio nuevo. Se palpa en el ambiente. Se advierte en las chispas de fuego que bailan en sus ojos.

Me arranco la camisa y la tiro a un lado, dejando a la vista el encaje negro del sujetador. Él me mira a los ojos, y el gesto me resulta aún más erótico que si pasase la vista por mis pechos semidesnudos.

Presta apoyo a mi pie con su pierna. Desviando apenas la mirada, me quita el zapato y el calcetín, y luego repite el proceso con el otro pie. Su mano apoyada en el la tela vaquera de mi pantorrilla me vuelve loca.

Despegándose de mí, retrocede varios pasos.

—El resto te lo dejo a ti.

Quiere mirarme. Siempre juega con la demora y la anticipación, y consigue lo que busca. Estoy húmeda. Estoy lista. Quiero saber qué se propone enseñarme.

Bajo la cremallera de los vaqueros y me contoneo para quitármelos. Los tiro de una patada. Busco sus ojos, y el calor remplaza las mariposas que revolotean en mi vientre. Me bajo el tanga negro. Sosteniendo su mirada, me desabrocho el sujetador y lo lanzo por los aires también. Noto los pechos turgentes, el cuerpo vivo de un modo que sólo Chris es capaz de inducir.

Despacio, desliza la mirada hacia mis pechos y yo noto los pezones tensos, latientes. No me toca. Tampoco espero que lo haga. La provocación forma parte de su ser y él es cuanto yo quiero. Ahora levanta los ojos, rebosantes de satisfacción masculina y de la seguridad de saber cuánto me turba, con qué facilidad hace de mí una cómplice ansiosa y lasciva de sus juegos sexuales. Y me encanta que lo sepa. Estos juegos ya no me parecen un paseo por la cuerda floja emocional. Ahora son eróticos.

Recorriendo la distancia que nos separa, Chris enmarca mi cara con sus manos. Es muy raro que me haya tocado. Creo que le gusta pillarme por sorpresa, tenerme en ascuas.

Me apoya contra el escritorio para acoplar su cuerpo contra el mío y me encanta notarlo duro ahí donde yo soy blanda. Su manera de absorber todo mi ser y de convertirme en algo más durante el proceso.

—¿Confías en mí, Sara?

—Sí —respondo, y se me rompe la voz de lo mucho que me conmueve este hombre—. Más de lo que nunca he llegado a confiar en nadie. Totalmente.

—Pues confía en mí si te digo que aquella noche en el club de Mark me viste llegar demasiado lejos. Lo que hacemos tú y yo no es lo mismo. Atarte o darte unos azotes son prácticas de *bondage y dominación* suave. Lo que tú viste era extremo; demasiado extremo. Tú y yo decidimos lo que queremos hacer.

—Sí, ya lo sé. Me parece bien.

Su boca baja hasta encontrarse con mis labios.

—Te quiero.

—Yo también te quiero. ¿Y por qué será que oírtelo decir ahora mismo me pone nerviosa?

Apoya la frente contra la mía y me recorre el brazo con los dedos.

—Porque sabes que te voy a llevar a un sitio donde nunca has estado. Esto forma parte del juego, Sara. La adrenalina que corre por tu sistema. El territorio desconocido que estás a punto de descubrir.

Se incorpora y tiende la mano por encima de mí para abrir el cajón central del escritorio. Lo veo sacar una caja de terciopelo alargada y la imagen me provoca un revoloteo en el estómago. He visto una caja como esa. Sé que contiene un juguete.

Contengo el aliento cuando la abre, no sin antes colocarla entre los dos.

Me quedo mirando un gato negro con pequeñas colas colgando del mango y el corazón me retumba en el pecho. No puedo dejar de pensar en la noche que fui al club por primera vez, cuando oí los gritos de la mujer a la que estaban flagelando en público.

—No. —Sacudo la cabeza de un lado a otro—. No.

—Nosotros decidimos quiénes somos y lo que hacemos —me recuerda Chris.

—Ya lo sé, pero...

Vuelve a pasarme la mano por la mejilla. Luego me besa.

—Confía en mí.

—Confío en ti, pero...

Me aprieta el gato de colas contra la palma de la mano.

—Es de seda —me asegura—. Tócalo. Es suave. No te hará daño. Yo nunca te haré daño. Se fabrican en distintos tipos de material. El cuero y la goma escuecen más. Esto no. Es excelente para iniciarse.

Cierro los dedos en torno a las ocho colas que cuelgan del mango. Es verdad, son blandas al tacto.

—¿No me dolerá?

—Sé lo que hago. Sé cómo hacerte gozar con él.

Y lo sabe. Sé que lo sabe. Cierro los ojos.

—Yo...

Aproxima la boca a un milímetro de mis labios para tentarme con su lengua.

—Confía en mí, Sara —vuelve a murmurar con un soplo que promete otro beso—. Deja que redefina para ti, para nosotros, el significado de esto. No permitas que lo que viste en el club o lo que sea que te ha dicho Isabel nos condicione.

Me echo súbitamente hacia atrás para mirarlo a los ojos.

—Ni siquiera me has preguntado qué me ha dicho Isabel.

—Me da igual lo que te haya dicho. Lo que me importa es cómo has reaccionado tú. Me importa el hecho de que no haya podido intoxicarte con su veneno. Eso, en sí mismo, ya basta para demostrar lo que somos y lo que podemos llegar a ser.

Se me saltan las lágrimas. ¿Me atreveré a creer que por fin se han disipado todas sus dudas? ¿Sus miedos?

—¿De verdad? —le pregunto, porque necesito que me lo confirme.

—Sí. De verdad. La confianza lo es todo, ¿te acuerdas? Y eso es lo que me has demostrado esta noche. Ahora te la vuelvo a pedir. ¿Confiarás en mí?

Le estrecho la cara entre mis manos.

—Te lo he dicho. Ya confío en ti.

Su mirada se ablanda.

—Y yo siempre seré merecedor de esa confianza; tienes mi palabra. Ahora bien, Sara, eso no significa que no puedas echarte atrás. Siempre estás a tiempo de decir que no.

—Ya lo sé. Quiero hacerlo.

Chris me ayuda a descubrir aspectos de mí misma que no sabía que existían, partes que tienden a desafiar los prejuicios que arrastro del pasado. Sin embargo, con él me siento tan segura como para explorar esas regiones. Con él puedo ser yo misma sin enjuiciarme ni lastimarme. Estoy más segura que nunca cuando respondo:

—Quiero hacerlo.

21

Jamás creí que accedería a hacer algo así. Sin embargo, esto define la esencia de Chris, y juntos somos cuanto yo ansiaba sin saberlo y todo aquello que me faltaba.

Me recorre la mandíbula con uno de sus largos y hábiles dedos, lo que me provoca un estremecimiento anticipado.

—¿Estás segura?

—Sí, estoy segura, Chris. Quiero probarlo.

Sus ojos asienten.

—Muy bien, pues —me dice con voz queda, seductora—. El *flogging* se parece a la azotaina. Notarás una fricción deliciosa, nada más. No con este gato y siendo yo el que lo empuña.

Él sí que es delicioso. Es él quien hace que una azotaina resulte erótica. Él me hace enloquecer por saber qué viene a continuación.

—Tiende la mano. Quiero que te acostumbres al tacto en tu piel.

Asiento. Me he quedado sin voz, pero no creo que Chris precise palabras. Me mira, analizando todas y cada una de mis reacciones.

Arrastra despacio las colas del gato por mi brazo y luego otra vez. En ascuas, noto cómo mis terminaciones nerviosas cobran vida.

Me posa la mano en el brazo un momento, atrayendo mi mirada hacia allí. El deseo hierve en las profundidades de sus ojos. Comparte mi expectación y saber que le produzco ese efecto me infunde seguridad. Saber que hacer esto conmigo le excita, no sólo yo. Seductor, desliza los dedos por mi brazo, arriba y abajo, mientras dice:

—Ahora te voy a enseñar en qué consiste el *flogging*.

De repente, haciendo girar la muñeca, me sacude las colas contra el brazo con una especie de movimiento circular que me provoca apenas un suave escozor en contraste con la caricia suave de sus dedos.

Doy un leve respingo pero al instante llega el siguiente roce, y otro, y pronto me pierdo en el hormigueo que me recorre la piel. Sin saber por qué, los pequeños azotes de la seda acaban por convertirse en una especie de cálida descarga que irradia desde el brazo y viaja por el pecho hasta mis pezones, encendidos de un dolor que me alcanza el sexo.

—¿Te gusta? —pregunta Chris en un tono más profundo, más cálido.

Levanto los ojos y, buscando su mirada, susurro:

—Sí.

La satisfacción ilumina sus ojos ante mi rápida respuesta.

—Cuanto más lo experimentes, más reaccionará tu cuerpo.

Me humedezco los labios.

—Sí. Pero es que... —Me excita el poder que proyectan sus ojos, me enciende la cruda sexualidad que forma parte de su ser—. Estoy segura de que mi reacción se debe a ti, no al gato.

Su mirada se oscurece y minúsculas ascuas parpadean en las profundidades de sus ojos.

—Reaccionas a mí empuñando el gato. Y a ese «algo más» escurridizo que quieres y no sabes expresar.

«Sí. Quiero más. Por favor. Sea lo que sea, lo quiero.»

Como respondiendo a mi súplica silenciosa, se introduce el mango del gato en la cintura de los vaqueros. Lleva las manos a mis brazos para trazar un seductor camino descendente al tiempo que me empuja hacia atrás.

—Las manos en el escritorio.

Las acompaña con las suyas hasta cubrírmelas sobre el cristal, su cuerpo amoldado al mío de cintura para abajo. La postura es íntima, excitante; el crespo vello de su pecho me provoca un hormigueo en los pezones que ahora asoman tensos entre los dos.

Chris acerca la boca a mi oído apretando así mis palpitantes pezones contra su ancho pecho.

—No voy a atarte. —Su aliento es una corriente cálida en mi oído y en mi cuello, promesa de que muy pronto voy a entrar en combustión. Su mano se curva bajo mi pelo, posesiva pero dulce, un instante antes de echarse hacia atrás para mirarme a los ojos—. Pero tenemos que hablar de reglas.

Se me cae el alma a los pies e instintivamente intento mover las manos.

—¿Reglas?

—Tranquila —ronronea en mi oreja—. Y no muevas las manos.

Cierro los ojos, obligando a los músculos de mi cuerpo a relajarse.

—Lo estoy. No lo haré.

Despega las manos de las mías para posarlas sobre mis hombros. Nuestros ojos se encuentran.

—Sólo hay una regla. Si quieres parar, di «no» y me detendré. No agarres las colas ni te apartes, porque podría hacerte daño sin querer. Debo ser yo el que controle el gato en todo momento.

Me asalta la inquietud.

—¿Voy a querer agarrarlo?

—No. —Dobla las rodillas para ponerse a mi altura y me besa—. Todo lo contrario. Te va a gustar. Sin embargo, saber es poder. Saber qué puedes esperar y qué hacer te proporciona control sobre la situación. ¿Recuerdas cuando te dije cuántas veces te iba a azotar?

—Sí. Me gustó que lo hicieras.

—Bien. No te llevarás sorpresas y la palabra «no» te proporciona siempre el máximo poder. Tú la dices y yo obedezco. ¿Vale, nena?

El afecto que proyecta me tranquiliza más que todas las explicaciones del mundo.

Vale.

Retirándose las greñas que le caen sobre la cara, se inclina para besarme. Me explora con la lengua más allá de los labios, una caricia lenta seguida de otra más. Posa las manos en mi cintura e inicia un sensual recorrido ascendente hasta palparme los pechos y juguetear con mis pezones.

Con un gemido, despego las manos del escritorio para buscar las suyas.

Él las atrapa raudo y vuelve a apretarlas contra el cristal.

—Si no te ato, tengo que confiar en que dejarás las manos donde están. —Endurece la voz para darme una orden—. No las muevas. ¿Entendido?

—No las moveré.

Me sostiene la mirada, como si de verdad me estuviera evaluando. Luego —al parecer convencido— sus dedos abandonan mis manos para iniciar un camino por los brazos hasta mis hombros. Vuelve a sorprenderme agachándose otra vez y agarrándome los tobillos.

—Empezaré sacudiéndote aquí y luego iré subiendo. —Me acaricia las pantorrillas, las rodillas, los muslos—. Hasta aquí.

Me separa las piernas y me desliza los dedos de una mano en la entrepierna para explorar mi sexo.

—¿Ahí? ¿Y no me...?

Me hunde un dedo.

—¿Te gusta? Sí.

La salida de sus dedos es una dulce tortura. Me cubre el sexo con la mano y me besa la cadera.

—Chris.

Mi llamada suena a súplica. Quiero notar su boca donde está su mano, y lo sabe, pero no me va a dar lo que le pido. Sé que no lo hará. En cambio, desliza los labios por encima de mi ombligo, lamiéndome, jugando con la lengua.

Cuando se yergue otra vez, me abruma su potencia masculina. Me excita. Él me excita. Me arrastra las manos de la cintura al pecho, toquetea mis pezones, me los estira.

—Y aquí, Sara. Te voy a azotar los pechos.

Ahora estira con más fuerza, con más rudeza, estoy húmeda y dispuesta, ya ni me acuerdo del gato. Sólo quiero tenerle dentro de mí.

—Y por fin —murmura mientras me agarra el trasero para atraerlo hacia sí— aquí. Aquí es donde te voy a azotar justo antes de follarte.

—¿Y no podemos pasar directamente a esa parte?

Sonríe.

—¿Qué gracia tendría?

—Pues yo creo que tendría mucha gracia.

Me besa.

—Cuanto más larga la espera, mejor.

—Siempre dices eso. Empieza a fastidiarme.

Se ríe y me lame un pezón.

—Procuraré no volver a decirlo.

—No, no lo harás.

—No —conviene—. No lo haré.

Despega las manos de mi cuerpo y se separa de mí. De un raudo movimiento se baja los pantalones y los calzoncillos para tirarlos a un lado de una patada. Un segundo más tarde está desnudo, glorioso ante mí, su cuerpo una obra de arte, su miembro proyectado hacia mí, grueso y latiente.

Desvío la mirada al tatuaje del dragón y la poso en el gato de colas que empuña. Debo de haberme atragantado con el corazón porque no puedo respirar. ¿Cómo es posible que me haya olvidado de lo que se propone? Va a sacudirme.

Chris se reclina sobre mí con las manos apoyadas en el escritorio, muy cerca de las mías pero sin llegar a tocarlas, las colas del gato rozándome el brazo. Su sexo interpuesto me tienta, tan cerca de donde lo quiero. De donde quiero a Chris.

—Respira, nena —murmura muy cerca de mi oído—. Yo me ocupo de ti.

—Ya lo sé —susurro—. Pero ocúpate pronto, antes de que me estalle el corazón.

Una carcajada grave y sexy surge de ese pecho que me muero por palpar.

—No queremos que eso pase, ¿verdad?

Me sorprendo a mí misma esbozando una sonrisa. Estoy a punto de ser azotada y estoy sonriendo. Mi relación con Chris no se parece en nada a la que Rebecca mantenía con Mark.

—Pues pongamos manos a la obra. —Se aleja del escritorio—. Voy a empezar. ¿Lista, Sara?

—No. Sí. —Inspiro hondo—. Sí. —Enarco una ceja y digo—: Estoy lista.

Cierra los ojos. Si miras el gato te vas a poner de los nervios.

Tiene razón, estoy de los nervios. Cierro los ojos. Pasan varios segundos y estoy a punto de gritar:

—¡Hazlo! ¡Sacúdeme!

En ese momento, noto el roce de la seda en las rodillas. Salto como un resorte. Apenas. No duele. El gato se alza y vuelve a bajar. Y luego otra vez.

El restallido de las colas se convierte en una especie de canción, hipnótica, seductora, que adopta el mismo movimiento rotario anterior. Me empieza a arder la piel.

Como si lo supiera, Chris desplaza las colas a las rodillas, sacudiéndome allí hasta que empieza el escozor. Cuando conquista mis muslos, el ardor se convierte en otra cosa. Estoy a cien, tan excitada que arqueo la espalda. Sé lo que viene ahora, y cuando sucede ahogo un grito.

Las colas azotan mi clítoris, muerden la delicada piel con una descarga que irradia espasmos de placer por todo mi cuerpo. Jadeo, prácticamente suplico más, sin saber siquiera qué estoy pidiendo. Lo quiero y ya está.

El gato sube por mi cuerpo, me azota el vientre y más arriba. Una sensación eléctrica me recorre por dentro y ladeo la cabeza, ansiosa de lo que venga a continuación. Cuando sucede, me olvido de respirar.

La seda golpea mis hipersensibles pechos y luego me muerde los pezones. Por primera vez, noto dolor. Otro golpe sucede al primero y luego otro más, hasta que el dolor se funde en una espiral de placer. Ahora estoy apretando las piernas y siento la contracción de mi sexo al borde del orgasmo…

Las manos de Chris se posan en mi cintura, su sexo me roza las piernas.

—Ah, no, ni hablar —gruñe por lo bajo. Qué erótica es su voz. Qué sexy es él. Le deseo—. Aún no.

—¡Sí! —suplico, pero me da media vuelta para dejarme de cara al escritorio con las manos apoyadas sobre el cristal.

—Te corres cuando yo lo diga. Ya conoces la regla.

Me excito aún más sólo de recordar que me dio una azotaina por correrme antes de tiempo.

Sí, por favor. Azótame.

—¿Y si no lo hago?

Me muerde la oreja, el miembro contra mi espalda.

—Córrete conmigo, nena. Hacemos las cosas juntos, ¿no te acuerdas?

Cierro los ojos con fuerza.

—No es justo. Ya sabes que no puedo negarme a eso.

—Ya me castigarás después.

Abro los ojos al momento.

—Chris…

—Era una broma, Sara. Aunque, para mí, el hecho de que te vistas ya es un castigo.

Cuando se dispone a alejarse, alargo los brazos hacia atrás para impedírselo. Me sorprende dejando caer el gato de colas.

—A la mierda el gato —gruñe a la vez que me levanta las caderas hundiendo la firme longitud de su erección entre mis muslos—. ¿Quieres que te folle ahora?

—Quería que me follaras antes de que empezaras a azotarme.

Se hunde en mi interior.

—Eres muy exigente para ser una sumisa, maldita sea.

—Tú me enseñaste a ser exigente —jadeo mientras me embiste con fuerza y luego curva el cuerpo en torno al mío.

—Ya eras así la noche que te conocí —me acusa, y de repente me coge por las rodillas para levantarme en vilo contra su pecho.

Ahogo una exclamación.

—¿Qué haces?

Se sienta en el sofá conmigo encima, la cara enterrada en mi cabellera, las manos cubriendo mis pechos.

—Follarte. ¿No era eso lo que querías?

—Sí. yo… —Con una mano en mi vientre, arquea las caderas para bombearme con ímpetu—. Yo, ah…

Giro la cabeza buscando su boca y nos besamos como podemos, un ansioso roce de lenguas.

Ese gesto marca un cambio y la pasión muda en algo que vive y respira, en una parte de nosotros mismos con exigencias propias. Todo se funde en el tacto de sus manos en mi piel, el ritmo idéntico de nuestros cuerpos, la caricia de lengua contra lengua. Me pierdo en las alturas.

Cuando por fin nos desplomamos juntos, tendidos el uno al lado del otro, me envuelve por detrás. Me invade una sensación de paz que no he experimentado en toda mi vida. Ya no me asustan esas partes de mí que no entiendo o no conozco.

Chris las comprende. Él me conoce. Y yo lo comprendo a él.

Estoy en San Francisco. Él no.

Cuando he aterrizado, le he llamado al móvil y no me ha contestado. He alquilado un coche para ir a su casa. No estaba allí. He cogido un taxi hasta la galería y le he llamado desde fuera. No ha respondido. No puedo entrar en la galería, ni siquiera llamar por teléfono. No hasta que decida si ese lugar vuelve a formar parte de mi vida. Si él vuelve a formar parte de mi vida.

Así que, muy a mi pesar, he arrastrado las maletas al bar de la puerta de al lado, el Cup O' Café, con el fin de esperar al cierre de la galería. No me gusta estar aquí. Ella es la dueña del local. Ella, la misma a la que invitó a nuestra cama en cierta ocasión. Me odia. No tenía duda de que, si ella sabía dónde localizarlo, significaría que se estaba acostando con él. Y lo sabe. Él se encuentra en un avión camino de Nueva York para asistir a una reunión en la casa de subastas Riptide.

Me quedo destrozada al descubrir que se ha ido. Y más aún al comprender que todavía se acuesta con ella. Me pregunto si le habrá pedido que firme un contrato. Me pregunto si ella es suya y yo… no.

No. No es posible. Ella me lo habría pasado por las narices y él, por su parte, no me habría pedido que volviera a casa. ¿Es este mi hogar? Creí tener todas las respuesta antes de llegar aquí esta noche. Ahora estoy a punto de irme a un hotel, sola.

Detesto esta sensación. Detesto que ella me evoque lo que él puede llegar a ser, lo que era cuando estaba conmigo. ¿Me estoy engañando a mí misma? ¿Es nuestro pasado un reflejo de lo que seremos en el futuro?

Y si el dolor sigue tan presente en mí, ¿de verdad quiero quedarme para averiguarlo?

22

El martes por la mañana hago algo de ejercicio y mantengo una larga conversación con la madrina de Chris. Hacia mediodía, he franqueado con poco éxito la barrera idiomática con nuestra asistenta, Sophie. Poco después, Chris se dirige a su estudio a pintar y yo estoy en la isla de la cocina con Chantal. Aunque el encuentro con Sophie me ha impulsado a echarle ganas a nuestra clase matutina, después de comprobar mi propia incapacidad para aprender unas cuantas frases sencillas en francés, lo de «sencillas» es cosa de Chantal, no mía, tengo la cabeza a punto de estallar. Considerando que necesito una nueva dosis de cafeína, me levanto del taburete para rellenar la taza, gimiendo cuando mi cuerpo protesta por la ardorosa sesión de ayer.

Chantal se reúne conmigo delante de la cafetera. Está preciosa con sus vaqueros rotos y su top de tirantes. Se ha relajado ahora que nos hemos hecho amigas y cada vez actúa menos como si esto fuera un empleo de nueve a cinco en una gran corporación.

—Es suficiente por hoy. Esta mañana no parece que estés para muchas clases de francés.

Finjo sorpresa.

—¿Ah, no? Y yo que creía que le iba cogiendo el tranquillo.

Sonríe.

—Ya. Menudo tranquillo. Bueno, ¿quieres que hagamos otra ronda de llamadas para preguntar por Ella?

Me las he ingeniado para mantener en secreto la historia de Rebecca alegando que la investigación guardaba relación con mi antiguo jefe, pero Chantal está decidida a ayudarme a encontrar a Ella.

—Te agradezco mucho lo que hiciste ayer, pero Rey dice que hemos estado duplicando llamadas.

—De todos modos, no estaría mal preguntar en los hospitales a diario...

—Rey dice que él se encargará de eso también —replico.

—Hola —dice una voz femenina desde la escalera.

Mi sorpresa muda en desconfianza al ver a Amber; su melena rubia contrasta de forma despampanante con la camiseta y los vaqueros negros. Alza las manos en señal de rendición y se reúne con nosotras.

—Antes de que te enfades, no he abierto con mi llave. Chris me la ha quitado. Rey y él estaban charlando fuera cuando he llegado y hace demasiado frío para esperar a la intemperie. —Se estremece—. He dejado el abrigo en el coche y de verdad que necesito un café. —Echa a andar hacia la cafetera pero luego rectifica—. Si no te importa.

Me sorprende que tenga en cuenta mis sentimientos en relación a esa manía suya de comportarse como si estuviera en su casa.

—Tú misma —le digo, preguntándome para mis adentros si su concesión constituye un progreso o sólo es una cortina de humo.

Antes de continuar, se vuelve hacia Chantal.

—Soy Amber. Una vieja amiga de Chris.

—Chantal —replica esta con un tono nada amistoso—. Soy una nueva amiga de Sara y de Chris.

—Yo no estoy segura de que Sara me considere su amiga. No empezamos con buen pie. —Amber me mira con cautela—. Espero que eso cambie.

Se encamina a la cafetera sin aguardar respuesta, como si supiera que necesito mi tiempo para recuperarme de lo que acabo de oír. Lo necesito.

Tanta simpatía suscita mi desconfianza. Echo una ojeada a Chantal, que frunce el ceño con una pregunta escrita en la cara. Le aclaro:

—Amber y Chris se conocen desde que iban a la universidad.

—Sí, asiente Amber, que ahora se ha reunido con nosotras en la isla—. Ya sabes lo que dice la gente: «Si llegamos a los cuarenta solteros, seguramente acabaremos juntos». Así es nuestra relación.

Me siento como si me hubieran atizado un puñetazo en el pecho. Chantal hace un mohín de disgusto.

—Bueno —le suelta—, como Chris se casará con Sara y tendrán hijos, supongo que eso no pasará.

No sé qué me sorprende más, si el hecho de que Chantal haya sacado las uñas o el comentario sobre los hijos. ¿Niños? ¿Chris y yo? A él se le dan bien, pero ¿tener hijos? La idea de ser madre me aterroriza. ¿Amar con toda mi alma a un niño al que podría perder de la noche a la mañana, como me pasó con mi madre, como le pasó a la familia de Dylan? No creo que sea capaz.

Amber resopla.

—¿Tener hijos Chris? Eso sí que no lo creo. A menos que haya cambiado mucho últimamente… Siempre ha dicho que no quiere tener hijos.

Chris escoge este momento para entrar en la cocina, y los nubarrones de su mirada me informan de que ha oído la conversación. Deteniéndose a mi lado, pasa el brazo por el respaldo del taburete y reclina el cuerpo contra el mío, pendiente de mí y sólo de mí. Leo en sus ojos la confirmación de mis pensamientos. Él también ha sufrido demasiadas pérdidas como para arriesgarse a amar a un niño y perderlo.

Chantal le dice algo a Amber en francés. Estoy segura de que lo hace para concedernos un minuto. Lo aprovecho.

Rodeo con los dedos el mentón recién afeitado de Chris.

—No creo que yo pudiera soportar tampoco la posibilidad de perder a un hijo —lo consuelo como si él ya hubiera expresado cómo se siente al respecto.

Su mirada se ablanda y el alivio inunda su expresión.

—Por lo que parece, nunca podemos mantener este tipo de conversaciones en el momento oportuno y del modo adecuado.

—No hay un modo adecuado, ¿recuerdas? Nosotros escogemos el nuestro.

Me obsequia con una sonrisa y un beso en la sien antes de girarse para depositar un sobre delante de Amber.

—Espero que sea suficiente para arreglar tu situación. —Ella alarga la mano pero Chris lo retiene. Amber levanta los ojos cuando él añade—: Espero que Tristán esté conforme.

—Yo me encargo de Tristán.

Parece incómoda, lo cual me extraña bastante viniendo de Amber, que suele oscilar entre la insolencia y la ironía, y siento curiosidad por saber qué hay en el sobre. Dinero, seguramente.

Chris lo suelta por fin y ella lo agarra al instante.

—Debería irme. —Amber recoge su intacta taza para depositarla en la pila. Se detiene junto a mí de camino a las escaleras—. A lo mejor podemos comer juntas un día de estos.

No es una pregunta sino una afirmación.

No sé muy bien cómo tomarme este cambio de actitud. Evito mirarla a los ojos, consciente de que Chris lo prefiere así.

—Cuando me haya instalado del todo, lo hablamos.

—Claro —responde ella—. Cuando te hayas instalado. —Se vuelve a mirar a Chris—. Gracias.

Él se limita a asentir antes de que Amber siga andando. Chantal la mira alejarse lanzándole dagas con los ojos y yo me enternezco ante su instinto de protección.

—¿Es amiga tuya? —le pregunta a Chris.

Intento reprimir una sonrisa. Si bien es verdad que el encanto de Chris conquista a todo el mundo allá donde va, la gente suele sentirse demasiado intimidada por el poder que proyecta como para pedirle cuentas. Chantal no. Ella se atreve con lo que otros evitan. Lo descubrí en la embajada.

Chris me pasa un brazo por los hombros con aire relajado.

—Más bien una especie de hermana problemática.

Me quita la taza y da un sorbo.

—Pues no transmite vibraciones de hermana.

—¿Vibraciones? —pregunto, incapaz de contener una sonrisa ante su peculiar uso del argot para describir la situación.

—¿No usáis esa palabra en América?

Frunce el ceño y le pregunta algo a Chris en francés.

—Sí —asiente él en inglés con aire de guasa—. Usamos esa palabra, pero no estoy seguro de que la frase esté bien formulada. En cualquier caso, se entiende.

Hace un puchero.

—Bueno, pues como iba diciendo, no transmite vibraciones de hermana. Ha dicho que vosotros dos os casaríais si llegarais solteros a los cuarenta.

Chris resopla.

—Aunque llegue soltero a los cuarenta —me echa una ojeada—, cosa que dudo, no pienso acabar con Amber.

A pesar de su respuesta, no me gusta esta conversación, así que intervengo:

—Y hablando de Amber. Nos ha dicho que Rey ha estado aquí. ¿Tiene alguna noticia sobre Ella?

—Buenas noticias, espero —añade Chantal.

—Un mínimo de cuatro personas del entorno de Neuville reconocieron a Ella en las fotos y dijeron haberla visto por última vez hará cosa de una semana.

Chantal parece contenta.

—Eso es bueno, ¿no? Significa que está bien.

—Sí —asiento.

Eso es bueno.

Chris prosigue:

—Rey sigue investigando para averiguar cuándo se marchó, por qué y si alguien advirtió algo raro. De momento, no hay nada. Los testigos afirman que se mostraba siempre muy amable y que parecía contenta. También insinúan que Neuville estaba loco por ella, lo que les llamó la atención porque no suele comportarse así con las mujeres.

Más buenas noticias. Pese a todo, el hecho de que Ella no se haya puesto en contacto conmigo ni se haya presentado en el trabajo o, como mínimo, haya dado algún aviso, me escama.

—Cambiando de tema —dice Chris, girándose hacia mí—. Recuerdas que el viernes por la noche tengo una acampada infantil en el Louvre, ¿verdad? Le he preguntado a Rey si se podría quedar contigo esa noche.

Frunzo el ceño.

—¿Y por qué se iba a quedar Rey conmigo?

—Porque así yo estaría más tranquilo.

Ay, ese tonillo tan desenfadado...

Entorno los ojos ante la evasiva.

—¿Qué me estás ocultando, Chris?

—No me fío de Neuville.

—Pero tú dijiste que...

Me da un besito.

—Hazlo por mí. No estaré tranquilo si te quedas sola.

—Vas a conseguir que me ponga paranoica —protesto—. Ya hemos hablado de eso.

—¿Y si me quedo yo? —se ofrece Chantal—. Sería una «noche de chicas».

Me animo al momento.

—¡Qué buena idea! —Me vuelvo a mirar a Chris—. De ese modo tú sabrías que no estoy sola y yo no tendría que soportar a Rey merodeando por aquí.

—Hum —interviene Chantal—. A mí no me importaría que Rey merodease por la casa.

La fulmino con la mirada.

—Así no me ayudas, ¿sabes?

—Vale, vale. —Se gira hacia Chris—. Yo la protegeré. Soy una tía dura.

La ocurrencia nos arranca una risilla a ambos.

—No lo dudo, Chantal —dice él, y yo estoy completamente de acuerdo.

El teléfono de Chantal la avisa de que tiene un mensaje de texto. Echa un vistazo a la pantalla y suspira.

—Debo ocuparme de la tienda. Mi madre tiene que cuidar de mi abuela otra vez. Entonces, ¿qué? ¿Me quedo el viernes?

Le lanzo a Chris una mirada suplicante.

—Sería una solución intermedia y tenemos un sistema de seguridad ultramoderno. Y os tendré a Rey y a ti al alcance del dedo.

Con un suspiro de resignación, propone:

—Sólo si accedes a que Rey pase por aquí a comprobar que todo va bien. Y antes de que discutas, eso también sería una solución intermedia.

Sonrío.

—Podré soportarlo.

Chantal recoge su bolso.

—Me marcho. —Me señala—. Procura practicar. No te estás esforzando mucho que digamos. Al final, me obligarás a hablarte sólo en francés.

Se aleja corriendo hacia las escaleras.

—Eh —me dice Chris obligándome a mirarlo—. ¿Va todo bien?

Le acaricio la cara.

—Todo va bien cuando estoy contigo. —Frunzo el ceño—. ¿Qué era esa historia de Amber?

—El Script está pasando por algunas dificultades económicas.

—Y le has dado dinero. Pero ¿a Tristán no le hace gracia?

—No. Ambos mantienen una relación turbulenta. No le caigo muy bien.

Entiendo cómo se siente.

—¿Cuánto le has dado? —me atrevo a preguntar.

—Diez mil euros.

Parpadeo sorprendida.

—Eso es mucho dinero.

—Deberías ver el cheque que voy a firmarle al museo.

—Así que al final has accedido a hacer un donativo.

—Siempre y cuando mi director de finanzas entre a formar parte de la junta directiva. Este año tengo demasiados compromisos con la fundación como para encargarme yo mismo. No me quedaría tiempo para pintar. —Vuelve al tema de Amber—. Entiendes que quiera ayudarla, ¿no?

Asiento.

—Sí, lo entiendo. No acabo de ver por qué tienes que hacerlo, pero lo entiendo.

Lo estoy invitando a explicarse, pero él se limita a besarme y me obliga a ponerme en pie tirando de mí en dirección a las escaleras.

Unos minutos después, estoy en el estudio con él. Mientras lo veo pintar, ahuyento los pensamientos sobre Amber. Confío en que la excursión de este fin de semana despeje algunas incógnitas. Aunque tenga que arrancarle a Chris las respuestas.

El viernes por la tarde, Chris y yo acabamos de tomar el ascensor que nos lleva al despacho del abogado para comentar detalles de última hora relativos al negocio cuando me anuncia:

—Amber pasará por aquí dentro de una hora para reunirse con el abogado también.

Lo miro de hito en hito.

—¿Ah, sí? ¿Por qué?

—Para hablar de las dificultades del estudio.

—Ah. Vale.

Me rodea con los brazos.

—Sara…

Yo le respondo con un beso.

—No pasa nada. De verdad.

El ascensor anuncia que hemos llegado a nuestra planta, pero él no se mueve.

—Yo creo que sí pasa.

—Que no.

Sin embargo, Amber me hace sentir incómoda. Siempre me ha hecho sentir incómoda. Le estiro de la mano cuando la puerta se abre.

—Venga, vamos a arrancar mi negocio.

Unos minutos después, Chris y yo nos acomodamos en sendas butacas en la oficina del abogado. Estoy tan emocionada que me olvido de todo lo demás. El abogado despeja mis dudas y todo indica que el negocio está listo para arrancar.

Cuando hemos terminado, Chris se queda comentando con él algunos detalles relativos a lo de su donativo al museo. Yo me encamino al vestíbulo buscando la «toilette», pero en lugar de encontrarla me topo con Amber, y declaro oficialmente reinstaurado mi desasosiego.

Cuando se levanta, desprende un aire muy profesional con su falda negra a rayas diplomáticas y su blusa roja, igual que yo con mi vestido negro ajustado, la chaqueta a juego y las botas de tacón.

—¿Me toca a mí? —pregunta con aire nervioso.

—Aún no —le digo—. Chris tenía que ultimar un asunto, pero no tardará. Tenemos prisa.

—Lo esperan esta noche en un acto benéfico, ¿verdad?

—Sí.

¿Cómo lo sabe?

—Me llegan los boletines digitales del Louvre —responde, leyéndome el pensamiento. Se encoge de hombros—. Antes seguía de cerca lo que se cocía en el mundillo del arte. Nunca ha sido lo mío, pero hacía un esfuerzo por Chris.

De repente, quiero alejarme de ella.

—Tengo que ir al baño antes de que nos marchemos.

Empiezo a alejarme, pero se planta delante de mí.

—Gracias por dejar que me ayude.

Parece sincera y sin embargo advierto algo turbio bajo la superficie. Sigo pensando que me odia, pero también hay dolor. Sufrimiento. Soledad. Es una persona tan oscura... O quizá sea yo la que se siente confusa.

Debo de estarlo, porque de repente no quiero que me odie. No quiero provocarle aún más dolor.

—No tienes que agradecerme nada. Chris se preocupa por ti. —Titubeo, y añado con suavidad—. No va a deshacerse de ti, Amber. Y yo tampoco.

Un amago de sorpresa asoma a su rostro.

—Gracias. —Vacila, pero luego coge el bolso—. Deberíamos intercambiar los números. Me gustaría quedar contigo para comer.

Yo dudo a mi vez.

—Vale.

Saca su móvil mientras yo hago lo mismo. En el proceso, se le sube la manga y veo marcas de latigazos recientes. Cuando terminamos de grabar los números, le toco el hombro con suavidad.

—Si necesitas hablar, ya sabes cómo contactar conmigo.

Ladea la cabeza y me lanza la mirada más extraña del mundo antes de decir:

—Gracias, Sara.

Se trata de una respuesta absolutamente normal, pero no me acaba de gustar. Quince minutos después, cuando Chris y yo nos dirigimos al coche, sigo pensando en ello.

Cerca de las seis, estoy sentada en mi nuevo escritorio de caoba, que me han entregado hoy junto con varias sillas y una estantería, escribiendo los objetivos de mi negocio en un diario de piel roja; un homenaje a Rebecca. Me cuesta separarme de ella. Aún no me puedo creer que haya muerto. Y lo cierto es que su cadáver no ha aparecido. ¿Y si...? No. No tiene ni pies ni cabeza. Es una idea absurda. No está viva.

—Ya tengo los papeles —anuncia Chris cuando entra contoneándose en la habitación, ataviado con una camiseta de Supermán con la que pretende motivar a los niños a ser sus propios superhéroes—. Los documentos oficiales de tu negocio.

Deposita un gran sobre amarillo delante de mí y se apoltrona en mi nueva silla para las visitas.

—¿Ya? —pregunto mientras agarro el sobre con prisa—. Pero si sólo hace unas horas que nos hemos reunido con el abogado.

—Me he asegurado de que aligerara las cosas.

Mi héroe.

—¿Y no habrás hecho lo mismo respecto a mi pasaporte, por casualidad?

—Stephen dice que sigue retenido, pero que te lo entregarán cualquier día de estos.

—Cada día dice lo mismo.

Señala el sobre con la barbilla.

—Ábrelo y asegúrate de que esté todo en orden.

La emoción del negocio supera la preocupación por el pasaporte, así que saco los documentos y empiezo a inspeccionarlos. Chris coge uno y se ríe de buena gana.

—No me puedo creer que hayas seguido adelante con la idea de llamar a tu empresa «Consultoría SM».

Lo fulmino con la mirada.

—Sí, lo he hecho. Y no empieces otra vez con los chistes de sadomaso. Son las iniciales de mi nombre y mi apellido, y me traerá buena suerte.

La eme resultará aún más adecuada si me caso con Chris, pero no lo digo. Ambos lo sabemos. Se palpa en el ambiente cada vez que sale el tema.

—Yo seré tu amuleto sadomaso de la buena suerte cualquier día de estos, nena —se burla—. Por desgracia, no esta noche. —Se frota los vaqueros y se levanta—. Esta noche, me toca jugar con los niños. ¿A qué hora llegará Chantal?

—Tiene que cerrar la tienda de su familia otra vez. Su abuela vuelve a tener problemas y su madre está con ella.

Ahora es Chris el que se enfurruña.

—Ya sabía yo que debía pedirle a Rey que se quedara contigo.

—Ya le has dicho que se pase por casa. —Me pongo de pie y me pego a él rodeándolo con los brazos—. No necesito un canguro. Chantal vendrá enseguida, y estoy segura de que tú vas a estar llamando y enviándome mensajes de texto como un acosador psicópata.

—¿Cómo un acosador psicópata?

Sonrío.

—Puedes empezar a acosarme cuando quieras, cielo.

Chris no me ríe la broma.

—Sara...

Me pongo de puntillas y lo beso.

—Ve a jugar con los niños. Y mañana vuelves a casa y juegas conmigo.

—¿Te acuerdas de que mi inquietud tiene un precio?

—¿Y tú sabes que yo no tengo la culpa del problema de Chantal? Además, esa amenaza ya no funciona conmigo. El precio me gusta demasiado.

Me mira durante tres segundos con expresión ardiente antes de cogerme en brazos y sentarme en el escritorio con las piernas al aire.

—Aún no tengo que marcharme y tu necesitas catar ese merecido. —Se agacha para abrirme las piernas—. O quizá sea yo el que lo cate.

Cuando arroja mis medias a un lado y me cubre con su boca, sólo puedo pensar una cosa: castígame, cielo.

23

Hacia las diez estoy acurrucada en la cama vestida con un pantalón y un top, hablando por teléfono con Chantal por enésima vez. Me ha llamado casi tantas veces como Chris y Rey juntos.

—Lo siento muchísimo, Sara —se disculpa Chantal por segunda vez en el transcurso de dos minutos—. Mi abuela no se encuentra bien y mi madre está desbordada.

Arrojo el mando de la tele, ahora muda, sobre la cama. Menos mal que el monstruoso televisor de Chris, una pantalla que desciende como una persiana desde el techo, cuenta con canales ingleses y he podido entretenerme viendo una vieja película.

—Quédate con tu familia —la tranquilizo—. Ya celebraremos nuestra noche de chicas cualquier otro día. Estoy de maravilla. Rey ha pasado a verme hace un rato y Chris no para de llamarme y enviarme mensajes.

No sé ni cómo, pero me las he ingeniado para convencer a Rey de que no cancelase la cita con su hermano, que tiene algunas ideas para desempolvar el caso de Ella. No quería que desperdiciase una oportunidad de encontrar a mi amiga por venir aquí a hacerme de canguro.

Chantal suspira con pesar.

—Tenía muchísimas ganas de hacerte compañía esta noche.

Charlamos unos minutos más antes de despedirnos y recibo un mensaje de Chris en cuanto corto la comunicación. La foto de una hilera de niños con sus sacos de dormir a cuestas que aparece en la pantalla me arranca una sonrisa. No le hace falta tener hijos. Los adopta allá donde va.

Le devuelvo el sonido a la tele, me acurruco bajo el edredón y zapeo hasta encontrar un viejo episodio de *Seinfeld*. Unas buenas risas me ayudarán a distraerme de tanta tribulación.

Al cabo de un rato, el teléfono me avisa de que tengo un mensaje. Dando un respingo, me doy cuenta de que me he quedado grogui. Sólo he dormido media hora, advierto cuando miro el reloj, y sonrío al ver varias fotos del grupo de niños, ahora sentados en corro. El mensaje de Chris reza:

Hora del cuento de miedo, conmigo en el papel de narrador.

Una imagen de Dylan rogándole a Chris que le contara un cuento de miedo me encoge el corazón. Le escribo un mensaje para ver qué tal anda de ánimo, por si todo esto le está afectando.

¿Has encontrado al hombre del saco?

Sí, contesta. Se llama Leonardo. Se hace pasar por artista.

Me río aliviada al comprobar que conserva el sentido del humor y le escribo:

Te quiero, Chris.

Yo también te quiero, Sara.

Voy a darme un baño y luego me meteré en la cama.

Ojalá pudiera compartir ambas cosas contigo.

Suspiro y tecleo:

Ojalá.

Minutos después, estoy sentada al borde de la bañera cuando vuelve a sonar el móvil. Dando por supuesto que se trata de Chris, respondo sin mirar la pantalla.

—Sara —grita una voz femenina por encima de una música estridente.

Un mal presentimiento se arremolina en mi estómago.

—¿Amber?

—Sí, necesito ayuda. —Parece disgustada, puede que esté llorando—. Ya sé que Chris está… en el acto benéfico. Yo… —solloza.

Me pongo de pie.

—¿Qué pasa?

—Tristán y yo… nos hemos peleado. He bebido más de la cuenta y no me deja coger el abrigo y las llaves. Necesito que vengas a buscarme. Por favor. —Se interrumpe y advierto que está caminando porque la música suena ahora más lejos—. Me da vueltas la cabeza y no puedo pensar... Es que... tengo que salir de aquí. Tristán se ha enterado de que Chris me ha prestado dinero. Es mi amo. Supongo que sabes lo que significa eso. He roto las reglas. Va a castigarme. Por favor, Sara.

Un millón de alarmas se disparan en mi cabeza, por ella, pero también por mí. Esto tiene toda la pinta de ser una emboscada, pero ¿y si no lo es? He visto las marcas en sus brazos.

—Mándame un mensaje con la dirección.

—Ahora mismo. Gracias. Muchas gracias. Te la mando enseguida.

Interrumpo la comunicación y me desplomo en el borde de la bañera intentando sopesar las distintas posibilidades. No puedo llamar a Chris. Se asustará y vendrá a buscarme. Si llamo a Rey, llamará a Chris, que se asustará y vendrá a buscarme. Por otro lado, Rey tendrá que abandonar la reunión que mantiene con su hermano para discurrir nuevas estrategias. No voy a sacrificar la búsqueda de Ella por Amber. Además, Amber mantiene una relación abusiva con un hombre y ni siquiera sé si Rey le cae bien o confía en él. ¿Y si Rey averigua algo sobre Chris que este no quiere que sepa? Chris es una persona demasiado reservada como para correr el riesgo de que suceda algo así. No. Por muchas ganas que tenga de recurrir a Rey, él no es una opción.

La señal del móvil me informa de que Amber ya ha enviado la dirección. Inspiro y la observo unos instantes mientras trato de decidirme. Por fin, escribo:

Te mando un taxi para que te recoja.

Espero su respuesta. Y sigo esperando.

Le envío otro mensaje.

Por favor, Amber, confírmame que todo va bien.

Nada.

Maldición. Maldición. Maldición.

Marco su número. La señal suena y suena pero nadie me contesta.

Me llevo el teléfono a la frente. Si me marcho, Chris se va a poner furioso. Y la verdad es que parece una trampa. El sentimiento de culpa me retuerce las entrañas por estar pensando algo así y por seguir aquí sentada mientras ella espera mi ayuda. Tengo que hacer lo correcto, por más que Amber esté tramando algo.

Voy al vestidor y escojo una falda negra larga hasta la rodilla, una camiseta de encaje morado, de manga larga, y unas botas de caña alta con tacón de diez centímetros. Sé que Amber está en un club, un lugar donde Chris tiene contactos, y no pienso presentarme con unos vaqueros raídos y una camiseta.

Corro al lavabo y atrapo el bolso al pasar, con la intención de maquillarme de camino hacia allí, en el taxi que ya debería haber llamado. No puedo ir en coche; no sé dónde está el club. Le pagaré al taxista para que me espere fuera mientras entro a buscar a Amber.

Llamo a un taxi por fin e intento contactar con Amber una vez más. No me contesta. Cuando pienso en los verdugones de sus brazos, no puedo evitar temer por ella. ¿Y si la están castigando?

Me encamino a la puerta, pero me detengo. No me gusta hacer el primo y me temo que eso es exactamente lo que me estoy a punto hacer. Tengo que añadir al cóctel una pizca de inteligencia.

Me dirijo a la mesilla, donde he dejado el diario que acabo de empezar, para escribir a toda prisa: «He ido a buscar a Amber a no sé qué club. Me ha llamado llorando, muy asustada. He cogido un taxi.» Añado la dirección y dejo la nota sobre la almohada.

En principio, nadie tendría que leerla. Rey no va a llamar ni tampoco volverá a pasarse. Chris estará acostando a los niños y pernoctará en el museo. Estaré de vuelta en casa mucho antes de que lea la nota.

Noto un sabor a bilis en la garganta en el instante en que el taxi se detiene ante la dirección que Amber me ha dado. El local está pegado al club de Isabel. Demasiada coincidencia como para ser casual. Sea lo que sea este lugar, Isabel guarda alguna relación con él. Es posible incluso que sea la dueña.

Le pago al taxista y le ofrezco una generosa propina por esperar mi regreso. Antes de bajar del coche, sin embargo, intento contactar con Amber una vez más.

No contesta.

Le envío un mensaje.

Estoy fuera, en un taxi. Sal, por favor.

Aguardo. No recibo respuesta.

Me viene a la mente la imagen de Chris en el club de Mark sometido al azote del látigo, una escena que se mezcla con el recuerdo del dolor que he visto asomar en los ojos de Amber. Si Tristán es como Isabel, Amber necesita que la rescaten.

Decidida, me cruzo el bolso en bandolera y abro la portezuela. Voy a por todas, aunque esté haciendo una idiotez.

Me encamino hacia las puertas dobles de acero cuya dirección coincide con la que busco. El aire frío azota mi cabellera y lamento no haber traído un abrigo. Lamento aún más no haberme quedado en el coche.

Al otro lado de la entrada me recibe un largo pasillo que desemboca en otro edificio de piedra blanca. Veo a una pareja caminando en la misma dirección que yo. Permito que me adelanten para poder observarlos a mis anchas, con la esperanza de que me proporcionen alguna pista sobre adónde me dirijo. El hombre lleva vaqueros. La mujer luce una falda de cuero. Su atuendo no me dice gran cosa, aunque supongo que debería alegrarme de que no vayan cubiertos de cuero y cadenas de la cabeza a los pies. Me aferro a un clavo ardiendo con tal de concluir que no estoy a punto de internarme en el inhóspito territorio del sadomaso salvaje sin la compañía de Chris.

Inquieta a más no poder, sigo a la pareja hasta una puerta de madera y espero a que la mujer pulse el interfono. La hoja se abre y un hombre vestido de traje les indica por señas que pasen al interior.

Avanzo un paso con el propósito de seguirlos, pero el portero levanta una mano a la vez que dice algo en francés.

—¿Inglés? —pregunto esperanzada.

—Sólo pareja —responde.

¿Sólo parejas? Qué raro.

—He venido a buscar a Amber.

Alguien le comenta algo al hombre desde atrás. Volviéndose a mirarme, el portero me indica que entre.

—Bienvenida, *mademoiselle*.

Inspirando hondo, entro en una sala pequeña, escasamente iluminada, muy parecida al comedor del local de Isabel. Demasiado para que me sienta cómoda. No sólo advierto su huella, sino que la atronadora música que sonaba de fondo cuando Amber me ha llamado brilla por su ausencia.

El guardarropa está a mi derecha y la encargada se planta delante de mí señalando mi bolso.

—Tiene que dejarlo aquí —me dice en inglés con un fuerte acento.

—No. —Me aferro al bolso—. No, yo...

—Son las reglas —añade con sequedad.

Busco el móvil para llevarlo conmigo, pero ella niega con un gesto de la cabeza.

—Nada de móviles. Están prohibidas las cámaras.

Se me encoge el corazón. Titubeo, pero entonces pienso en Amber y vuelvo a oír mentalmente sus sollozos al teléfono. Guardo el móvil en el bolso y le entrego ambas cosas a la encargada. La mujer me obsequia con un resguardo que me guardo en la bota.

Recorro una sala alargada cuya exigua iluminación me pone los pelos de punta. Estoy a punto de entrar en lo que parece una estancia mucho más grande cuando Amber dobla un recodo ataviada con un top y una faldita de cuero rojo que apenas le cubre las caderas. Veo nuevos verdugones en sus brazos desnudos.

—Sara. —Cuando acude rauda a abrazarme, ahogo una exclamación. El pronunciado escote de su camiseta lo deja todo a la vista salvo sus pezones—. Gracias por venir a ayudarme. —Retrocede un paso—. He convencido a Tristán de que pasemos un rato contigo. Así no me llevará a la cámara. Le ha dicho al portero que no me deje salir. Tendremos que escabullirnos.

Sacudo la cabeza con firmeza.

—Nos vamos ahora mismo.

Los pasos de varias personas me inducen a darme la vuelta, y veo a una pareja mirarme con tal expresión de lujuria que me siento como el banquete de un náufrago. Como no puedo cederles el paso sin que sus cuerpos me rocen, me giro otra vez hacia Amber, que me coge de la mano para arrastrarme hacia dentro. Esto no va bien.

Bajamos por un tramo de escaleras hasta llegar a una puerta, al otro lado de la cual suena una música estridente. Forzando la vista entre el humo, descubro una barra a mi izquierda con una pista de baile detrás, y mucha piel allá donde mire. Este lugar está atestado de chicas semidesnudas, todas rodeadas de gente, hombres y mujeres por un igual, que las toquetean sin reparos. Contra las paredes, junto a la barra, en las pista de baile y en los asientos que hay dispuestos aquí y allá. Pero no veo sexo propiamente dicho. Sólo deseo sexual para dar y tomar, creo yo.

Amber me arrastra a una zona libre del bar, donde me quedo plantada, de espaldas a la barra de piel. No pienso quedarme.

Le hace señas al barman.

—Dos chupitos de tequila.

—No —rehúso—. Tengo un taxi esperando fuera.

—No te oigo —se disculpa al mismo tiempo que alarga el brazo para cogerse a la barra por encima de mí, encerrándome y apretándome los pechos. Me invade la tensión, consciente de que es un gesto tan íntimo como innecesario, mientras ella repite—: ¿Qué has dicho?

Lucho contra el impulso de darle un empujón; no quiero ofrecerle una excusa para palparme aún más.

—Tengo un taxi esperando fuera.

—Llegará otro portero dentro de treinta minutos. Le caigo bien. Nos dejará pasar. —Se echa hacia atrás para mirarme y me aparta un cabello de los ojos—. Eres guapísima, en serio.

Se me corta la respiración. ¿De qué va esto? ¿Qué está haciendo?

—Amber...

—Tus ansias de venganza no conocen límite, ¿eh?

Al oír la voz de Tristán, Amber se vuelve a mirarlo y por fin deja caer el brazo que me cierra el paso. Parpadeo para enfocar al tatuador, cuyo negro cabello enmarca unos ojos azul cristal. Me mira con una expresión sombría e indescifrable.

Amber me roza el brazo y yo doy un respingo hacia atrás, pero ella está concentrada en Tristán.

—Necesito hacer esto. Y tu deber es complacer mis deseos.

Tristán clava los ojos en ella. Tras varios segundos de palpable intensidad, le pasa la mano por detrás de la cabeza para atraerla hacia sí.

—Tienes que olvidarlo. El pasado ya quedó atrás, Amber.

Tristán busca mis ojos y advierto en su mirada una expresión difícil de discernir. Ahora la está besando, le masajea los pechos, le baja el top dejando sus pezones a la vista de todo el mundo.

Se me corta el aliento, aunque esa mirada que me ha lanzado Tristán... Puede que me equivoque, pero creo que acaba de brindarme esa oportunidad que tanto necesito para largarme de aquí. Me escabullo y corro hacia el pasillo, donde me detengo en seco. Justo al final del mismo veo a una mujer con la camiseta a la altura de la cintura mientras un hombre le lame los pezones expuestos. Doy media vuelta, buscando una vía de escape que no me lleve de vuelta adonde están Tristán y Amber, al mismo tiempo que me voy reprochando a mí misma mi propia estupidez.

Me precipito por un pasillo situado a mi izquierda con la esperanza de encontrar el cuarto de baño. Sólo hay una entrada que parece dar a una sala. Me doy media vuelta, pero veo a Tristán y a Amber caminando hacia mí, así que franqueo el umbral... del mismísimo infierno.

Me quedo plantada a la entrada de una habitación oscura abarrotada de cuerpos. Cuerpos desnudos apiñados entre sí. No me puedo creer lo que ven mis ojos. Distingo a una mujer que tiene a un hombre detrás palpándole los pechos mientras que otra chica la lame por delante. Detrás de ellos, un hombre se masturba mirando la escena. Más allá atisbo alguna clase de trío. Y la cosa no acaba ahí. Hay cuerpos amontonados por todas partes.

—Esto es lo que quiere —me dice Amber rodeándome con los brazos.

Ni siquiera forcejeo para liberarme. Tengo el cuerpo paralizado, el corazón de hielo.

—No —susurro—. No lo es.

—Sí —me asegura, posándome las manos en los hombros para que me dé media vuelta—. Tú serás una de esas personas y él estará allí contigo.

No. Chris no comparte.

Tristán se planta junto a Amber y al instante la atrae hacia así. Parpadeo cuando empiezan a besarse palpándose con pasión.

No. No. No. Esto no es lo que quiere Chris.

Pese a todo, me quedo donde estoy, observando cómo Amber y Tristán se arrancan la ropa. Me pregunto por qué no he salido corriendo de allí en cuanto he visto el panorama. Quizás una parte de mí quería conocer el secreto de este club. Saber en qué anda metido Chris supuestamente.

La realidad me abofetea cuando un desconocido me palpa desde atrás. Empujo al tipo y echo a correr hacia el pasillo. No sé ni cómo lo hago, pero encuentro el cuarto de baño que antes he pasado por alto. Me cuelo en el interior y corro el pestillo a toda prisa. Me desplomo contra la superficie de la puerta, preguntándome al mismo tiempo si habrá mirillas para que le gente me vea. Se me revuelven las tripas sólo con pensarlo. Me niego a creer que Chris quiera esto. Él no comparte. Lo sé.

Ahora bien, ¿cuáles son esos secretos que se niega a revelarme? ¿Qué puede ser peor de lo que acabo de ver? Estoy hecha un lío. No me creo que Chris sea así, pero Amber, Isabel e incluso Tristán forman parte de su círculo. Y su empeño por mantenerme alejada de ellos lo incrimina. Puede que todo esto pertenezca a su pasado, no a de su presente. Salvo que el Chris que yo conozco no tendría ni un pasado ni un presente como este. ¿Y si en realidad lo conozco tan poco como a Ella? Me siento confusa. Me siento herida. Malherida. No lloro, pero estoy a punto. Voy a estallar en lágrimas y no quiero hacerlo aquí.

Lista para salir, descorro el pestillo y me encamino a la salida, pero no puedo evitar echarle una ojeada al bar. De repente, me apetece esa copa que Amber me ha ofrecido antes. Si no tomo algo, el llanto que me está acechando estallará antes de que llegue a casa. Sé que este lugar pertenece al pasado de Chris en todo caso, pero ¿y si le sucede lo mismo que con el látigo, al que prometió renunciar, pero en vano? Esta noche, todos los miedos e inseguridades que creía enterrados están saliendo a flote. Chris no tuvo bastante conmigo cuando Dylan murió. ¿Volveré a vivir ese infierno? La idea me resulta insoportable y quiero sacudírmela de encima. Cuanto más pienso, más me sangra la herida del corazón.

Me apresuro hacia el bar y le hago señas al camarero, que está encantado de servirme un chupito de tequila. Me lo bebo de un trago y pido otro. No soy yo misma. Ni siquiera sé quién soy ahora mismo. No sé quién es Chris. No sé quién es Ella, o quién era. No sé… nada.

De repente, Amber está a mi lado, rodeándome los hombros con los brazos.

—Si lo amas, te acostumbrarás a ello. Te lo prometo. Yo lo hice.

Su voz y su contacto me hieren aún más. Me bebo el segundo trago y pido un tercero. La cabeza me da vueltas. Amber me arrastra a la pista de baile y yo me dejo llevar por la música de un tema en inglés. Necesito algo que me resulte familiar, algo que apuntale el suelo que se ha desplomado bajo mis pies. Conozco la letra y lo canto, ansiosa por silenciar las voces que me acosan mentalmente, pero no puedo soportar a Amber, que no para de sobarme, ni a los extraños que intentan palparme, y me abro paso a empujones entre la multitud.

Sólo quiero… a Chris. Deseo que toda esta gente desaparezca. Necesito llamarlo, y que acuda el Chris que conozco, no el que Amber me ha mostrado. Dejo de bailar. Únicamente existe un Chris. Mi Chris. Estas personas no lo conocen. Amber no lo conoce. Quiero salir de aquí pero he cometido un error. El tequila se me ha subido a la cabeza y no creo que pueda llegar a casa. No sin Chris.

Veo un pedestal vacío y me encaramo a él. Estoy sola. Tan sola que cierro los ojos para bloquearlo todo salvo la música y el baile. No quiero pensar. No quiero sentir nada.

Hasta que él me toca la pierna y le oigo pronunciar mi nombre. Cuando su voz traspasa el latido de mi cabeza, miro hacia abajo y veo a Chris ahí plantado.

24

Miro a Chris de hito en hito, incapaz de creer que sea realmente él. Se supone que está durmiendo en el museo. No tiene ni idea de que he venido a este club. ¿Y por qué parece enfadado? Soy yo la que…

—¡Baja! —me grita por encima del rugido de la música.

Tambaleándome, trago saliva con esfuerzo. Está aquí de verdad. Chris está aquí y yo no estoy lista para escuchar lo que va a decirme. Niego con la cabeza y todo me da vueltas.

Alarga la mano para aferrarme las piernas. Vuelvo a tambalearme. Me agarra las muñecas y tira de mí. Me caigo hacia delante con un grito y aterrizo en la pista de baile, tendida junto al musculoso cuerpo de Chris, que me rodea con los brazos.

—¿Qué coño haces aquí, Sara? Y vestida para la ocasión.

La combinación de tequila, rabia y dolor me disparan la lengua. Propinándole un empujón, me echo hacia atrás gruñendo enfadada:

—¿Y tú por qué coño quieres que esté aquí? Porque es eso lo que quieres, ¿no? Este es uno de tus muchos secretos, ¿a que sí? Querías que me uniera a ti para follar con medio París.

Su expresión muda en fuego abrasador, su voz en un rugido que traspasa la música.

—Este no es mi secreto, Sara. Secreto, en singular. Sólo hay una cosa que no te he revelado.

—Primera noticia. Hasta el número de cosas que me ocultas es un secreto.

Sus ojos centellean.

—No quiero que vengas aquí, ni ahora ni nunca. Nos vamos.

Me lleva hacia la salida, sosteniéndome con fuerza contra su hombro, contra su cadera, y el gesto me sienta bien. Por desgracia, el tequila impide que los pies me obedezcan. Me tambaleo y luego doy un traspié.

Me cojo a la camiseta de Supermán para conservar el equilibrio y él me agarra con más fuerza. Nuestras miradas chocan y, durante un momento, nos detenemos, perdidos en el fragor de la conexión sexual y la ira. Es tierno, fuerte y sexy, y yo sólo quiero rodearlo con los brazos y quedarme allí. Apenas sí recuerdo por qué no puedo hacerlo, o no debo más bien, hasta que alguien nos propina un empujón y el hechizo se rompe. La realidad vuelve a definirse a nuestro alrededor.

Chris echa a andar otra vez. Ni siquiera el tequila consigue borrar la imagen de esos cuerpos apretujados o el intenso olor a sexo que impregna el aire. Siento el impulso de gritar, de echar a correr de... Necesito salir de este lugar. Ya.

Me arrastra a las escaleras que van a dar al pequeño pasadizo de la entrada. Gracias a Dios, los cuerpos desnudos que me han impedido el paso la primera vez han desaparecido. En cuanto llegamos a la escalera, a salvo de mirones, me doy media vuelta para encararme con él. Necesito saber hasta qué punto sigue en contacto con este lugar.

—¿Cómo has sabido que estaba aquí?

Me mira enfadado.

—La pregunta sería más bien por qué no sabía que estabas aquí. ¿Por qué no me has llamado?

—Contéstame, Chris. ¿Cómo has sabido que estaba aquí?

—Tristán ha tenido un arranque de lucidez.

—¿Tristán?

—Sí, Tristán. ¿Por qué no me has llamado?

—Estabas con los niños.

Me mira con expresión acusadora, como si fuera yo la que ha actuado mal, y me siento confusa. Me siento culpable.

—Amber me ha dicho que Tristán iba a castigarla. He visto los verdugones en sus brazos. —La cabeza me da tantas vueltas que tengo que apoyarme contra la pared—. He intentado mandarle un taxi, pero no me cogía las llamadas. Creía que podría agarrarla y sacarla de aquí.

Me mira de arriba abajo antes de apoyar una mano en la pared, sobre mi cabeza, para inclinarse hacia mí. Su aroma deliciosamente terroso me llama, aunque él me aparte con sus acusaciones.

—¿Y por qué, si se puede saber, has escogido una ropa que grita «fóllame» a los cuatro vientos?

Me encojo como si me hubiera abofeteado.

—Porque me siento como si se me juzgara por un pasado que ni siquiera entiendo.

Me arden los ojos. Separándome de él, me tambaleo escaleras abajo. Me sigue. A pesar de la endiablada mezcla de emociones que me embarga, soy consciente de que evita tocarme y de lo mucho que deseo que lo haga. También tengo claro que, considerando las connotaciones del entorno, no debería tener ganas. Claro que esta noche se me da de maravilla portarme como una idiota, con y sin ayuda del tequila.

Cuando nos detenemos en el guardarropa, busco el resguardo en la bota, pero parece que no me funcionan las manos.

—No puedo cogerlo —me quejo con impotencia, enfadada conmigo misma por haber bebido más de la cuenta.

Odio sentirme así. Además, ¿de qué me ha servido?

Chris se agacha para bajarme la cremallera de la bota. Al recordarlo en esa misma posición, seduciéndome con el gato de colas, una oleada de calor me sube por los muslos. Alza la vista para tenderme el resguardo y leo en su rostro una mezcla de rabia y deseo. Está pensando lo mismo que yo e, igual que a mí, no le hace ninguna gracia. Está enfadado conmigo, pero no sé si eso es bueno o malo. Supongo que depende del motivo, de lo que este sitio signifique en realidad para él.

Se pone de pie para ofrecerle el resguardo a la encargada de los abrigos. Cuando recupera mis cosas, me las tiende. Chris se ocupa él mismo de cruzarme el bolso en bandolera, como si estuviera demasiado borracha para hacerlo yo misma, lo cual me molesta. Odio que posiblemente tenga razón. No lo miro a los ojos. No me atrevo. Aguardo a que haya colocado la correa en su lugar. Cuando se despega de mí, corro a la puerta sin esperarlo. La cruzo, salgo a la calle y aspiro a fondo el aire frío, deseosa de serenar mi mente y mi cuerpo. Me alejo a toda prisa de ese lugar. Echaría a correr si no temiera pegarme un tortazo.

—Sara —me llama Chris antes de cogerme del brazo para obligarme a mirarlo.

Estallo.

—¿Es eso lo que quieres de mí, Chris? Porque te informo de que yo no soy así. No puedo formar parte de lo que he visto ahí dentro. Ni puedo ni quiero.

—¿Acaso has visto algo en ese sitio que te recuerde a mí lo más mínimo?

—No, pero sé que Isabel mueve los hilos y tú tienes relación con Isabel, con Tristán y con Amber. Y —añado casi chillando— tampoco pensé nunca que Ava fuera por ahí matando gente o que Ella pudiera pasar olímpicamente de mí. Creía que la conocía. Creía conocerme a mí misma a través de ti. Si resulta que no te conozco... ya no sé quién soy.

Me atrae hacia sí, absorbiendo mi cuerpo con el suyo, cálido y musculoso.

—Me conoces, Sara. Y yo te conozco. No tenemos nada que ver con ese sitio.

—Quiero creerlo, pero ni siquiera me conozco lo bastante como para saber si podré aceptar lo que sea que no me has contado. No paras de darme largas. Te da muchísimo miedo compartirlo conmigo. ¿Y te preguntas cómo es posible que haya pensado que en ese lugar residía el secreto? Dices que me conoces. ¿Qué otra cosa piensas que podría horrorizarme hasta tal punto?

—Ninguna. Ninguna otra cosa.

Me sostiene la mirada, los ojos fríos, la mandíbula tensa.

—Te lo diré. En el coche.

Me coge de la mano antes de echar a andar tirando de mí.

No me lo puedo creer. ¿Se va a sincerar por fin?

De repente, ya no estoy segura de que haya sido buena idea presionarlo tanto. Dijo que me lo contaría todo la semana que viene. Insistió en que era importante para él. ¿Por qué habré forzado las cosas? ¿Por qué habré acudido a este maldito lugar? ¿Por qué por qué por qué?

Torcemos a la izquierda y nos detenemos ante un sedán negro aparcado una manzana más abajo. Chris abre la portezuela trasera.

—¿Dónde está el 911?

—Hay un servicio de coches en el museo. Pensé que llegaría antes que si pasaba por el garaje a buscar el mío.

Así de ansioso estaba por rescatarme, así de preocupado de que yo estuviera en ese club. Me encamino a la puerta pero doy un traspié. Otra vez. Chris me atrapa, sus manazas me sostienen. Todo me da vueltas y cierro los ojos con fuerza. Maldito tequila. Malditas decisiones estúpidas.

Subo al sedán con ayuda de Chris. Él entra detrás de mí y le dice algo en francés al chófer, que abandona el coche.

Estamos solos. En silencio. Sentados en la oscuridad, cada uno a un lado del asiento, separados por lo que me parecen kilómetros de distancia.

Por fin, Chris se vuelve a mirarme diciendo:

—Ni siquiera en mis años de juventud, cuando me dedicaba a experimentar, me habría sentido atraído por un lugar como ese, Sara. Amber lo sabe. Intenta utilizarte para hacerme daño.

Me giro hacia él rápidamente, sin hacer caso de las protestas de mi cabeza y de mi estómago.

—¿Y por qué la dejas formar parte de tu vida? No es una buena persona, Chris. Ha estado maquinando para despertar mi compasión esta noche, para que accediera a ir a buscarla. Nos destrozará si la dejas y tú lo sabes. Sin embargo, sigue siendo tu amiga. Si crees que tu relación con ella no ha influido en mis decisiones de esta noche, que no me ha llevado a pensar que valía la pena rescatarla, escuchar sus mentiras, te equivocas.

Aparta la mirada, apoya los codos en las rodillas y hunde la cabeza entre los hombros. Entierra las manos en el pelo y las deja ahí, como si hiciera esfuerzos por serenarse. Apenas tiene valor para contarme lo que sea que está a punto de revelarme… y yo no puedo ni respirar, esperando a oír la verdad.

Frotándose el mentón, se incorpora con la mirada perdida al frente y haciendo un esfuerzo visible da inicio a su confesión con voz rota, queda, cargada de emotividad.

—La semana que viene... —titubea—. La semana que viene es el aniversario de la muerte de mi madre.

Hundo los hombros y me siento como si me hubieran atizado un puñetazo. Sus palabras resuenan en mi mente: «Cada cosa tiene su momento y su lugar. Muy pronto entenderás a qué me refiero, te lo prometo. Sólo te pido que confíes en mí». No debería haberlo presionado. Tendría que haber esperado.

—Ay, Dios. Oh, Chris, yo...

Se vuelve a mirarme.

—Hace diez años, con motivo del aniversario de su muerte, invité a Amber y a sus padres a cenar a un restaurante. Íbamos camino del coche cuando nos asaltaron dos tipos cubiertos con pasamontañas.

—Oh —jadeo—. No. Dime que no.

—Le arrebaté el arma a uno de ellos, que salió corriendo, pero el otro... —Mira al techo unos instantes antes de buscar otra vez mi mirada—. Supe que iba a apretar el gatillo. Lo vi en sus ojos. Le disparé, pero no antes de que disparara a los padres de Amber. Murió, al igual que ellos. —Aprieta los labios—. Más tarde descubrí que se trataba de un chico de dieciséis años.

Me aprieto el estómago. Creo que voy a vomitar.

—Chris, yo...

—No me siento culpable por haberlo matado, Sara. Vi sus ojos. Rezumaban sangre fría. Lo que me atormenta es no haberlo matado antes de que él disparara.

Me desplazo en el asiento para rodearlo con los brazos antes de que termine. Las lágrimas corren por mis mejillas.

—Siento muchísimo haberte hecho esto. Lo siento tanto, Chris, yo...

—No. No te disculpes. Debería habértelo contado antes. Debería...

Nos besamos, y noto el sabor salado de las lágrimas en los labios de ambos. No puedo dejar de acariciarlo. Su cara. Su pelo. Une la frente a la mía y le poso una mano en la mejilla.

—Te quiero. Te quiero muchísimo. ¿Cómo has podido pensar que te iba a juzgar por algo así?

—Maté a un chico de dieciséis años y no me siento culpable, Sara.

Me echo hacia atrás para mirarlo.

—Lo guardaste todo en una caja, Chris, en una caja cerrada. Sólo tú eres capaz de algo así. Es el modo que tiene tu mente de superar lo que no puede controlar. Salvaste la vida de Amber y la tuya. Eres un héroe. Eres un héroe en infinidad de sentidos pero no te das cuenta. Yo sí. Yo soy consciente por los dos.

Trago saliva para apaciguar el remolino que tengo en el estómago.

—Odio haber bebido, Chris, cuando te prometí que no volvería a hacerlo. Odio seguir bajo los efectos del alcohol y no ser capaz de discurrir las frases apropiadas para disculparme por todos los errores que he cometido esta noche.

Me estrecha la cara entre las manos para mirarme a los ojos.

—No has cometido ningún error. Has intentado ayudar a Amber, que ha jugado contigo y conmigo. Y yo he permitido que sucediera al guardar silencio demasiado tiempo.

—Sí que he cometido muchos errores esta noche, Chris, pero el peor de todos ha sido no esperar a que me contaras esa historia la semana que viene, cuando estuvieras listo. Ahora entiendo que no me estabas ocultando ningún secreto. Es tu forma de afrontar el dolor, de evitar la tentación del látigo escogiendo cómo, cuándo y dónde me lo revelabas. No sé cómo reparar esto. No creo que pueda hacerlo nunca.

—Dime que eres capaz de vivir con algo con lo que, a veces, yo no puedo. Dime que me conoces y que no volverás a dudar de mí.

—No puedo vivir sin ti, Chris. Se acabaron las dudas. Para siempre.

Estudia mi semblante un momento. Luego se reclina en el respaldo atrayéndome hacia sí. Le apoyo la cabeza en el pecho y escucho su corazón. Tiene algo más que decirme, pero esta vez espero a que esté listo.

—No amaba a Amber antes del atraco —empieza despacio al cabo de un rato—. Sabía que no podía ofrecerle un futuro, pero, después de aquella noche, tampoco podía dejarla. Ella, sin embargo, estaba resentida conmigo, y entre su resentimiento y mi sentimiento de culpa nos hicimos un lío. Fue entonces cuando la relación se volvió más dura e Isabel entró en escena. Yo necesitaba el dolor que Isabel me proporcionaba.

Levanto la cabeza para mirarlo.

—¿Mientras estabas con Amber?

—No hubo sexo. Sólo dolor. Y Amber lo sabía. También le disgustaba que no la dejara empuñar el látigo a ella. Me odiaba. No es buena idea dejar que te castigue una persona que te odia.

—Te ama.

—Ya, bueno. La línea es muy fina, ¿verdad? Está muy confusa, Sara. Y Tristán la quiere a morir.

—Pero si se ensaña con ella. Eso no es amor.

—Es Isabel quien la flagela. Tristán se niega a hacerlo.

—¿Isabel?

—Sí, Isabel. Como yo iba a verla tan a menudo, Amber decidió escapar de la realidad del mismo modo que yo.

—Con el látigo.

—Sí. Otro motivo más para sentirme culpable. Me siguió al lado oscuro.

«Chris. Eso es lo que me ha pasado.» Ahora entiendo a qué se refería Amber aquel día en el Script.

—Fue entonces cuando comprendí que nos estábamos destruyendo el uno al otro —prosigue—. Rompí con Amber diciéndole que siempre seríamos amigos. A esas alturas, por desgracia, ya había contribuido a su autodestrucción, igual que hizo Mark con Rebecca.

—No es verdad —me apresuro a decir—. Ella escogió. Todos lo hacemos.

—Ella no es tan fuerte como tú, Sara. Mi influencia fue nefasta. Luego, cuando Tristán entró en escena algunos años después, albergué la esperanza de que Amber dejara el pasado atrás. No sucedió, y

Tristán me culpa por ello. Dice que Amber nunca será capaz de mirar hacia delante en tanto yo no lo haga.

«No entiende por qué no corto el vínculo. No entiende el sentimiento de culpa, la vergüenza y el sentido del deber que me asaltan cuando veo el desastre en que se ha convertido la vida de Amber. —Se pasa la mano por el pelo con rabia—. Quizá Tristán tenga razón. No lo sé.

Quiero enumerarle todos los motivos por los que no debería atormentarse como lo hace, pero presiento que no es eso lo que desea oír ahora mismo. Así que me limito a decirle:

—Yo tampoco lo sé, pero lo desentrañaremos. Juntos, Chris. Juntos encontraremos la respuesta.

Me ciñe la cintura con el brazo.

—Por eso no quería que frecuentases a Tristán. No sabía qué te diría ni si lo utilizaría para hacerme daño, como Amber ha intentado hacer esta noche.

—Pero si te ha llamado para que vinieras a buscarme…

—Sí, y estaba seguro de que me la estaba jugando y de que te encontraría haciendo algo que me partiría el corazón.

—Entonces tú también has dudado de mí.

—No sabía qué te habían dicho o qué te habían hecho creer sobre mí, Sara. No sabía si Amber te había contado lo de sus padres. O si había convencido a la gente para que te mintiera diciendo que yo frecuento ese lugar. Créeme… Se me ha disparado la imaginación de camino hacia aquí.

Lo abrazo.

—Basta de secretos. Basta de dudas.

Me retira el cabello de la cara y repite con voz queda.

—Basta de secretos. Basta de dudas.

Sábado 14 de julio de 2012, más tarde

Sigo en la cafetería...
    Hay una convención en la ciudad y no encuentro taxi. Así que, increíblemente, he accedido a que Ava me lleve a un hotel. Espero que mañana todo vaya mejor. Puede que al final lo llame. Puede que no. Es posible que aguarde a su regreso. O quizá deje que la almohada decida por mí. A lo mejor mañana vuelvo a sentirme la antigua Rebecca Mason al cien por cien. Esta noche...
    Casi he llegado a casa.

25

Me despierto de sopetón a la mañana siguiente, inhalando el aroma a Chris que impregna las sábanas, y olvido por un momento que regresó al museo a pasar la noche. Recorro con la mano el hueco de la cama. Ojalá estuviera aquí. Ojalá no estuviera sola y pudiera prestarle apoyo en su batalla contra los viejos demonios que desperté ayer por la noche. Sola. Me dormí enfundada en una camiseta de Chris, maldiciendo esa palabra y añorándolo a morir.

El ruido del agua corriente me deja confusa. Me incorporo, y de repente comprendo que procede de la ducha. Tardo un momento en concluir que Chris está en casa y que no me ha despertado. Echando un vistazo al reloj, descubro que ya son las diez.

Sé que está ansioso por ponerse en camino, así que aparto el edredón y me dirijo al cuarto de baño. Luchando contra las náuseas de la resaca, me agarro al marco de la puerta para vencer el malestar. Se está duchando con la cabeza gacha, los anchos hombros y la espalda hundidos hacia mí. Deseosa de saber cómo se siente después de la confesión de ayer, me quito la camiseta para unirme a él. Cuando descorro la mampara, Chris alza la mirada, me atrae hacia sí bajo el rocío de agua y me rodea con los brazos.

—Te he echado de menos —le digo acariciándole la cara.

Agacha la cabeza hasta rozar la mía.

—Yo también.

Mantenemos la postura unos instantes y me invade la fuerte sensación de que hace grandes esfuerzos por no derrumbarse.

—¿Va todo bien?

—Estos días siempre se me hacen muy cuesta arriba.

Tiene que ver con sus padres y con los años que lleva castigándose a sí mismo por algo que no pudo evitar. No obstante, ahora que conozco la historia de los padres de Amber, comprendo por qué no es capaz de vencer el dolor.

—¿Qué día es la fecha exacta?

—Mañana.

Me pregunto cuántas veces se ha hecho azotar para sortear este aniversario. Este año, en cambio, lo pasará conmigo. La importancia de su gesto me empapa junto con el agua en un torrente de significado. Está dispuesto a que le preste apoyo. Este hombre sorprendente, maravilloso y dañado se va a entregar a mí por completo en lugar de excluirme como hizo cuando Dylan murió.

Lo abrazo con fuerza expresando en silencio mi intención de permanecer a su lado. Alza la cabeza para besarme y, cuando la pasión se apodera de nosotros, rezo para ser capaz de ayudarle a dejar atrás el pasado, como él me ha ayudado a superar el mío.

Y juro que nunca jamás volverá a buscar el consuelo del látigo.

Al poco de partir hacia Fontainebleau, una ciudad satélite de París, nos llama el abogado que está arreglando el asunto de mi pasaporte. Presto mucha atención a la conversación que Chris mantiene con Stephen, deseosa de averiguar si hay buenas noticias.

El suspiro de Chris cuando corta la comunicación no me anima precisamente.

—Tu pasaporte sigue retenido. Sin un cadáver, las acusaciones contra Ava carecen de una base sólida. Para asegurarse de que la encierren tendrían que acusarla de intento de asesinato.

—Y para eso me necesitan a mí —apunto.

—Sí. Stephen cree que te han retenido el pasaporte para obligarte a testificar ante el jurado.

—¿Pueden hacerlo?

—No, pero tampoco reconocen que lo estén haciendo por eso. —Me echa una ojeada—. No pueden condenarla sin ti, Sara.

—Así que tenemos que volver.

—Sería lo correcto. Nada nos retiene aquí a partir del lunes. Podríamos regresar a San Francisco y quedarnos allí unos meses.

—¿Y qué pasa con tus actos benéficos?

—Quiero participar en el de mañana, pero después de eso no tengo nada hasta finales de noviembre. Y aprovecharíamos para tramitar un permiso de residencia en Francia más permanente. —Esboza una sonrisita—. Podrías dedicar esos meses a aprender francés.

Me sale una risilla a borbotones.

—Lo tienes claro. —Abro la boca para expresar mi preocupación de que toda esa historia no sea sino un subterfugio de la policía para obligarme a volver e interrogarme como sospechosa del asesinato de Rebecca, pero me muerdo la lengua. Este fin de semana, Chris es el protagonista. Sólo Chris—. Katie daría saltos de alegría.

Me mira de reojo.

—Ya lo creo que sí. De hecho, hoy me ha llamado para saber de mí. La llamaré. —Aprieta los labios—. ¿Te importa hacerlo tú? Dile que hay mucho tráfico y que no puedo hablar.

—Claro.

Llamo a Katie, cuyo cálido saludo me sienta de maravilla. Charlamos durante unos minutos. Cuando me pide que le pase a Chris y le suelto la excusa que tengo preparada, responde:

—Dile que no se preocupe. Entiendo que no tenga ganas de hablar. Sé que tú cuidarás de él mejor que nadie.

—Lo haré —prometo—. No lo dudes.

—Ya lo sé, cariño. Te queremos mucho por amarlo tanto. Llámame cuando puedas para decirme qué tal está.

Le aseguro que así lo haré e interrumpo la comunicación. Miro por la ventanilla para que Chris no vea las lágrimas que se me saltan. Tengo que ser fuerte, por él.

—No se ha tragado el cuento del tráfico —adivina Chris.

Niego con un movimiento de la cabeza.

—Ni por asomo.

Para distraerlo de sus fantasmas, empiezo a hacerle preguntas sobre la excursión. Pasamos lo que queda de viaje charlando sobre el increíble bosque que rodea Fontainebleau, cuyos inmensos árboles lo convierten en un auténtico monumento natural, y sobre el castillo que compraron sus padres como segunda residencia cuando él era pequeño, antes incluso de que se trasladara a vivir a París con su padre. Consternada, advierto que por mucho que me esfuerce en darle conversación, se vuelve más taciturno según nos acercamos a nuestro destino.

Cuando por fin nos internamos en la finca, de varias hectáreas de extensión, atisbo una especie de castillo medieval que me roba el aliento. Por el tamaño, más parece un hotel que una casa, un hotel con torres de aguja y enormes muros de sillería que se yergue en mitad de la ondulada campiña.

—Es alucinante —digo volviéndome a mirar a Chris, que lo contempla como si fuera la primera vez que lo ve en su vida.

—No vengo a menudo, así que he contratado a una mujer para que lo cuide por mí. Vive con su hija en la casa que hay detrás del castillo. —Me echa un vistazo—. Coge la chaqueta. Quiero enseñarte algo antes de entrar.

Me echo el abrigo sobre los hombros y Cris rodea el 911 para abrirme la portezuela. Me ayuda a salir, pasándome el brazo por los hombros para protegerme del frío. Creo que lleva algo en la otra mano, colgando a un lado, pero no sé qué es. Estoy a punto de preguntárselo cuando señala un montículo situado bajo un enorme árbol pelado cuyas encorvadas ramas deben de lucir preciosas en flor. Cuando nos acercamos, el descubrimiento de que estamos a punto de visitar no una sino dos tumbas me anuda el estómago.

Guardo silencio. No sé muy bien qué decir y, si empiezo a parlotear, Chris no podrá decir lo que necesite expresar.

Bajo el árbol que resguarda las tumbas, deposita el objeto que lleva en la mano: una botella de vino y un sacacorchos. Chris es un nubarrón de tormenta a punto de estallar, y me dispongo a presenciar una buena borrasca con rayos y truenos incluidos.

Tras quitarse el abrigo, lo tiende en el suelo y me invita por señas a que me siente. Felicitándome por haberme puesto mis vaqueros favoritos, desgastados y raídos, me acomodo a un lado para dejarle sitio.

Chris descorcha el vino, se sienta en el suelo conmigo y bebe un buen trago directamente de la botella.

—Pruébalo —sugiere a la vez que me la tiende—. Pertenece a la colección de mi padre, valorado en diez mil dólares. De lo mejorcito. Vale la pena.

Consciente de que es importante para él, tomo la botella y doy un sorbo. El sabor dulce y ligero estalla en mi lengua, delicioso de no ser por ese matiz amargo que le presta saber que su padre acabó con su propia vida a base de alcohol tras años de apartar a su hijo de su lado.

Chris toma otro trago y me invita a repetir. Levanto la mano.

—No, gracias.

No puedo soportarlo.

—Hay algo que aún no te he dicho —anuncia.

Leo en sus ojos que ese «algo» no es cualquier cosa. Cojo la botella y echo otro trago antes de devolvérsela.

—El accidente que mató a mi madre sucedió a pocos kilómetros de aquí. —Bebe un poco más y se tiende en el suelo con la botella en una mano y el otro brazo sobre los ojos—. Yo iba en el coche.

Se me cae el alma a los pies. Debía de ser un niño pequeño. Demasiado para ver morir a su madre. Yo apenas pude encajar la pérdida de la mía y ya era adulta cuando aconteció.

—Un camión chocó contra nuestro coche. El hombre que conducía sufrió un coma diabético y se desmayó. Cambió de carril y nos estrellamos de frente. El metal traspasó el parabrisas. —Se interrumpe para respirar con dificultad—. Yo iba en el asiento trasero con el cinturón de seguridad puesto, y tanto mi padre como yo salimos prácticamente ilesos. Pero recuerdo el cristal y la sangre. No debería recordar nada, en vista de que era tan pequeño, pero lo recuerdo. Una vívida, sangrienta, puta imagen a todo color. Recuerdo a mi madre sangrando y a mi padre gritando, llorando y suplicándole que respirase.

Me enjugo las lágrimas que surcan mis mejillas. Transcurren varios segundos y Chris no se mueve. Sigue allí tendido, con el brazo sobre la cara y la botella de vino en la otra mano. Y sé que no hay palabras capaces de consolarlo; únicamente gestos.

Me levanto y le ofrezco la mano.

—Levántate y ven conmigo.

Cuando se aparta el brazo de la cara veo sus ojos enrojecidos y las lágrimas que me ha ocultado. No quiero que me esconda nada.

—¿Adónde vamos? —me pregunta.

—Adentro. —Tiro de él—. Quiero enseñarte una cosa.

—¿Adentro? —No se mueve—. Pero si tú nunca has estado ahí.

—Exacto. Vamos.

—Bien —accede. Observo aliviada que se pone de pie, da un trago y arroja la botella—. Enséñame eso que quieres mostrarme.

Ahora me mira con curiosidad.

La curiosidad es una buena señal. Mucho mejor que el dolor. Esto funciona.

Cruzamos la ladera y nos encaminamos hacia la puerta. El musculoso cuerpo de Chris delata tensión cuando, tras abrir la puerta, me invita a entrar por señas.

Paso a un vasto recibidor pavimentado y veo una escalera a mi izquierda. Un balcón de madera flanquea el nivel superior que se extiende alrededor de la sala. En el centro una gloriosa lámpara de araña pende del techo abovedado.

Cuando Chris cierra la puerta, me planto delante de él.

—Desnúdate —le ordeno.

Una expresión de sorpresa se extiende por sus facciones.

—¿Qué?

Apenas puedo reprimir una sonrisa.

—Ahora estás hablando como yo. —Me cruzo de brazos e intento adoptar un talante tan autoritario como el suyo en esas ocasiones—. Ya me has oído. Desnúdate.

Sus rasgos empiezan a suavizarse y una chispa de risa enciende sus atormentados ojos.

—A ver si te he entendido bien. —Levanta un dedo entre ambos—. Me estás ordenando que me quite la ropa.

—Eso es.

Me observa unos segundos con detenimiento y luego se echa a reír. Abrazándome, me murmura al oído:

—Después de ti, nena. Esto funciona así. Ya deberías saberlo a estas alturas.

—Hum —contesto, y él retrocede para mirarme.

—¿Hum?

Juego con el mechón de pelo rubio que le cuelga junto al cuello.

—Hum —repito—. No entiendo esa regla. Me temo que tendrás que darme unos azotes para hacerme entrar en razón.

Sus ojos se encienden y, con un gruñido gutural, me coge en brazos y me lleva hacia lo que debe de ser nuestro nuevo dormitorio. Es allí donde vamos a capear esta tormenta.

Me despierto al día siguiente con un delicioso dolorcillo en el cuerpo, consecuencia de la sesión que Chris y yo compartimos a lo largo de la tarde y la noche. Sonriendo, alargo el brazo hacia él, pero no está en la cama. Me incorporo al instante al recordar qué día es hoy y echo un vistazo al lujoso dormitorio de paneles de caoba y muebles del mismo material para confirmar que no está allí. Busco el móvil en la mesilla y miro la hora: las ocho en punto. Me pregunto si habrá llegado a pegar ojo.

En ese momento, veo una hoja de papel a mi lado: un mapa dibujado a mano para que pueda dar con él en el laberíntico castillo. Corro a cepillarme los dientes y a lavarme la cara en el cuarto de baño, donde admiro la magnífica bañera *vintage* que se yergue sobre sus patas en el centro de la estancia. No porque sea maravillosa, que lo es, sino porque ayer por la noche Chris y yo compartimos momentos la mar de interesantes en ella.

Me apresuro a ponerme presentable, busco una bata y unas zapatillas de estar por casa en la maleta y cojo el mapa. Como era de esperar, los dos pasillos de piedra y las diversas puertas y pasajes que franqueo desembocan en una larga escalera descendente. Puede que ya no esté en la ciudad, pero a los parisinos les encantan las edificaciones de varias plantas. No me importa. Me parece que le estoy cogiendo el gusto a París.

Abrazada a mí misma para protegerme del helor que reina en la casa, bajo unos quince peldaños hasta llegar a una especie de mazmorra en penumbra. Ahogo un grito. Plantado ante una pared, Chris está pintando un dragón muy parecido al de su oficina y hay un despliegue de dragones a su alrededor, cada cual en su caballete. Desplazando mi ávida mirada de un cuadro a otro, veo la evolución de un joven artista hasta convertirse en el maestro que ha llegado a ser. En estas pinturas ha dejado una parte de sí, las mismas pinturas que obviamente no quiere compartir porque, de ser así, las habría subastado hace años para sus obras benéficas. Sin embargo, las ha compartido conmigo.

Chris abandona el pincel en un soporte de la pared que está pintando antes de volverse a mirarme. Me acerco a él y le rodeo la cintura con los brazos.

—No tienes ni idea de lo mucho que significa para mí que me dejes contemplar esta parte de ti.

—No tienes ni idea de lo mucho que significa para mí que estés aquí. —Señala el mural con la cabeza—. El año pasado, vine yo solo y empecé a pintar este dragón. Fue mi estrategia para sobrevivir al aniversario. Por desgracia, no funcionó. Este lugar y la historia que conlleva todavía me doblaban las rodillas de dolor.

—Pero no tuviste que recurrir a Isabel —señalo.

—No, no tuve que recurrir a Isabel. Nunca volveré a recurrir a ella. ¿Y sabes cómo lo sé? Lo sé porque me he pasado toda la noche mirándote mientras dormías y me ha invadido una paz como jamás en la vida había experimentado. Y he decidido que seas tú la que me doble las rodillas esta vez, Sara. Tú vas a cambiar el significado de este día.

—¿Y eso qué quiere decir? —pregunto con voz queda—. No te entiendo.

Se agacha sobre una rodilla.

—Cásate conmigo, nena. Sé mi esposa y pasa el resto de tu vida pintando dragones conmigo. Conozco a un joyero de San Francisco. Creará un anillo especial para nosotros y...

Tiro de él mientras lo beso.

—Me importan un comino los anillos. Sólo te quiero a ti. Sí, me casaré contigo.

Chris se levanta al instante, me rodea con los brazos y nos fundimos en un beso. Y por fin me atrevo a creer que nada nos separará nunca.

Epílogo

En algún lugar de Italia…

Corriendo por una calle en penumbra, busco desesperadamente un teléfono. Tengo que explicarle a alguien que soy Ella Ferguson y no la persona que indica mi pasaporte. No puedo llamar a Sara sin ponerla en peligro, así que tendré que llamarlo a él. No quiero hacerlo, pero no tengo más remedio.

Me fijo en un escaparate que tiene las luces encendidas y me apresuro hacia allí. Dentro de la exigua vinatería, con el corazón en un puño, busco entre las filas de botellas algún alma caritativa. Un anciano sale de la trastienda y me abalanzo hacia él.

—Teléfono. Por favor. ¿Puedo llamar? Es una emergencia.

Dice algo en italiano que no entiendo. Mi desesperación aumenta por momentos.

—¿Teléfono? —repito a la vez que sostengo la mano junto a la oreja.

El anciano agranda los ojos.

El alivio me inunda cuando me lleva a la trastienda, al resguardo de miradas indiscretas. Me tiende un teléfono y marco el código del operador.

—Sí. Hola. Quiero llamar a cobro revertido. Es una llamada internacional.

—¡No! ¡No! —exclama el hombre, que por lo visto sí ha entendido una palabra.

Intento zafarme pero me aferra el brazo y me arrebata la única posibilidad que tengo de pedir ayuda.

—Espere —le suplico—. Es una llamada a cobro revertido… gratis. No le costará nada.

Sacude la cabeza de un lado a otro.

—No llamada internacional.

Suena la campanilla de la puerta y se me dispara el corazón. Horrorizada, miro a mi alrededor buscando una vía de escape. Al ver una puerta trasera, me precipito hacia ella y salgo como una exhalación. El aire frío me abofetea la cara cuando me interno en un oscuro callejón que discurre entre dos edificios. Echo a correr, mucho más asustada de lo que pasará si me cazan que de lo que pueda depararme la oscuridad.

La puerta que acabo de dejar atrás se abre dando un golpe contra el muro.

Corro más deprisa. Tengo que escapar.

Algo duro como un ladrillo me golpea la espalda. Ahogando un grito, tropiezo y salgo volando hacia delante. Intento frenar el impacto con las manos, pero un segundo objeto me alcanza y me estrello contra el asfalto. Me golpeo la cabeza contra el suelo. Al instante, las sombras empiezan a nublarme la visión.

—¡No!

Lucho contra la niebla que me envuelve… pero no puedo hacerle frente.

Todo se torna oscuro.

NUESTRO ECOSISTEMA DIGITAL

NUESTRO PUNTO DE ENCUENTRO
www.edicionesurano.com

Síguenos en nuestras Redes Sociales, estarás al día de las novedades, promociones, concursos y actualidad del sector.

 Facebook: mundourano

 Twitter: Ediciones_Urano

 Google+: +EdicionesUranoEditorial/posts

 Pinterest: **edicionesurano**

Encontrarás todos nuestros *booktrailers* en **YouTube/edicionesurano**

Visita nuestra librería de *e-books* en **www.amabook.com**

Entra aquí y disfruta de 1 mes de lectura gratuita

www.suscribooks.com/promo

Comenta, descubre y comparte tus lecturas en **QuieroLeer®**, una comunidad de lectores y más de medio millón de libros

www.quieroleer.com

Además, descárgate la aplicación gratuita de **QuieroLeer®** y podrás leer todos tus *ebooks* en tus dispositivos móviles. Se sincroniza automáticamente con muchas de las principales librerías *on-line* en español. Disponible para **Android e iOS**.

https://play.google.com/store/apps/details?id=pro.digitalbooks.quieroleerplus

iOS

https://itunes.apple.com/es/app/quiero-leer-libros/id584838760?mt=8